闫群 著

一半烟火

一半清欢

U0727786

时间赋予每个人的礼物，既有失意，也有诗意。暗夜星光，凉风破晓，它们一起向尘世宣布：所有穿越黑夜看到黎明的人，都是重生归来的勇士。

陕西新华出版传媒集团
陕西旅游出版社

图书在版编目（ＣＩＰ）数据

　　一半烟火，一半清欢 / 闫群著. — 西安 ： 陕西旅游出版社，2022.12
　　ISBN 978-7-5418-4361-7

　　Ⅰ．①一… Ⅱ．①闫… Ⅲ．①散文集－中国－当代 Ⅳ．①I267

中国版本图书馆 CIP 数据核字(2022)第 248042 号

一半烟火，一半清欢　　　　　　　　　　　　　闫群 著

责任编辑：张颖　　贺姗
出版发行：陕西新华出版传媒集团　　陕西旅游出版社
　　　　　（西安市曲江新区登高路 1388 号　　邮编：710061）
电　　话：029-85252285
经　　销：全国新华书店
印　　刷：陕西东帆印务有限公司
开　　本：880mm×1230mm　　　1/32
印　　张：9
字　　数：207 千字
版　　次：2022 年 12 月　　第 1 版
印　　次：2023 年 1 月　　第 1 次印刷
书　　号：ISBN 978-7-5418-4361-7
定　　价：58.00 元

每个人都生活在自己的命运中

高建群

我们每个人都生活在自己的故事中，换言之，我们每个人都生活在自己的命运中。你一出生，命运就锁定你了，而你的故事就开始了。

虽然你茫然不知，不知道自己为什么突然莫名地苦恼，或莫名地欢乐；不知道有时候会有厄运，而有时候幸运又来敲你的门。当走过一段长长的弯曲的路时，回首来路，你才明白老天已经对一切都做了安排，你只是一个被动地走着自己人生的人。

不独是我们这些小人物，那些在各个领域都达到峰顶的大人物，当他们抵达峰顶，回首怅望来路的时候，在一瞬间都会脸色苍白：原来他们是被命运之手驱使着行走人生的。

我们人类所能看到的有形世界，只是百分之五，而另外的百分之九十五，是为黑暗所遮掩着的，是未知。

佛教经典中有一段话：一千个小千世界，叫做"中千世界"；一千个中千世界，叫做"大千世界"；一个大千世界，因为它里面有小千、中千、大千，我们称其作"三千大千世界"，而三千大千世界为一个佛国。唐玄奘去西天，说是要取回真经，而这段话大约就是他取回来的真经之一吧。一个好事的美国研究者，将这段话放进电脑里，求答案。电脑里给出的答案是：三千小千世界，指的是小小地球；三千中千世界，指的是银河系；三千大千世界，则指的是茫茫宇宙。

佛教在创世纪的遥远年代里，就站在宇宙之巅，来关照和解释世界了。这叫人惊异。而联系到这些年量子力学理论的出现和暗物质被发现，则叫人更为惊异。

这位女作家能写很好的散文，在这个美好的初夏的早晨，我摊开这本名曰《一半烟火，一半清欢》的散文集，细细拜读。我的脑子里嗡嗡作响，浮现出上面那一大段话。一支芦苇在风中嗡嗡作响，那是一支会思想的芦苇呀！

文字简洁、直接、深刻。这是我对文学描写的三个苛刻要求。作者都从容不迫地做到了。这源于她的真诚——真诚地对待文学，真诚地将自己一颗炽热的心，端到读者面前。

前辈作家孙犁说过，千万不要拿架子，一端架子，就先失败了一半。我看到一些明明白白的失败者，写着写着就找不着自己。这原因就是他"装"。读者是最聪明、最明白的，你稍稍一玩虚的，读者就不买你的账了。

闫群的散文更大的一个特点是，她对故乡的描写，对父母的描写，对孩子的描写，对环绕在她的身边的各种苦恼人生的描写，表现了一个深陷万丈红尘中的女子，睁开眼看世界的过程。这情景中，正是我文章前面所说：我们每个人都生活在自己的故事中，自己的命运中。而这个故事的主角在讲自己，仿佛舞台上的人物在内心独白一样。

我很看好这位年轻的写作者——一个天生有慧根的人，一个

不断地睁开眼睛试图用自己有限的知识去解释世界的人。她的那支叙事的笔才刚刚写热。

这一刻我想起俄罗斯文坛一件掌故。当普希金看到年轻的果戈里发表在《现代人》上的《狄康卡近乡夜话》以后，他约果戈里来到家中，他说，年轻人，在拥有了这样的才华，这样的早期写作训练以后，你是不是应当尝试着写一点大的东西了。我这里有一个酝酿了很久的题材。你把它拿起写吧！这就是俄罗斯现当代文学第一部长篇小说《死魂灵》产生的经过。

中国文学想要达到世界的高度，大约还需要漫长的时间，那么乞请命运之手，为我们送来一批大格局的写作者过来。

这两天我模仿了一张石鲁先生的《献花图》，并且题了一段话在上面：一位一贫如洗的女子，路经一座寺院，她没有什么可以为寺院上布施，于是她从山脚下采来一束野花，为佛祖献上。那么这位女子，就是可尊敬的施主，佛祖有理由庇护她、帮助她和赞美她。这是写在克孜尔千佛洞岩壁上的一段话。

那个伟大的智者，号称西域第一高僧的鸠摩罗什就出生在龟兹。公元 401 年他来到本书作者的家乡户县草堂寺，公元 413 年时圆寂于此。

你看，我一不小心写成了一篇重要文章。

是为序。

2022 年 5 月 12 日于西安

高建群，国家一级作家、陕西省文联副主席、陕西省作家协会副主席，以长篇小说《最后一个匈奴》享誉文坛，引发新时期陕军东征现象，被誉为浪漫派文学"最后的骑士"。

人间美好，所以，人间值得

张念贻

这一年春深如海的时候，闫群的花儿们都开了，不娇不艳，不俗不媚，像是春天的玉兰夏天的荷，秋天的雏菊冬天的雪，明媚、淡雅、清新、素净。我说的自然是闫群的这本散文集，一如闫群一直以来给我留下的美好而又深刻的印象。

草木人间，花开花落，年年岁岁，这是自然与季节献给世人的礼物，人们也赋予了每一种花朵以独特的寓意，成就了每一种花语，于是即便花不语，也道花开有声。人们爱花、知花、赏花，始终是一个人生丰盈的精神向度。但是，于个体来讲，即便有过如花如雨的年纪，试图真正傲然夺目地绽放绝非易事，时光能否让我们从万丈红尘中，提取纯金的品质，在内心攒出一朵永不凋谢的金蔷薇，也许是一切向善向美向爱而生的人终其一生的追求。

"一半烟火，一半清欢"，便是闫群眼中和心底的至美人间，她的真纯真挚真诚，由衷地打动了我，感染了我，幸运的是，在万木葱茏、花开荼蘼的季节里，我能够忙里偷闲饱览闫群的散文集结的一束花。

什么样的花朵，算是绽放，算是盛开，算是萎靡，算是凋谢，算是风中摇曳，算是雨中飘荡？谁能给出明确的答案？"苔花如米小，也学牡丹开"，在我也是花季少年时，读到过一本女作家的长篇小说，她在后记中的一句话，令我至今难忘，大概意思是"我从来不相信一个心怀假恶丑的人，能够写出真善美的好文字"，而在作者与读者之间，如何搭建一座身心互愉的彩虹桥，需要真纯真实真诚，绝非虚伪虚浮虚夸。作为一个人到中年的文字工作者，我时常觉得自己对于阅读的兴趣与专注，像是一个崇尚自然美的导演，绝不容许整容整形的妖艳妖娆出现在自己的视野里。

一个人积蓄太久的写作一定是这个人生命的重新打开方式，这两年来时常看到闫群的散文散见于我们熟悉的本地报刊，这种纸上的邂逅免不了随时问候，但是当闫群把这本散文集发给我的时候，我还是多少有些新奇和意外，毕竟一本散文集是作者一番心血的集成，平日里是隔墙观花，现在看到的是满园春色。起初，我在和闫群交流时，还对书名、章节、篇目持有异议并给出了调整与修改的建议，这自然是我做了多年编辑的"职业癖"，但是睹完全貌掩卷凝思，颇觉起初的可笑愚不可及，人间草木各美其美，又何必与天地争春辉？

凡三辑，"似水流年"里打理的旧时光，"如歌行板"里咏唱的故人情，"游目骋怀"里的纵情豪歌，从一个"我从山中来，带着兰花草"的女孩，到"我向红尘去，风雨亦无意"的女人，从一个知书达礼的阅读者，到一个喷薄而出的写作者，依旧是

那个被乡间称作"杨排风"的风一样的女子，却活出了雨一样的温润状态。我相信，即便是匆匆一眼打探闫群的这些散文，如花的名字也在摇曳着多姿多彩。当你细察内里，又绝对不会生出"人生是一袭华丽的袍子"那样虚浮的感悟。

一个人穷其一生的耕种与修行，如何才算是丰盈，又如何才算是丰收？小说是别人的故事，散文是自己的故事，如果说我们的日子终将像叶子一样年年岁岁，葳蕤复凋零，我们如何感慨又感念似水年华与流光？闫群的散文如同和你一起，漫步于岁月深处的幽径，从她的故乡、故人、故事里，你能强烈地感受到她的执着与饱满，她读过的书，她听过的歌，她看过的电影，她看到的新闻，凡是震荡过她心灵的，她都在与你轻声细语中表达出炽热饱满的态度，尤为可贵的是，这是一种自然而然的流露，并与她记忆里的乡村小路、十里蛙鸣、民谣歌谣、童年趣事、亲情往事融为一体。

《道德经》里，老子说"和其光，同其尘"，闫群在《与光同尘》里用了《圣经》里的话"你本是尘土，仍要归于尘土"，她说："人至中年终于明白：生命是一个慢慢打磨的过程，岁月终究会把一个人历练得不惊不扰。心宽似海，风平浪静，不争不吵不炫耀，才是人生顶级的智慧。"这是人到中年的闫群所流露的人生态度。她援引了主持人马东在节目中讲到的故事：76 岁的老母亲，最喜欢做的一件事就是关灯，这与我今年 76 岁的父亲何其相似？在《风过花香》里，闫群提到婚后曾无数次批评爱人不要买花，既浪费又不实用，爱人总是嘴上应允，却依旧在每一个大大小小的节日里买花，这事又与我的爱人何其相似？心中有火，眼中有光，尽管时代的一粒灰，落到每个人身上都是一座山，但是我们依旧走在寻灯、燃灯的路上。

一个女人在其性别角色里，是女儿，是妻子，是母亲，闫群是那样的深情款款，把为女为妇为娘的一言一行融进了字里行间。这种女性意识的自我认识，她在《我喜欢的女性》里悉数尽道。她所欣赏的女性美德：内外兼修，秀外慧中、自控力强，知进懂退、有所净戒，刚柔并济、接地气，知足常乐，凡此种种，何尝不是她自身的况味？言不及表，她又写了《自律，是一个女人最好的修行》，这又完全是"撑一支长篙，向青草更青处漫溯"。

正所谓"世事洞明皆学问，人情练达即文章"，一个人与一本书之间，唯有活到通畅才能写到通透，若以此逐篇打探闫群这本散文集，你会发现流淌的气韵始终如一，比如《时间的献礼》《幸福的模样》《生命的质感》《做生活的歌者》，比如《风过花香》《别来无恙》《天空空着》。闫群是这样把自己人生的悲欢幻化为生命的双翼，一半烟火，一半清欢，烟火与清欢，诠释着人间美好，所以，人间值得。

2022 年 5 月 6 日于长安青门

张念贻，资深编辑，陕西省作家协会会员，陕西省散文学会副秘书长，现任《陕西画报》创意总监。

目录

第一辑　似水流年

第二辑　如歌行板

第三辑　游目骋怀

第一辑

似水流年

悠悠紫沟河

巍巍终南山下，悠悠紫沟河畔，有我如诗如画的故乡——下草村。她位于户县城（现鄠邑区）东南约20公里。南有圭峰山之屏障，东西有高冠河、太平河之映带，东南有"一带银练云中来"的高冠飞瀑，西南有千年古刹草堂寺。有史料记载：唐武德九年为军马营收存饲草之地，后形成市场，居人，称为"草市村"，简称"草村"。紫沟河上游称上草村，下游称下草村。

故乡是一本厚重的书，一生都读不完。在离开故乡二十多年后，当我以回归的姿态重新审视她，尽管物是人非，依然抑制不住内心的澎湃。

01 老屋

傍晚的村子炊烟四起，柴草燃烧的清香味与田野上的氤氲之气相融合，给村庄蒙上了一层神秘的面纱。

我穿过时光的"井"朝老屋里望。家里五个人全在屋子里。母亲正往灶膛里添柴火，那口大铁锅里炖着一些野生鱼，是父亲白天在老屋旁的池塘里打捞的。这个池塘简直就是个聚宝盆，望着它我们都会馋涎欲滴。只要农闲，父亲就会和村里的汉子们去池塘或河里捞鱼，每次都是收获满满。火苗在灶膛里欢快地跳舞，白色的蒸汽不断从圆木锅盖边缘和缝隙里冒出，香气四溢。妹妹和弟弟在连着锅灶的炕上又蹦又跳，隔会儿就打问什么时辰可以喝鲜鱼汤。

父亲正在门道的木匠凳上加工一个衣柜。他的耳朵一边别着一支铅笔，另一边别着一支卷烟，身旁的地上堆满了木料，还有凿子、刨子、斧子、锯子、鲁班尺等，这些是父亲走村串乡养家糊口的全部家当。父亲喊我拽住墨斗的线，扯到木板的另一端，然后固定好。他手指轻轻一弹，木板上便留下一道黑色的印记。他娴熟地用锯子把木板锯开，用跌落在地上的边角料给弟弟制作手枪，给我和妹妹制作陀螺。父亲九岁多就失去双亲，与三个姑姑相依为命。穷人的孩子早当家。在打拼的岁月里，父亲练就了许多本领，比如木工活、吹拉弹唱等。他上学时间不长，但酷爱读书，还会讲故事，绘声绘色又风趣幽默。在漫长的冬夜，我们一家坐在炕上，听他讲自己闯荡江湖的事。那些陌生而有趣的故事，让我觉得远处的天一片一片地亮了。从父亲那里，我知道了"凳不离三、门不离五、床不离七"的讲究，还知道了"弯木头，直匠人""木匠行里，一根墨线是准绳"的生活大道理等。

父亲勤劳，母亲更是里外一把好手，干起活来一个顶仨，当年在生产队为了多挣工分，她不分昼夜地干活，险些把我生在棉花地里。在我呱呱坠地三天后，她又不顾家人劝说下地干活。时值腊月，尽管母亲外出把自己包裹得很严实，但还是在月子里留下了病根。至今她的双脚不能长时间走路，否则脚板像长了刺一样疼痛。人说"家有贤妻，胜过良田万顷"，母亲的温婉贤良让这个穷困的家慢慢走出了窘境。

母亲不仅是家里的发号施令者，也是村里的妇联主任。她白天和大家下地干活，晚上收工后便制作祭祀用的各种纸品贴补家用。一堆五颜六色的纸张，经母亲摆弄后，很快变成一个个纸花，然后她把这些纸花排兵布阵固定在父亲提前做好的椭圆形竹骨架上，一个祭奠用的花圈就大功告成。我六七岁时也被母亲派上了用场，隔天去三公里外的东大乡商店买彩纸。母亲把需要买的各色纸剪成小片，上面写着要买的数量。当我踮起脚尖，下巴勉强顶在商店的玻璃柜台上，递过手里的纸片和钱时，商店里的大人们都啧啧称奇。那些艳羡的眼神和夸赞的话语在我幼小的心里留下了很深的烙印。

母亲的勤快和心灵手巧在方圆七八里家喻户晓。她的女红手艺尤为人称道，剪纸、生肖花糕、千层底、娃娃穿的虎头鞋猫头鞋、手工刺绣等，样样拿得出手。

不知不觉天上淅淅沥沥下起了雨，豆大的雨滴打在脸上冰凉凉。我知道随着雨越下越大，屋里的五口人一定会忙活着找出所有的盆盆罐罐来接雨水。这两间瓦房太破旧了，每逢雨季屋外噼里啪啦，屋内叮叮当当，仿佛演奏一场交响乐。夜里时常还有老鼠从房梁上窜来窜去，四处觅食。我们一家在土炕上睡了多年，许多地方已经塌陷下去，那是孩子们在炕上打闹蹦跳留下的痕迹。每逢雨天，总能听到母亲唉声叹气，她和父亲下决心要尽快给我们盖一座新房子。

大雨如注，伴着狂风和雷电。当我再次回首老屋时，屋内

一片安静，不仅没有接雨水的盆盆罐罐，而且焕然一新，宽敞明亮。哦，我忘了，这已是家里第三次盖新房了，之前那个破旧的老屋早拆掉了。父母没黑没明勒紧裤带劳作，加之改革开放后惠农政策不断推出，我们家的日子在村里数一数二，二十世纪八十年代初家里就买了全村第一台电视机。每到夏夜，几乎半个村的人都拥在我家院里纳凉看电视。母亲和父亲总是热情招呼着大家。

屋外的风带着哨音，更加肆虐了。屋内一片祥和。我看见安坐一隅的自己，或奋笔疾书或沉思冥想，全然不顾弟弟妹妹的吵闹声和电视里的精彩节目。夜已至深，寒意渐起，母亲再三催促我上炕，都被我婉拒了。我要拼尽全力与命运搏击，远离面朝黄土背朝天的生活。

02　远去的歌谣

紫沟河是草堂镇境内第三条河，是沣河的支流，从南至北贯穿了十几个村子。一方水土养一方人。几十年来，紫沟河在村外静静地流过，水质清洌甘甜，河两岸绿树成荫、瓜果飘香。沿着河岸建有两所学校，一所在村口，紧邻紫沟河，设有小学一、二、三年级；一所离村子步行需二十多分钟，设有小学四、五、六年级和初中三个年级，周边六七个村的孩子都来此上学。

春天，紫沟河两岸花期一波接一波，仿佛进入一个五彩斑斓的童话世界。孩子们在上学的路上，有时会遇见蛇从草丛里爬出。经过一个冬天的蛰伏，它们像涉世未深的孩子，一边自在地徜徉在砂石路上晒太阳，一边好奇地打量着外界。胆大的男孩会抓起一条，拽着尾巴倒提在手中抖动几下，蛇的骨骼就散架了，动弹不得。

　　夏天，紫沟河就是孩子们戏耍的天堂。童年时的我调皮又贪玩，村里大人给我取了个威风凛凛的绰号"杨排风"。尽管长得瘦小，却是"孩子王"，于我而言，童年的时光不是在去学校的路上，便是在去紫沟河抓鱼捉蟹的路上。夏日午后，学校铃声一响，男孩们便从课桌上翻下来，女孩们则从长条凳上起身，大家一边揉着惺忪的睡眼，一边急匆匆奔向紫沟河清醒头脑。有的男生甚至把头全浸湿，边走边嬉皮笑脸地甩着头发，女生们见状则四散逃开。每次午休起来，我都毛遂自荐为大家来段秦腔或唱首歌提精神，如今每想起就忍俊不禁。

　　紫沟河畔九年求学路，最喜欢秋季。清晨，透过河面上缥缈的雾气，依稀可见远处山上似火的红叶。田野里，人们忙碌地收获着一年的喜悦。每天沿着河堤路上学，不仅赏心悦目，还有口福。孩子们时常趁大人不注意，从家里偷拿些谷物去沿途的瓜果园换时令水果解馋。村外的河岸边有两个工厂：一个是"太阳牌锅巴"的前身；另一个是织带厂，生产各种包装带和棉布。在20世纪八九十年代，这两个工厂不仅为方圆十公里的乡亲提供了许多就业岗位，也让我们村变得热闹非凡。上下学途中从锅巴厂飘出来的香味，至今回想起来依然令我馋涎欲滴。

　　于我而言，紫沟河的诱惑不仅仅如此。更重要的是，这里还藏了我童年一个秘密。

　　她，当时三十左右，长得白净高大，短发，大圆脸，是邻村的弃妇，后改嫁到我们村。仅从五官相貌看不出她和正常人有什么异样，但听大人讲，她有间歇性精神病，据说是高考连年落榜，受刺激后导致的。村里人称她"疯子"，见了都躲着走，也不让自家孩子靠近她。几乎没人知道她姓啥叫啥。有年夏天她犯病，大白天在街上把上衣脱光，然后躺在铺满麦秸秆的路上，用麦草把自己完全掩埋上。那天艳阳高照，九岁多的我正好路过，还没等我反应过来，一辆农用车冒着黑烟疾驰而过，吓得我大惊失色，顾不得多想，一个箭步冲上前去救她。除了额头擦破了点皮，她浑身上下再无任何伤。被我扶起身后，她竟然还冲我友好地笑了笑，然后穿上衣服走了。

　　这件事后，我们之间有了亲切感，每次打照面虽不言语，但也不用刻意躲避。后来每当我逃学到紫沟河边玩耍，总能遇见她。她帮我一边在河里捞鱼抓蟹，一边在嘴里念叨着民谣歌谣，有时还给我唱歌、讲故事。有一首我至今都记得清楚：

　　小老鸹黑黝黝，我在老娘家住一秋。

　　老娘见了挺喜欢，舅母见了瞅一眼。

　　舅母舅母你别瞅，荞麦开花俺就走。

　　走到山上有石头，走到河里有泥鳅。

　　大的逮着熬汤喝，小的逮着喂斑鸠。

　　那段时间我跟着她学了许多歌谣，这些歌谣后来都成为我在班上给同学们表演的节目。在那个物质生活和精神世界都匮乏的年代，这些朗朗上口、或长或短的歌谣不仅丰富了我的视听，也滋养着我的精神生活。

多年后问起那个"疯子"，母亲说她后来好像被人贩子拐卖走了。是啊！谁又在乎一个疯子的下落呢？唯有远去的歌谣时常响彻在我的耳边，驻留在我的心底，从来不需要想起，永远也不会忘记。

03 十里稻香

当紫沟河里最后一批蝌蚪蜕变为青蛙时，稻田里一畦一畦的小秧苗也达到了移植栽培的标准。灌满了水的秧田里，土地被修整得疏松平坦。每年插秧时田间地头最热闹，大人小孩齐上阵，片片稻田人声鼎沸。广袤的田间此时成了水的世界，人的海洋。蓝天白云倒映在水中，各种水鸟成群结伴。别小看这插秧，绝对是个技术活。放水，整地，拔秧苗，插秧，每个环节都要用心去做，这决定着庄户人家秋天的收成。

到了青蛙为王的时候了，稻田里白天晚上，处处蛙声一片。尤其是夏夜，一只青蛙叫会引起更多的青蛙附和，于是，整片的稻田里传来此起彼伏的蛙鸣声，仿佛一场盛大的交响音乐会。稻秧成长过程中，隔一阵父母就带我们姊妹去田里除草。可孩子们哪是去干活呀！玩才是天性。我们挽起裤管猫着腰在稻田里四处搜寻，一会看见一窝鸟蛋，一会又抓条草鱼、黄鳝或泥鳅，总之劲头十足。父亲折来柳枝条，给我们把这些"战利品"一一串起来，每人手里拿一嘟噜兴尽而归。

有年夏天，村里突然来了个"黄毛"小伙，专门收购青蛙腿卖给城里的餐馆，价格还不菲。于是整个村子的人躁动起来，

只要有空闲就提着蛇皮袋抓捕青蛙卖钱。一个月不到，田间地头的青蛙明显减少。当时我在读小学，老师在课堂上告诉同学们：青蛙是益虫，千万别学大人戕害它们。于是我悄悄联络了班上两个男生，暗中观察黄毛几天。功夫不负有心人，我们终于发现了黄毛窝藏青蛙的根据地。有天晚上，我们三个趁黄毛不在，把他屋里收购来的好多袋青蛙拖出去放生了。如此反复几次，黄毛终于有所收敛，村里捕杀青蛙的劲头也就慢慢过去了。

　　对孩子们而言，夏天的夜晚如童话般神秘又美丽。茶余饭后人们摇着蒲扇，拎着凳子或卷着凉席来到打谷场消暑纳凉。此时满天繁星在黑夜里眨巴着眼睛。萤火虫成群地在夜空中飞翔，一会儿匍匐在草丛里，一会儿飞向空中，像星的河流、灯的长阵。孩子们则三五成群地追来撵去捉迷藏。女孩们把抓来的萤火虫装在缝制的小布袋里或玻璃瓶里，一边奔跑追逐，一边唱着"萤火虫，萤火虫，飞到西，飞到东。好像星星眨眼睛，好像盏盏小灯笼……"。

　　炎炎酷暑过后，秋风送爽，稻谷也一天天走向成熟，空气里处处弥漫着丰收的味道。这是稻子生命历程里幻化的又一道绮丽的风景：金灿灿的谷穗连绵起伏，好似万两黄金撒满田间，激起层层的涟漪。"一畦春韭绿，十里稻花香。"当世人流连于各种景点乐此不疲时，岂不知世间最美的风景，莫过于秋天成片金灿灿黄澄澄的稻田风光。秋收季节，田野里人声鼎沸，一片欢快的景象。家里男女老少齐上阵，争取在最短时间内让稻谷颗粒归仓。

　　家乡盛产的"桂花球"大米历来享有盛誉。这种"桂花球"

米颗粒如玉，透亮如珠，出饭如雪，香味扑鼻。相传曾被当作贡米供应汉唐皇宫和逃来陕西的慈禧太后。母亲兰心蕙质，用大米给我们做各种吃食，如甜酒、粽子和甑糕。尤其是甑糕，这是关中地区传统小吃，是以糯米、芸豆和红枣为原料制成的一种甜糕，色泽明亮，层次分明，入口软糯黏甜，老少皆宜。

04 思念如风

钱钟书说："似乎我们总是很容易忽略当下的生活，忽略许多美好的时光。而当所有的时光在被辜负被浪费后，才能从记忆里将某一段拎出，拍拍上面沉积的灰尘，感叹它是最好的。"

父亲节前，夜里我梦见父亲，还是那般精神矍铄。梦中，他穿着我给他买的白色对襟褂子，在老屋里忙前忙后：一会儿随意地清扫院落的枯枝败叶，一会儿又拿着榔头叮叮当当修补什么东西。院里那棵硕大的柿子树结满了如拇指盖大小的青涩柿子，阳光透过缝隙洒向地面，光影斑驳。家里五口人各忙各的，安静祥和一如从前。唯有母亲快快不乐。我问她为什么不高兴，她说父亲离世这两年她对什么事都提不起兴趣，总觉得心里空落落。我说父亲明明在院子里呀，难道你们都看不见吗？

梦醒了。余华曾说："死亡不是失去生命，而是走出了时间。"我更加坚信父亲其实并没有消逝，他只是离开我们去了远方。次日，我便驾车回村。曾经一望无垠的稻田和荷田几乎全被"户太八号"葡萄果园代替。唯有东大村口那片稻田和荷田，如珍宝一样坚守着我儿时的"鱼米之乡"阵地。紫沟河满目疮

痪，垃圾遍地，河道变得狭小细长，河水几乎干涸。记忆中的蓝天白云、青山绿水、十里稻香以及蛙鸣阵阵，留在岁月深处。近些年，人们对经济利益的过度追求，开山毁林、淘沙捕蛙，以及不重视生态环境保护，导致河床水位不断下降，水资源渐趋紧张，曾经我引以为傲的如诗如画的家乡就这样消失了。

从网上看到消息，如今西安市高新技术开发区已开始打造"三河一山"的绿道建设，着手治理紫沟河。治理范围从环山路到太平河与紫沟河的交汇处，全长 6.4 公里，设计定位为"紫沟河清水文化绿廊"。同时，结合紫沟河的场地特征，重点打造草堂文化绿地、河口游憩滩地等四个景观点。看到《紫沟河环境综合治理规划及效果图》时，我顿时热血沸腾，仿佛又看到了家乡的美丽。

初夏的风从终南山徐徐吹来，远处的钟声涤荡人心。通往父亲墓园的路就在村口。每次，去亦沉重，离时更沉重。

松柏森森的墓园，夹道上粉色樱花盛开，给墓园增添了生机。父亲安静地躺在这里，守望着他的子孙和我们共同的家园。偶尔有乌鸦或喜鹊的啼叫声划过耳畔，像极了我们悲喜交替的人生。

注：本文发表于《咸阳文艺》杂志 2021 年第四期。

与 光 同 尘

一

"你本是尘土，仍要归于尘土。"这是《圣经》里的一句话，是西方人关于生与死的箴言。年轻和健康是一种资本，当我们拥有时经常任意挥霍。若有一天，你真正体会到世间"除了生死，都是小事"的时候，一定是在你历经生与死的淬炼之后。

父亲走后的第一个寒衣节，我在他的墓碑前跪坐了许久，说了许多掏心窝的话。那天，秋风盈袖，正午的阳光薄如蝉翼，透过黑压压的松柏枝杈，洒落一地，像极了我破碎的心。偶尔一声鸦叫划破墓园上空，让凝固了的空气更加凄凉。父亲离开的八个多月，积压在内心的话太多，那一刻竟无语凝噎，不知从何说起。

我想诉说心中的诸多委屈，可话到嘴边又咽了回去。原以为2018年是我人生的坎，没承想，往后的日子每天都在翘首以盼黎明，没有最难，只有更难。是啊！在父亲的心目中，我就是家里的顶梁柱，自立，自强，从不让他们操心。如今，他已在九泉之下，我怎能忍心惊扰呢？于是，吞咽下苦闷与委屈，

只是诉说些无关痛痒的话，让他老人家安心的话。

　　成年人的世界，谁又不是一地鸡毛呢？我兀自静坐良久，遥望千米之外的村庄，昔日堆积在心头的情愫，以火山喷发之势奔涌而出。我对这个古老的村子有着深沉的爱，这里承载着我 18 岁以前所有的梦想和希冀。年少时我曾无比执着地要摆脱她，如今却又疯狂地眷恋她。在父亲走后的无数个不眠之夜，曾经在这里发生的一幕幕场景，仿佛电影蒙太奇一样在我眼前交织回放，永远都不会曲终人散。

　　日子就这样晃晃悠悠，一天又一天过去，我没感觉到父亲真的离我们而去。母亲也是每天都把父亲挂在嘴边，时不时地总要提起。余华说："生的终止不过一场死亡，死的意义不过在于重生或永眠。死亡不是失去生命，而是走出时间。"看文学家写生命，比自己探索有意思得多。他们站得更高，立意更深远。当我们用生命丈量时间的同时，也有机会停下来思考生与死，多么深奥！

　　人至中年终于明白：生命是一个慢慢打磨的过程，岁月终究会把一个人历练得不惊不扰。心宽似海，风平浪静，不争不吵不炫耀，才是人生顶级的智慧。主持人马东曾在节目中提到他 76 岁的老母亲最喜欢做的一件事就是关灯，屋里灯亮着，只要没人在，她就第一时间关掉。马东一开始还告诉母亲，一开一关会影响灯的使用寿命。但在发现母亲每次说"好"，紧接着又关上之后，马东再也不和母亲计较。想想很多人的母亲不也是一样吗？你可能一遍一遍地告诉她，隔夜的剩菜不要再吃，可她应声之后，接着把剩菜放入冰箱；你可能一遍一遍和她强调，不要再给孩子买零食，可她答应之后，转身依旧会带孙子去超市……

中国的传统讲孝顺，其实要分开看。孝是美德，是义务，但实际上顺比孝更难。正所谓百孝不如一顺，百顺不如一用。比起顺，我更愿意用"爱"这个词来诠释我们和长辈的关系。"子欲养而亲不待"，这是人世间莫大的遗憾。如今，我们把对父亲的爱都加注在母亲身上，她怎么开心怎么过。唯此，我们姐弟方才心安，以此告慰父亲的在天之灵。

二

多情苦，无情丧。跳出去看人世间，没有谁是赢家，纯良的人要承受赤诚热忱带来的落差之苦，邪恶的人要承受内心荒芜带来的丧。人生究竟要怎么过？解除执念保留赤子之心，每多一份甜，都是滋养。

婉转深沉皆浮云，人间有味是清欢。活着的全部意义，便是担负生命赋予我们的所有责任，包括幸福、苦难、隐忍和平庸。

秋日的正午，一个人驾车进山。车停靠在峪口的路边，顺着一条羊肠小道攀爬深入，难得让身心远离是非喧嚣得以清静。行至半山腰，看见一所简陋的房子，周围用篱笆圈着，种着一些瓜果蔬菜，院内散养着一群鸡，在阳光下悠闲地刨食吃。一对银发满头的老夫妇一边各自忙着手里的活，一边用方言热烈地交谈。他们看上去有七十多岁。老头在捣鼓他的几个蜂箱，老妇则坐在旁边做针线活计，爬满皱纹的脸庞在时光中绽放成

一朵盛放的金丝菊。山上流淌下来的泉水叮咚作响，不时有清脆的鸟鸣在耳畔划过。眼前的一切让我有种误入世外桃源之感，瞬间一股暖流涌上心头，鼻翼隐隐发酸……所谓梦想的山居岁月，不就是当下吗？

幸福永远都是个比较级，参照物却是自己设立的。"与恶龙缠斗过久，自身亦成为恶龙；凝视深渊过久，深渊将回以凝视。"这是尼采的话，意即人如果长期生活在某种阴影里，他最终也会成为阴影的一部分。经历了生命的种种之后，我已知晓，人活着的最好方式是学会与黑暗共存，并越过它的界限。我也渐渐懂得，无论曾经有过多么多彩的经历，多少鲜衣怒马，生命无一例外最终都会回归纯朴。回首前尘往事，我们都是沧海一粟，和光同尘，与时舒卷。当你理解了人性的脆弱、善良、限制、错漏和无力，也就慢慢学会了欣然接纳眼前发生的一切，包括不完美的自己。

千难万难，放下最难。看破是智慧，放下则是加持、精进和修行。

鲁迅《自嘲》诗中有两句道出了许多人活着的心声："破帽遮颜过闹市，漏船载酒泛中流。躲进小楼成一统，管他冬夏与春秋。"社会太凶险，一不小心就会引来无妄之灾。我们使尽浑身解数去迎合世界，妥协、讨好、卖乖……所有一切，只为换得一些资本，让自己可以随心所愿地活在自己的世界。我曾嗤笑过那些只满足一日三餐，然后整日坐在街头晒太阳或围桌搓麻将的人；我曾蔑视过那些只会俯首称臣点头哈腰，有着"犬儒"和"太监人格"的人；我曾疑惑却艳羡过那些胸无点墨，但能叱咤于商界和政界的"能人"……如今，我的心态已变得非常平和。尽管还有许多世事有待参透，但最根本的三点我明白了：一是幸福是个比较级，没有高低贵贱，各有活法；二是风光的背后，不是肮脏便是沧桑；三是时间是良药，也最有说服力。

是的，时光终要远走，我们能做的便是花开花落间，以清凉心观望，以平常心度日，以欢喜心打磨，于尘世喧嚣中，不动声色，抖落风尘，完成自己的那场修行。

没有比安静地等待更有意义的事了。

三

贾平凹说："人过的日子，必是一日遇佛一日遇魔，心上有个人，才能活下去。"人到中年，仍旧觉得，爱是一件很重要的事。人世艰难，爱必须是支柱。但却把心上的人，慢慢地扩大化。我们一定要好好珍惜那些在你最落魄的时候，不离不弃的人；在你最困难的时候，伸出援手的人；在你最迷茫无助的时候，给你指明方向的人。他们都是我们人生可遇不可求的最宝贵财富。

顺着光阴的巷子，我们越走越深，总会遇到这样或那样的人或事。聚散离合，酸甜苦辣都能让我们触摸到生活的真味。当你真正活明白了，就会知道，生命中任何一个人的出现，对你的人生都是一种收获。我们应该怀一颗宽宏慈悲之心，感恩生命中来来去去的那些人，无论他是君子还是小人，庸人还是能人。

　　被命运碾压过，才懂时间的慈悲。我曾经无数次思考：一个女人要拥有超凡脱俗的处事态度、充盈的内心、不焦虑的状态，要付出怎样的心力或阅历？究竟是原生家庭的潜移默化，还是后天教育的滋养，或者是某些特殊经历的催化？现在我终于明白了，这是岁月的馈赠和时间的发酵。

　　山河远阔，人间烟火。一生很短暂，时光当珍惜。要充分地完整地活出此生，需要付出心力，需要不断修行。但愿我们都能活成自己最想要的样子，让过去所有的狼狈与伤痕，都变成不辜负自己的勋章，与光同尘，和而不同，卓而能群。

　　注：本文发表于《当代青年》2020年第3期下半月刊。

寻找一盏灯

一

新的一年如骏马狂奔而来。辞旧迎新之际，人们作别过去，张开双臂，为自己的 2020 年祈福。此刻，我坐在电脑前认真地梳理过去的这一年。

2019 年，生活教会了我很多。世界宽广，岁月纵深，我们行走在尘世，前方有荆棘，头上是灰尘，心情因为欲望的拖累而杂质满身。就在 2019 年的最后时刻，一条不起眼的消息蹦在我面前：被称为"陕派布鲁斯教父级音乐人"西安老钱夫妇因患抑郁症，双双服药自杀，享年 48 岁，只留下一个刚成年的孩子。听罢无比遗憾痛心，他们用音乐治愈别人，最终却未能为自己疗伤。

这一年，有着 800 多年历史，躲过数场战火的巴黎圣母院，竟在和平年代爆燃了 6 个多小时；人来人往的无锡高架桥，在一个无比平常的日子轰然倒塌，带走三条鲜活的生命；埃航 ET302 航班失事，上面搭乘的 149 名乘客和 8 名机组成员，全部遇难；年轻力壮的明星录节目中途去世；花季少女走在路上被砸死……太多太多悲剧让人不得不警醒：你永远也无法预测明天和意外究竟哪个先来。在这个变化无常的世界，渺小无力的我们如何才能过好这一生？

歌德说："没有在长夜痛哭过的人，不足以谈人生。"我哭也哭了，谈也谈了，可人生还是那个仿佛被剪了翅膀的鸟样。命运最残酷的部分，就是埋伏着太多的"不得已"。我慢慢发现，其实每个人都活在深深的无奈里，都有无法解开的困局。世事一场大梦，人生几度秋凉。接受糟糕的现实，应该是每个成年人的必修课。纪录片《徒手攀岩》告诉我们一个道理：徒手攀岩的过程不是克服困难，而是习惯困难。是的，在困难面前，我们要习惯它、适应它，唯有这样，才能越过它。

立冬前一个阳光明媚的午后，我驱车带着母亲和家人去南山脚下散心。车还没到环山路，远远看见一片红彤彤的柿园，顿时让人眼前一亮。我引领着母亲和孩子们找到最佳位置，然后耐心地给他们一一拍照。夕阳的余晖照在他们的脸上，衬着头顶硕果累累的柿树，格外美丽动人。这是父亲走后的这一年里，母亲脸上第一次泛起微笑。

黄昏静谧悠远，身后的终南山如一尊佛像般安详。我被眼前的景色深深打动。回想那些不期而遇和意料之中的告别，回想朦胧的童年时光，回想在安静和压抑的斗室中孤独度过的日子，回想在异地他乡和海边小住的每一个陌生的清晨、黄昏、黎明，回想在旅途中的各种遇见及转瞬即逝的灵感，回想午夜惊醒后的泪流满面……回忆之所以美好动人，是因为它经过了岁月的沉淀和过滤。那一刻，我仿佛把过往所有的孤独、绝望、遗憾、不安、挣扎都抛在身后，只留下一颗空寂的心。尽管知道往后余生，这些心绪仍旧会反复出现，但在那一刻，我的心感受到从未有过的安宁。

二

深夜的街头，一中年醉汉卧倒在马路沿上。有好心人扶起他，欲叫车送其回家。问家在哪，醉汉喃喃自语："没有家。家是旅馆，旅馆是家。"说完泪流满面……

面对夜幕下的万家灯火，我时常思考一个问题：有多少盏灯是一家老小围炉夜坐安享其乐融融？有多少盏灯是留给心爱的人，昭示他倦鸟归巢，按时回家？有多少盏灯是孤灯长明，留给心中一份可望而不可即的念想？又有多少盏灯只为陪衬内心深处的孤独和寂寥？家之所以为家，是因为那里有自己心心念念的人。否则，它只是一座房子，一个住所，和猪窝、牛圈没什么区别。人生而为群居动物，没有谁能在孤独之中自得其乐，活得干干净净、一尘不染。

年轻时总认为结了婚自然就有了家，如同生了孩子自然就是父母一样。岁月最后用惨痛的事实告诉我：婚姻需要经营，家方可为家；父母需要不断学习和自省，方真正为人父母。有一家杂志曾针对全国 60 岁以上的老人做过问卷调查："你最后悔的是什么？" 57% 的人都后悔没有好好珍惜自己爱的人。人都是这样，总把最好的一面留给陌生人，把最差的一面留给最亲的人和最爱的人。婚后我曾无数次批评过爱人不要买花，既

浪费钱又不实用，他总是嘴上应允，却依旧在每一个大大小小的节日里给我买花。

如今年纪大了，被生活琐事浸染得浑身烟火气，竟然无比怀念起那些他为我买花的日子。掐指一算，这样的日子已经一去不复返很久了。

为何我们永远学不会好好说话、好好相爱呢？其实，夫妻吵架的温度，就是生活的温度。什么时候连架都懒得吵了，婚姻也差不多到头了。家不是讲理的地方，婚姻里从不讲主义，而是讲情义。

面对不幸，我们只有三个选择：改变，离开，接受。如果前两个都无法做到，我们就只能拼命说服自己接受。既然你不可能 100 分，那我就接受你 70 分，甚至 40 分的样子吧。人到中年，你要学会认命和低头。世事既无常又艰难，与其悔不该，不如好好过。唯有珍惜当下，才不负曾经相爱。

三

2019，你的心目中有没有一个或几个特定的人，在这一年或某一刻，他（她）曾经点亮了你？我有。

千里之外的湖边，心似弹棉花。朋友说的那些话，我知道都是苦口良药，虽难以下咽，但治病。是的，如果一定要找一样东西相信，那就相信事物的复杂性，相信自己不完美。其实人活着最需要的不是宽恕谁，而是解开自己观点的束缚。你把自己解开了，你就谁都看得惯了。心理学上有一个理论叫"弑父"，并不是说真的杀父亲，而是在成长过程中，要逐渐绞杀以前的事物给自己带来的思维定式和行为准则。学习变通，多方位思考，这些都是成长中需要学习的智慧。"弱者报复，强者原谅，智者忽略。"忽略，即根本不在乎，这是一个非常好的姿态。

没有人能够完全教会另一个人怎么生活，我们也并不缺道理，缺的只是实践的勇气和内心的力量。外在的遇见，来源于内心的质地。等待与坚定，都是增强力量的修行。

钝感，是很好的解药。进窄门，走远路，见微光。

四

幸福的出口绝不是一个，只要你愿意，触手可及。

这一年，庆幸上帝为我关闭一扇门的同时，为我打开了一扇窗——文学之窗。写作，于我是一种梳理和记录，记录自己生活和内心的点点滴滴，给遥远的另外的自己一个交代，那是比现实生活中更纯粹更真实的自己。我相信，通过文字，定期释放情绪，能让自己更通透。

世界太大，生命无常。我们要过得尽量像自己想要的样子才好。

日历翻开新的一页，新的一年，每个人的期许各不相同。但无论你有着怎样的愿望清单，只要你努力经营大大小小的日子，不辜负自己，就是最好的生活状态。缓慢认真地生活，体会身边的花开、雨落、黄昏，你会发现，生活从不辜负一个认真的人。

夜晚，人来人往的街头，男人推着三轮车回家，自家的狗狗在车尾帮忙推着车。那人，那车，那狗，那瞬间，让生活顿时变得温暖可爱起来。愿我们都越来越快乐，越来越觉得"人间值得"。一切终有时，唯有时间无穷无尽。

朋友圈有人给 flag 下了一个新的定义：立一个 flag，朝着那个方向努力，福自然就来了。2020，我的 flag（"福来哥"）：1. 不纠缠，不纠结，心存感恩与美好，努力做最好的自己；2. 制作无数个"时间胶囊"，如去上一个学、去参加一个比赛、去学一门手艺、去认识一个早就想认识但还没有认识的人等；3. 为身边需要帮助的人或社会公益事业投入一些时间与精力，分享自己，点亮他人。希望这些美好的愿望能成为我人生攀岩上的一个抓手。

愿新年，胜旧年。

注：本文发表于《生活文摘》杂志 2020 年第 1 期。

时间的献礼

　　世事如落花，心境自空明。日子在岁月的白板上飞针走线，晃晃悠悠一天又一天。很多事犹如天气，慢慢热或者渐渐冷，等到惊悟，已过了一季。人生就是这样充满了未知，你永远不知道下一刻会发生什么，也不会明白命运为何这样待你。只有在你经历了种种变故之后，才会褪尽最初的浮华，以一种谦卑的姿态看待世界。

　　那天整理抽屉，无意中发现了从怀孕起为儿子写的日记，整整三本。上面密密麻麻记录着从孕育生命到儿子降生、咿呀学语，再到儿子背着书包入学，这期间所有的喜怒哀乐。转眼儿子已长成一个高大帅气的壮小伙，即将迎来他人生的第一大考。不养儿不知父母恩。孩子的成长不仅需要投入人力、物力和财力，更需要为人父母不断成熟。如今回头看孩子成长的这十几年，我们似乎一直在调整自己的期望值，向孩子退让。这应该是大多数家长回归理性的过程，尽管这个过程曲折又漫长。

　　想起在儿子未上一年级前，我曾视尹建莉的《好妈妈胜过好老师》为教育宝典，反复读，认真悟，时刻准备着言传身教；后来又读周国平的《宝贝，宝贝》，再到池莉的《立》，用一

颗朴素的心去感悟为人父母者如何在孩子成长道路上作好向导或人梯。有人说，孩子既是上天派送给父母独一无二的礼物，也是来向父母讨债的。随着儿子一天天长大，他渐渐有了自己的思想和主见。我终于发现，不在教育上虔诚思考，不去用心理解孩子，仅在分数上步步紧逼的家长，最后多半会节节败退。作为家长，要有足够的耐心让孩子在成长中不断体会生命中的不同感受，无论好还是坏，等他觉醒，顿悟，然后奋起直追。

　　记得中考前的一段时间，儿子学习态度很不端正，总是和我们对着干，成绩自然是不停下滑。我一度失望又伤心。妈妈劝我："猪娃在世还带三升糠，何况一个人呢，老天让他来到这个世上，就会让他活下去。"我妈一个农村妇女，一生勤俭持家，对我们姐弟三人从没有什么过分要求，只是默默地做好自己该做的事情。但她越这样要求低，我们越想活得与众不同。现在想想，妈妈的话充满哲理和禅味。谁又能左右别人的一生，谁又能预知别人的未来呢？我应该像妈妈一样恬淡才好，不能再对孩子咄咄逼人、求全责备。

　　"我就是个普通人。"周末的清晨，起早给儿子做蛋炒饭，不知怎么，他一边吃一边嘀咕着说出这句话来，一脸的平静。瞬间，我在心里轻轻跟儿子击掌，默默地对儿子说："你妈妈，我，也是普通人。我妈妈，你外婆，也是普通人。"是啊！既然我们都生为普通人，那就好好地过这普通人的一生，不必着急忙活，更不必这山望着那山高。

　　让我们在时间中静候吧！静静地等候孩子长大，长大了他才会懂得父母的辛劳；静静地等候爱人成熟，成熟了才会懂得两情相守；静静地等候久别的朋友归来，重温友情的美好；等候春回大地，在寒冬风雪急骤的时候；等候种种误解慢慢消除；等候谣言恶意中伤又自生自灭……

是的，这一切都可以交给时间。

当我们回眸岁月，感慨"时间都去哪儿了"时，却发现她已经在我们的身上留下了深深的烙印。那就是：渐渐温柔，克制，朴素，不怨不问不记，于安静中体会生命的盛大与辽远。

注：本文发表于《当代青年》2021年8月下半月刊。

人，总要仰望点什么

亲爱的儿子，生日快乐！

今天对咱们家来说是一个美好而值得纪念的日子。清晨睡眼惺忪中手机振铃，收到陈老师给你发来的生日祝福，甚为感动。陈老师不愧为一个称职负责的好老师，尽管我们和他目前还没当面沟通过什么，但从你口中得知他是一个非常好的班主任，对孩子们非常关爱，恩威并重，亦师亦友。人的一生遇到一个好老师不易，所以，儿子，你何其幸运啊！应当好好珍惜这份缘分，努力学习，不断进步，以优异的成绩回报老师。这是妈妈今天表达的第一层意思。

爸爸妈妈都非常爱你。从孕育生命那一刻起，妈妈就把全身心的爱倾注给你，你成长的每一步都牵动着她的神经末梢，那几本厚厚的日记和《阳光之下，泥土之上》等几十篇文章是你成长的见证，也是父母对你爱的见证，更是一个家长对教育不停反思总结的心路历程。在你上高中之前，妈妈始终认为，陪伴和关注是父母给予孩子最好的成长教育，直到后来送你去离家 70 多公里外的学校读高中，妈妈的观念才彻底改变了。这是你第一次离开我们独立学习和生活。你不知当时我有多么不舍和焦虑，目送你进了校门和教室，怀着忐忑不安的心情离开了学校。

一周后，你回到家顾不上放下书包，就坐在饭桌旁和我絮叨个没完，汇报你一周的见闻感想、生活起居、同学老师等等。尤其听到你说每天早上5：30独自起床去操场跑5公里，看到满天繁星很稀罕很高兴，我简直不敢相信自己的耳朵。我的儿子自立性原来这么强啊！后来通过和老师交谈得知，你在校是一个非常勤奋踏实且自律的孩子，遵纪守规，团结同学，特别喜欢体育运动，还有些小幽默，大家都非常喜欢你。我开始对你刮目相看了，不再把你当小屁孩看待了。我也终于幡然醒悟：父母在教育孩子的路上一定要懂得适时放手，大胆放手，给予孩子充分的信任。这是妈妈表达的第二层意思。

海尔集团创始人张瑞敏曾经说过："什么是不简单？把简单的事做好就是不简单；什么是不平凡？把每一件平凡的事做好就是不平凡。"所以，每一个伟大的成功者不是做过什么困难的大事儿，而是很务实地把每件事持之以恒地做好做完。这就是不简单。作为一个学生，你现在的主要任务就是只争朝夕，不负韶华，努力学习，锻炼好身体。给自己从小到大定几个目标，然后不断攻克，只要每天都在进步，你就是最棒的！一年一度的高考于昨天下午结束，几家欢喜几家愁。十年寒窗磨一剑，功夫不负有心人。两年后也该检验你了，希望你从现在起就做好充分的准备，到时才能游刃有余，无惧风雨。这是妈妈表达的第三层意思。

人生在世，不能总是低头觅食，那样会活得像动物一般。

人，总要仰望点什么，向着高远，支撑起生命和灵魂。仰望，就是发现崇高。从某种意义上说，它是一种精神昂扬的生存姿态，它使生命自由奔放、激情四射，就像鲜花绽开、泉水喷涌。仰望，能使我们的内心变得安静而丰富，并由此获得感动和灵感，从而与崇高无限契合；仰望，就是在漫漫黑夜中追寻和叩问灵魂，它使人重返失落的精神家园。所以，我的孩子啊！希望你在人世中行走，把立在苍茫大地上的血肉之躯与高高在上的精神品格结合起来，不断追寻崇高，感悟崇高，努力使自己成为一个高尚的人，一个有使命和担当的人，一个有健全人格的人。这是妈妈表达的第四层意思。

　　亲爱的儿子，生日快乐啊！时间过得真快，今天起你就16周岁了。人生布满荆棘，但也有着各种小确幸和美好。尼采说："每一个不曾起舞的日子，都是对生命的辜负。"愿你以梦为马，不负韶华；流年笑掷，未来可期！我们相信你是最优秀的，我们静待花开。

　　注：本文发表于《当代青年》2020年第10期下半月。

轻舟万重山

　　吾儿，今天是夏季最后一个节气——大暑，距离 7 月 9 日你的 17 岁生日已过去 13 天。因妈妈身体原因导致这份生日寄语姗姗来迟，还望见谅！此刻长安城湿热难耐，新冠疫情反复出现，河南暴雨洪涝肆虐，灾情牵动 14 亿国人的心。

　　孩子，当某天你历经了世事，走过了风雨，尝过了生活的酸甜苦辣，那时你便能体会到，人生几十年，你可以依赖、信任、托付的人，其实很少。那些走在路上突然泪流满面，躺在床上彻夜无眠，无人问津咬牙挺过来的日子，都会成为照亮你前行的灯。生活没有彩排，没有白吃的苦、白受的罪，人生走的每一步都算数。没有人天生就坚强，所有人的坚强都是温柔生的茧，伤疤刻出来的勋章。愿你在人生的道路上"历经万般红尘劫，犹如凉风轻拂面"。

　　孩子，过了这个生日你就 17 周岁了。从牙牙学语到如今翩翩少年，你一直都是一个真诚善良、懂事聪明、孝顺仁爱的好孩子，也是爸爸妈妈心中的骄傲。15 岁以前你与我们朝夕相伴，步入高中后你远离家到一个封闭式学校上学，原以为离开我们的庇护你会不适应，学习成绩会下滑，但经过两年的学习，我

们的顾虑全被打消了。你适应能力非常强，很快就进入良性循环状态，到了高二还当了班长。我们由衷地为你感到骄傲！此刻我不想对你谈责任、独立、担当、感恩与爱。作为名词，相信你对它们早已耳熟能详；但真正要领悟这些名词的含义，需要一生的时间。

《奇葩说》有一期的辩题是：如果能为孩子一键定制完美人生，你要定制吗？非常喜欢陈铭在节目中说的一段话："我们这个时代的文明，能够给予孩子最好的事情就是，给他一方花园，给他养料和空间。你自由开放，你枝繁叶茂，你一枝独秀，你孤芳自赏，我都为你鼓掌。"世间所有的爱都指向团聚，唯有父母的爱指向别离。孩子，这个暑假你已步入最关键的时刻——高三，即将从青春期走向成年，希望你能以"百二秦关终属楚"的志气，认真走完高中的冲刺阶段，为你的人生开启一个美好序章。下面三段话是妈妈给你17岁的生日寄语，希望你用心领会。

一、不要跌进欲望的泥沼，要明白什么才是对自己最重要的

每个人都会有烦恼，区别在于你能够消解念头、平息烦恼的速度有多快。很多人是不停地去浇灌、喂食、壮大这份烦恼，直到沉沦其中。房子空间有限，人心也有限，万物皆可断舍离，记得保持正念，留下对自己最重要的东西。

孩子，曾几何时你仿佛一夜之间换了个人，不再黏妈妈了。每周回来短暂停留，我们之间的交流仅限于饭桌上的十几分钟。看你狼吞虎咽的样子，妈妈既高兴又失落。高兴的是儿子终究喜欢妈妈做的饭菜的味道，失落的是你吃完就匆匆离开，然后把自己关在房间里玩手机。还记得你小时候，有一年夏天我们一起回乡下老家吗？晚饭后妈妈带你去村口的乡间小路散步，满天的星辰在夜空里眨着眼睛，你欢呼雀跃着捕抓草丛中的萤火虫。萤火虫在黑暗中放出有频率的光，闪一下，亮一下。你问我为什么这样，我告诉你这是它们求伴的信号。你看，连动物都需要相互沟通，向同类传递信号："我在这里，我需要一个交流的伙伴。"所以，妈妈希望你适时放下手机，珍惜与亲人团聚的时刻，因为这样美好的时光日后会越来越少。爱的回音壁应该是双向的。

二、不抛弃，不放弃，保持热望与梦想

历史上有一个很了不起的人，叫陆羽。他是一个弃儿，长大后，他给自己取名陆羽，意思是漂流在陆地上的一根羽毛。他立志要喝遍天下的茶，饮遍天下的水，于是从9岁开始就一直旅行。全国产茶的地方那么多，在只依靠步行的年代，他徒步走遍了，并且写下了《茶经》，成为1300余年来无人超越的经典。支撑他的，就是梦想的力量。

酒是辣的，咖啡是苦的，但它们又都是人们的挚爱。你看，人间极乐之事，无不是先苦后甜，苦中作乐。但，那涅槃般的极致快乐就在认真单纯的求索后面，在必不可缺的苦头后面。

三、坚守底线，守住自我

这个世界既充满着机会，也充满着压力。机会诱惑人去尝试，压力逼迫人去奋斗，都使人静不下心来。你不妨在世界上闯荡，去实现梦想，去探险猎奇。可是，你一定不要忘记回家的路。这个"家"，就是坚守底线，守住自我。一个人不论伟大还是

平凡，只要他顺应自己的心性，找到了真正喜欢做、适合做的事，并且一心把它做到尽善尽美，他在世界上就有了牢不可破的家园。于是，他不但有足够的勇气去承担外界的压力，而且有足够的清醒面对各种诱惑。

亲爱的孩子，距离你明年高考尚有 319 天，希望你保持热望与恒心，努力学习，全力以赴奔向梦想之门。如此，你才能在明年 6 月 8 日的晚上有"轻舟已过万重山"之感；在 6 月 24 日有"漫卷诗书喜欲狂"之感。

亲爱的孩子，七月，夏粮入仓，乳燕出翔。希望你坚守初心，百炼成钢，以昂扬的姿态踏上新征程。无论前路遇到怎样的艰难险阻，你的热忱都会汇成自信之光，把新征程的大道照亮。

注：本文发表于《当代女报》2021 年 8 月 2 日第 956 期。

岁月的枝头

暑假和妹妹、弟弟带着孩子们回老家，探望离家二十多年从新疆回家养老的姑姑，顺便看看老屋。孩子们闻讯欢呼雀跃，毕竟对于长期生活在钢筋混凝土丛林里的他们来说，农村是一片神奇广阔的天地。

汽车在路上飞驰，眼前闪过一道道熟悉的风景。尽管老家这几年被开发商整得面目全非，商业气息渐浓，但依然可以找到童年时美丽的印迹。正值盛夏，在路边偶尔可以欣赏到一块块绿油油的水稻田，虽然没有极目远眺尽收眼底的视觉效果，却依然能勾起人美好的回忆。微风吹来，夹杂着泥土和草香的空气沁人心脾。远处有一片荷塘若隐若现，粉色的莲蓬摇曳多姿……

孩子们在车上听我讲童年那些新鲜刺激的趣事，听得津津有味。刹那间，我记忆的闸门打开了。掀起岁月的帷幔，我听到时光在歌唱，清脆，干净，令人体验到生命深处的诗意。土地与根须的絮语，田垄与稻穗的梦呓，鸟巢与树木的情歌……那一抹记忆，凝聚在眉头，在轮回的四季里，缓缓流淌，让我在这个灼热的盛夏，倍感清凉。

走进绿树掩映下的老屋，一股熟悉的味道扑面而来，岁月

更迭，唯有她还在坚守着我们美丽的家园和童年的梦幻。逝去的岁月宛如一首无尽延伸的诗，自然纯真，洒脱无羁。

记得儿时最喜欢做的事就是去村子旁边的河道洗衣服。夏天，洗干净的衣服被晾晒在岸边的杂草丛上，顿时整个河道被点缀得五颜六色。趁衣服还没干，便和伙伴们用毛巾在河道里捞几条小鱼玩，惬意无比！儿时的家乡可以说是鱼米之乡，一到夏季便是孩子们的天地。在那个物质比较匮乏的年代，连电视和收音机都是稀罕之物，孩子们却自创了大量的游戏和玩具，度过了精彩的童年，滚铁环、跳房子、捉麻雀、粘蝉、抓蛐蛐、打纸板、玩弹球……那是一个拥有布娃娃都足以让女孩子骄傲、有弹弓也让男孩子满足的年代，但往往就是这些简单的、粗陋的玩具和游戏让我们这些生于二十世纪七八十年代的人终生难忘。

父亲给儿时的我留下了伟岸豪迈、风趣幽默的印象。农闲时，他时常背上行囊去深山老林挖药材，一走就是个把月。我永远也忘不了当父亲回家打开一个又一个包袱时，我和弟弟妹妹那渴盼、惊奇的眼神。各种稀奇古怪的野果让我们大饱眼福和口福，惹得左邻右舍的孩子们羡慕至极！等秋收完后的秋雨时节，父亲会拿上工具，带领许多叔叔去水塘或水库捕鱼。那时我们吃的鱼全是野生的，个大肉肥，哪怕只是在沸水中煮熟也让人唇齿留香。

当小河里最后一层薄冰融尽、大地吐绿的时候，憋了一冬的野菜便疯长起来。野菜种类繁多，如荠荠菜、灰灰菜、婆婆丁、水芹菜、山韭菜等，还有许多叫不上名的。野菜大多生长在田野里和山坡上，也有一些生长在水渠里或河道边。我和妹妹常常一边放养鸭子，一边去挖野菜。挖好的野菜被妈妈分拣好，择洗后或烧汤或凉拌或腌制。野菜最好吃的做法莫过于蒸菜疙瘩，常常还没做熟整个屋子便香飘四溢，让人馋涎欲滴。

上了十几年学，学校换了好几所，如今脑海里留下印象最深的却是最初村子里那所小学和距村子五里外的初中。我在这两所学校分别读完了小学和初中。村外那所学校坐落于巍巍终南山下、悠悠紫沟河畔，果树环绕，溪流潺潺，鸟语花香。虽然学校周边环境优美，但学习条件却很简陋。孩子们早、中、晚一天来回三趟在家和学校之间奔走。那时的我面黄肌瘦，尖嘴猴腮，早饭和晚饭大多时候是在上学的路上边走边吃。夏季午休男孩子睡在长条桌上，女孩子睡在长条椅上。

那时学校对孩子们的学习不像现在这样抓得很紧，作业也不多，倒是一年四季有做不完的农活。春天我们要去野地挖白蒿（一种中药材），夏忙要捡拾麦子，秋收要捡拾稻谷，还要不定期去河滩捡石子，任务相当繁重，以至我的手脚常常打满血泡。这些当时被认为很辛苦的童年差事，如今想来却别有一番滋味在心头。那些在城市里长大的孩子想必永远不会有这样的感受。

席慕蓉在诗中写道："故乡的歌是一支清远的笛，总在有月亮的晚上响起。故乡的面貌却是一种模糊的怅惘，仿佛雾里的挥手别离。别离后，乡愁是一棵没有年轮的树，永不老去。"人到中年，却再也找不回儿时对陌生世界的那种新奇感，找不回那种全神贯注和真诚纯洁的目光。那些盛开在岁月枝头的时光之花，以美丽的姿势，停留在过去，驻留在心间。

注：本文发表于《西安日报》2019 年 12 月 28 日。

那些年，那些爱

那些年，走过的岁月，经历的风雨，都是我人生路上最独特的味道。我知道您给我们的不是最好的，但，您把自己最好的给了我们。

—— 谨以此文献给我敬爱的父亲

一

某日朋友来拜访，看我正在伏案疾书，帮孩子整理小升初考试的综合常识，不禁感慨道，你这样为孩子操劳不知是帮了孩子还是害了孩子呢？看我有些愕然，他给我讲了他同事 K 养育孩子的故事。

K 中年离异后一直单身，独自抚养着年幼的儿子。他只负责儿子的吃喝拉撒，其余一概不管，还经常在业余时间骑着摩托带儿子去郊县的河塘垂钓，一钓就是一整天，那儿子就拿着书本乖乖地守在父亲身旁，一声不吭。K 常常挂在嘴边的话就是："学那么多知识有啥用，我儿子只要不学坏，身体健康就行。"这世上的事就是奇怪，真应了那句"有心栽花花不开，无心插柳柳成荫"。K的孩子竟然越来越优秀，学习成绩在年级也是遥遥领先。那孩子除了学习好，文章也写得好，心思细腻，多愁善感，情商把同龄孩子甩出好几条街。老天呀，这怎么可能是那个只有初中文化、懒散成性、浑噩度日的K养育的儿子呢？身边的人见此情形，不是夸K上辈子烧了什么高香恩宠甚厚，就是妄自菲薄，扼腕自叹弗如。

听完故事，我也陷入了沉思。不是对K的羡慕嫉妒，也不是对自己教育方法的怀疑，而是这个故事勾起了我对童年往事的深深回忆……

透过故事表象，我似乎看到了那个与我素昧平生的小男孩成长路上所有的心路历程。

二

人都说，父爱如山，母爱似水。可我的文字很少提及父亲。在我存量有限的记忆库里，能翻腾出的关于父亲的事迹，寥寥无几。父亲年轻时身强力壮，心直口快，性情刚正不阿，身上时常有一种侠肝义胆，路见不平挺身相助；母亲小父亲四岁，性情温婉，心灵手巧，多愁善感，天生爱操心，爱唠叨。父亲兄弟姐妹四人，上有一个姐姐，下有两个妹妹。父亲年幼时就失去双亲，四兄妹相依为命，在那个食不果腹的年代受尽了煎熬。

父母性格的迥异和成长背景的不同，导致他们年轻时家里"战火纷飞"。我现在脑海里还时常浮现出许多他们吵架打闹的场景，有时是白天，有时是深夜。父亲发起脾气来，什么后

果都不顾及，时常打砸摔发泄一通。母亲起初哭哭啼啼毫不相让，一旦战火升级到父亲要寻死觅活时，母亲就服软了。我是家里的老大，每次家里起纷争，我都心惊胆战，去街坊邻居家里搬救兵，整夜不敢合眼，害怕在我打盹期间父母丢下我们三个去了。妹妹和弟弟却旁若无人似的该干吗干吗。印象最深的一次是我上五年级的冬天。那天深夜我正睡得迷迷糊糊，突然听到隔壁房间传来嘤嘤的哭声，赶紧披衣下床循声而去，原来是母亲正蹲在炕底下痛哭流涕。我找来手帕一边给她抹眼泪，一边絮叨着安慰她。那时的我年幼无知，不懂父母因为什么吵闹了，只是自顾自安慰母亲，给她起誓我要带领妹妹和弟弟好好学习，再也不让他们操心，长大了好好报答他们的养育之恩等等。

那个冬天的深夜成了我人生的第一个拐点。自那以后，我仿佛一夜之间长大了，除了吃饭和睡觉外，所有的时间都用来学习。我要用自己的行动来践行给母亲的诺言，我要用自己拼来的荣耀给父母增加点幸福感，我以为这样至少能减少他们吵闹的频率。

三

往事一幕幕，交织着心中最痛的记忆。逝去的岁月，留下了深深的痕，我一点一滴地找寻着那段岁月中蹉跎的、逝去的梦、情与思念。我守候着心中那份小小的、甜蜜的味道，关于家、关于学校、关于我的远方。

随着我学习成绩逐步攀升，直到稳居镇上那个学校的第一，父母的名声和美誉也在周边七八个村传开。向来对孩子们学习漠不关心的父亲，竟然也吆喝着要去学校开家长会。家里的气氛逐渐和谐了起来。母亲依然占绝对主导地位，指挥着父亲干这干那，把家里外安排得妥妥帖帖，小日子红红火火，惹得街坊邻居羡慕不已。

父亲像换了个人似的，非常勤快，非常能吃苦耐劳。每年暑假，全家五口齐出动，守着两亩荷塘从早忙到晚。我们三个孩子帮大人干力所能及的事情，比如折荷叶，洗莲藕，去田间地头送水，洗衣做饭干家务等。父亲是最辛苦的，他每天凌晨三四点就要起身，用自行车驮着两大筐上百斤重的莲藕四处赶集叫卖，每天至少跑百八十公里的路。每天下午日落西山时，我们全家都翘首以盼父亲的归来。母亲盼收成，盼父亲安全归来；孩子们盼父亲每天带回家的各种吃食。

父亲非常勤快，尽管很少干家务，但也从不贪睡。每天不到六点就起床在村里转悠，因为他性情豪爽，说话幽默风趣，很受村里年轻人的喜欢与爱戴。印象中，一到雨天或农闲时节，父亲就会吆喝一群小伙去河里或池塘抓鱼，每次都是满载而归。秋天的时候，父亲也会叫上几个朋友上山采摘名贵药材和各种野果子。每次一走就是二三十天，回来时头发胡子长得像一堆荒草。冬天白雪皑皑，冰天雪地，村里人大多都缩在家里。

说实话，数年后回忆起这些温暖的场景，内心总是感慨不已。如今我给孩子讲述这些童年的事情，孩子感觉很好玩，跟拍戏演电影似的。可当时的我们并没觉得有什么特殊或美好，甚至还一度羡慕邻家那个孩子，因为她的父亲是个吃商品粮的工人，

她有一堆小人书看，并有各种新式的玩具。而我们只有父亲打捞回来的野生鱼，摘回来的野果，以及自制的木头手枪和陀螺，还有母亲亲手描绘和制作的风筝等。

四

父亲像是一本书，年幼的儿女常常读不懂，直到我们真正长大了之后，明白了"可怜天下父母心"的含义，知道了打开爱的方式有千万种，懂得了爱都是在有效期和成长期后，回头重新翻开这本大书，才能读懂父亲那颗真挚淳朴的心。

春天的一个周末，我驾车陪父亲去老家户县参加一个哥哥给其儿子举办的婚礼。父亲知道我很忙，尤其周末，于是特意提前几天就跑到我办公室游说。他让我务必放下一切事务，和他前往参加婚礼。因为这个哥是我家的贵人，数年来一直帮衬着我们全家。父亲说做人一定要懂得感恩，别让人背后戳脊梁骨。

那天，我和父亲早早就起身前往户县了。父亲说因为晕车，自从住到长安，他大概有十几年没来户县了，想让我带他在县城好好转转看看。估计怕和我说话使我分心，父亲安静地坐在副驾驶位上，沉默严肃。人常说，女儿是父亲的小棉袄，可说来惭愧，长这么大我还从没有近距离接触过父亲。从小母亲就一直在我们耳旁唠叨父亲的种种不是，比如自私、性情暴戾、不懂得关心体贴别人、对孩子不操心等，受母亲潜移默化的影响，我对父亲打心底里亲近不起来，很少与他有过心与心的交流。即使在我的青春期、婚恋期，尽管时常迷茫无措，也从未求助或依赖过父亲。我料定他不会管我，也料定他给我指点不了迷津。

当我引导父亲打开了话匣子，没想到收获颇多，瞬间推翻了几十年来我对他固有的成见。父亲一路娓娓道来，给我讲述弟弟上高中后不好好学习，整日招惹是非，辗转好几个学校也不思悔改，作为父亲，他心里如何焦灼……

车子路过户县一中门口时，父亲不无感慨地说："过去的都是好年景啊！想当年每月驮着几袋粮食到学校为你交伙食，尽管饥肠辘辘却从来都舍不得在县城吃上一口饭菜，那时一想到我的闺女在全县最好的学校读书，便浑身充满干劲。"听到这儿，我喉咙像是被什么卡住了，内心翻江倒海……父亲又给我讲起了我当年的那场"六年之恋"。他说，当时看到我矛盾痛苦的样子，自己心里也不好受，但他不想替我作主。他以自己过来人的身份告诉我，成年人要为自己的选择负责。无论选择放弃还是坚守，他都支持我，相信我能作出适合自己的正确选择。

我知道父亲平生最爱吃我们户县的名小吃"辣子疙瘩"，于是未经他同意我把车子开到了中楼附近。时值春季，草木初生，那棵已有500多年的古国槐虬枝盘曲，浑身上下吐出了新绿，傲然挺立在钟楼旁，那苍劲的风骨似在诉说着岁月的轮回。古槐树下那家辣子疙瘩老店生意依旧红红火火。父亲却执意不吃，问他为何，他说嫌太油腻，过去喜欢吃是因为肚子里少油水，如今生活这么好，儿女成器又都孝顺，天天跟过年似的，早已不稀罕这个。

父亲的话句句敲打着我的心房，瞬间颠覆了我对他数年来

的看法与成见。原来父亲一直以他独有的方式在爱着我们，守护着我们的家园。蓦然回首岁月，才发现不同的成长环境造就了不同的人生。正是因为父亲的放手，才成就了今日我的坚忍与果敢，独立与自强。

"时光时光慢些吧，不要再让你变老了，我愿用我一切换你岁月长留。"再次聆听筷子兄弟这首《父亲》，我潸然泪下。人生旅程上，每一道征程，都装载着各自的味道，酸、甜、苦、辣我们都要一一品尝。那些幸福的过往和痛苦的迷茫，那些岁月的点滴和盘旋在心头的爱，都是生活赐予我们的味道，是属于你、属于我、属于我们最真实的味道。

注：本文发表于《西北信息报》2016 年 3 月 19 日。

又到一年粽香时

今年的父亲节和端午节相隔四天，随着两个节日的临近，愈发勾起我对父亲和故乡深深的思念。

我的故乡在户县草堂镇，地处长安和户县交界的地方。那个位于终南山脚下的村庄，承载着我人生无数美好的记忆，在这里我度过了艰苦而难忘的十八年。那段苦乐相伴的光阴刻骨铭心。

在我的求学生涯中，一直引以为豪的是我那位于秦岭北麓，号称"鱼米之乡"的故乡。那里山清水秀，四季瓜果飘香，盛景不同。每到暮春初夏，通往稻田的村道上，蛙鸣声此起彼伏，偶尔有白鹭从头顶飞过。村民们忙着引水、犁田、插秧苗，一片片插好的秧苗点缀在水田里，水田里倒映着蓝天和白云，微风吹过，荷叶摇曳，菡萏飘香，一派"小江南"的景象展现在眼前。

很多人不知道秦岭北麓这一带盛产大米，而且还是优质的"桂花球"大米。"桂花球""清水莲藕"等一些响当当的品种，已成为家乡许多人难忘的回忆。如今村子还是那个村子，稻田、荷田却早已不复存在，取而代之的是成片的"户太八号"葡萄。

儿时水稻在当地既是主要的粮食作物，又是经济作物。它浑身是宝：大米可食用，亦可用来酿米酒或制作甑糕、粽子，稻草可编织成草帘子卖给砖瓦窑，米糠可以当动物饲料。我的父母非常勤劳能干，家里除了自有土地外，还承包了村里近乎十亩水田。九十年代初期，父亲去南方考察，给家里购置了碾米机，这机器当时成为方圆十里四五个村唯一的碾米机。秋收过后，家里门庭若市。父亲负责碾米，母亲招呼来人并给父亲打下手。她待人亲和热情，没有人碾米时就主动联系米贩子来村子收购大米，给人家端茶管饭，于是生意越做越红火。

一方水土养一方人。父亲的勤劳厚道和母亲的贤惠能干相得益彰，让我们这个五口之家的日子从一穷二白很快跃居到村里数一数二。从当年的一间厦房到九十年代初期的三间两层楼房，十几年间父母先后翻盖了三次房屋，生活条件也是芝麻开花节节高。从我记事起，就没见过父母闲下手脚，他们仿佛不停旋转着的陀螺，起早贪黑只争朝夕。父亲是个性情耿直、脸皮又薄的人，根本就不是做生意的料，但母亲不信"邪"，想尽办法也要把父亲"锻造"成生意人不可。印象最深的是每到端午节前夕，母亲总要包粽子让父亲走街串巷售卖。

每天早上天不亮，厨房里就传来窸窸窣窣的声音，那是母亲在锅里煮粽叶、用水浸泡包粽子的馅料（糯米、大枣和各种豆子）。母亲边干活边向我们传授包粽子的工艺流程和技巧。她说，粽叶用前定要用沸水煮至回软并洗净，否则易断裂不易包裹。粽子馅料泡制几小时后，和粽叶分别捞起沥水待用。母亲用一个特大的铝盆盛上馅料，和父亲一起抬到院里的柿树下开始包粽子。她取出三张粽叶，毛面相对，轻轻一折成三角状，然后往里放适当的馅料封住，再用绳子扎好。母亲做这些时，动作轻巧娴熟，一边做一边给我们讲要领：比如注意四周平衡，两端大小相似，绳子不能扎太死，也不能打死结，以八成紧为宜；煮粽子时水一定要浸没粽子，以便受热均匀；停火后即刻起锅，不要久焖等。

母亲包粽子时，我蹲在旁边看着，如痴如醉。阳光穿过枝叶斑驳地洒落一地，母亲额头和鼻尖上渗出细密的汗珠，在淡淡的光晕里，她如一幅素净的画。那一幕永远定格在我的记忆里，挥之不去。

粽子的制作既是一道手艺活，又是一个良心活。母亲包的粽子个大馅足，样子精美，原料全选用的是家里最上好的食材。邻里乡党看见后笑话母亲太老实不划算，但母亲说，这粽子是咱这庄稼地的出产，要弄咱就弄好，都是低头不见抬头见的乡亲，咱可不能损了自己的招牌。

尽管母亲包的粽子卖相很好，两毛钱一个也不贵，但父亲每天回来都很晚，而且每次回来筐子里多少都余下些粽子没卖完。母亲见状有些不悦，父亲也有些沮丧。大前年父亲节，我们一大家聚在一起忆苦思甜。妹妹一边给父亲剪着手脚指甲，一边给我们讲了一个关于父亲售卖粽子期间的小秘密。

她说，看着父亲每天早出晚归兜售粽子很辛苦却不能圆满归来，于是下决心省吃俭用把零花钱积攒起来，终于攒到1元了，便揣着钱高兴地去学校了。父亲每天下午四点多钟卖完粽子都要从她学校门口路过。于是那天下午，妹妹带了自己一个好朋

友在学校门口守候父亲。直到看见父亲，她便把一元钱塞给好朋友，指使她去父亲那里买粽子，一元钱正好买五个。妹妹把那五个粽子全吃下肚子，结果撑得难受，晚上回家根本吃不下一口饭，害得母亲还以为她生病了不停地打问……听完这个秘密，我们都为妹妹的孝心感动，一致认为那是父亲节那天她送给父亲的最好礼物。

转眼又到了粽子飘香的日子，不禁想起父亲无论刮风下雨都早出晚归的身影；想起我们姐弟坐在村口翘首等待父亲归来的欣喜；想起母亲猫着腰蹲着身子在月光下编织草帘的样子；想起我们全家炎炎夏季在荷田挥汗如雨耕作的辛劳；想起父亲每次外出归来给我们带来各种瓜果零食，然后静静地坐在旁边看我们狼吞虎咽的样子……如今物非人亦非，父亲离开我们已一年多，唯有那个承载着无数沧桑与悲喜的老屋，以她固有的姿势坚守在故乡的风雨中。

时光从指间悄悄溜走，光阴流水般奔腾不息。城市的繁华空旷，膨胀着虚浮的快乐，记忆里永不磨灭的那人那情那景，虽已渐行渐远，却又清晰可见。它是定格在我心灵深处的歌谣和圣殿，挥之不去，历久弥新。

注：本文发表于《文化艺术报》2020年6月22日。

爱 的 回 音

转眼儿子步入高中学习已两周。学校是新办的，寄宿制，坐落在 70 多公里外的郊县。孩子只能每周回家一次。初次离家寄宿对孩子和家长来说是一个双重考验，尤其第一周。

可怜天下父母心。班级家长群里一群家长每天晚上叽叽喳喳个没完，尤其各位妈妈，从吃穿用住到学习、交友、运动等，话题无所不及，一会儿质疑学校管理，一会儿质疑任课老师的教学质量，言谈中充满各种不信任，恨不能给学校安装个监控，24 小时看护着自家孩子。此情此景让我想到了《奇葩说》中的一期节目，辩题是：如果能为孩子一键定制完美人生，你要定制吗？我喜欢陈铭在节目中说的一段话："我们这个时代的文明，能够给予孩子最好的事情就是，给他一方花园，给他养料和空间。你自由开放，你枝繁叶茂，你一枝独秀，你孤芳自赏，我都为你鼓掌。"我非常赞同这个观点，尽管许多时候我也难以做到真正放手。

其实，世间所有的爱都指向团聚，唯有父母的爱指向别离。只有懂得放手的父母，才能让孩子生出翅膀，在空中稳稳地飞翔。自由和独立，是父母能够留给孩子的最珍贵的财富。

　　在度日如年中煎熬了六天，儿子终于在周六傍晚风尘仆仆地迈进家门。这是他第一次和同学先乘班车后乘地铁，历时近乎两个小时自己回家，进门后长吁短叹："累死宝宝了，这班车过了两趟都没挤上去，好不容易第三趟上去了，摩肩接踵屁股挨屁股差点挤成肉夹馍！"我接过他背上重重的双肩包，正要嘘寒问暖，却被拦截住了话头。他急切把我拽到椅子上，然后从学习到生活一一汇报，核心思想就是：他适应能力很强，我大可放心。

　　如果用四个字概括我当时的心境，就是：喜极而泣。原来所有的担忧都是杞人忧天。为了回馈儿子的这份懂事，我决定亲自下厨，精心地为他做一顿可口的饭菜。我问他想吃什么，他说学校的蒸饺不错，但是每次排队都买不上，因为好吃，太抢手了。他让我效仿着学校的饺子馅给他也做顿蒸饺，我欣然同意。于是，先在抖音搜索，后请教酒店的大厨师傅。最后，在母亲的帮助下，我的蒸饺成功出笼，受到儿子赞赏。

　　次日，当我欣欣然把这件事说与朋友时，他第一反应却是："你为什么不让你儿子问下你喜欢吃什么？！"我顿时愕然。是啊，长期以来我们这些家长在"爱"的问题上，只讲"给予"，不讲"索取"，久而久之，在孩子心目中形成父母给予的爱都是天经地义的，自己受之无愧。毕淑敏说过："爱是一本收支平衡的账簿，可惜从一开始，成人就迫不及待地倾注了所有的爱，劈头盖脸砸下，把孩子的一只手塞得太满。全是收入，没有支出，爱沉淀着，淤积着，从神奇化为腐朽，反让孩子成了无法感知爱意的精神残疾。"长期以来我们被灌输的观念就是：生孩子是任务，养孩子是义务，靠孩子是错误。孩子可以是父母的一切，父母却只能是孩子的余光一瞥。想想这的确是人性的悲哀。

以前曾有朋友反复提醒我，成长期的孩子可塑性其实很强，尤其是意志品质。家长心疼孩子没有错，问题是要会心疼。"爱出者爱返，福往者福来。"爱是生命的缘起，也是完美的归宿。一个不懂得爱的孩子，就像不会呼吸的鱼，出了家族的水箱，必将焦渴而死。这个道理我们应该从小就灌输给孩子，让他懂得感恩，知道回馈，懂得普天之下没有免费的午餐。香港电台主持人梁继璋曾对儿子说："我不会要求你供养我下半辈子，同样的我也不会供养你的下半辈子。当你长大到可以独立的时候，我的责任已经完结。今后无论你坐巴士还是奔驰，吃鱼翅还是粉丝，都要自己负责。"

是的，责任和担当才是人在这个世上安身立命之根本。

朋友的话让我醍醐灌顶。我把正在餐桌享用美食的儿子叫到身边，旁敲侧击了几句，他很快就明白了我的意思，起身换好衣服很麻溜地出门，买回我最喜欢吃的卤鸭架和酱菜，又答应次日为我们做早餐。

孩子成长的过程，也是为人父母不断成熟的过程。当孩子面临一个成长的新环境，我和众多家长一样焦虑不安，但我更多的是把这种不安情绪调至静音，自行消化。其实我很想在家长群里说一句：好的教育最需要的不是家长的监督、责怪和质疑，而是无声的支持和充分的信任；不为难老师，不打扰教育，这是对老师和孩子最大的支持与尊重！

爱与被爱是一种本领，需要在感知中磨炼，就像做一道精致的菜，只有反复练，才会色香味形俱佳。爱孩子是为人父母

的天性。但，会爱孩子才是为人父母者矢志不渝的追求。

注：本文发表于《安康日报》2021年8月6日。

2018，谁陪你走过

多年之后才发现，生命是一场暗自重复或轮回，比如此刻守护在父亲病床前的我，光线与尘埃却带我回到三十多年前的午夜，终南山脚下那间破旧却温暖的老屋。不知何故，午夜时分，年少的我突然口吐白沫，翻着白眼，处于失语状态。年轻的父母吓得手忙脚乱，一边喊邻居帮忙，一边准备用自行车驮着我去乡卫生所。父亲抱着我跟跟跄跄，口口声声喊着我的乳名，几次跌倒在地……几十年过去了，但当时躺在父亲怀里的感觉一直刻骨铭心。

生活有时真会和人开玩笑，你永远不知道明天和意外哪个先来。一向刚强无比，号称"硬汉"的父亲突然重病缠身，身体每况愈下。病中的父亲很脆弱，要求亲人寸步不离地日夜守护在他的身边。我们轮换着给他揉捏胳膊、腿和腹部，给他讲那些旧时光中的辛酸与幸福，或听父亲讲他过去五马长枪的奋斗岁月。动情之处，父亲忘记了疼痛，与我们声泪俱下哭作一团。浓浓的亲情，给了父亲和时间赛跑、与病魔作斗争的勇气与信心。

三个多月来，奔走在各大医院，我目睹了许许多多的艰难与不幸。幸福的感觉千篇一律，不幸的状态却万千不同。马路上形形色色的人一律灰色面庞，你不知他们中谁在苦苦强撑，谁刚经历人生浩劫，谁又内心乱如麻，谁在前一秒还流着泪，转过身却满面春风。人人都不简单，人世浩渺，沧海桑田。我问一个被病痛折磨的朋友："2018年，谁陪你走过了最艰难的时刻？"她说是医生和护工。人在重病的时候才发现，感情没用，科学有用，说多少句"我爱你"都没用，能把尿盆在你身底下垫稳了，最有用。

是啊！风花雪月是顺境中的风景，人在逆境里，最需要的不过是一蔬一饭，一句温暖的嘱托，一声召唤随叫随到。我们生在尘世，可能大多时候都是在单打独斗，也有很多时候却是牵着别人的手渡过了生活的暗流。每个人都会成为摆渡人，每个人也会需要别人的摆渡。有朋友问我，想想这几年你最大的变化是什么？我说，应该是变得越来越勇敢。我说的这个勇敢，不是愣头青，不是无知无畏，而是指对自己的能力边界有准确的判断，对自己的承受力有真实的估量。有能力不要的，坚决扔掉；没有能力摆脱的，捏着鼻子也得忍着。在时间面前，我们既要无所不能，又要学会低头。

2018年已经成为过去，朋友圈疯传一位互联网大佬的话："2019年，可能是过去十年里最差的一年，却是未来十年里最好的一年。"坚定，勇敢，接受，面对，学习，解决。努力修一颗善良坚强的心灵，做自己的摆渡人。站在巅峰时，我们摆渡别人；处在低谷时，我们摆渡自己。归根结底，我们要成为自己的太阳，散发出自己的光和热。因为，能够帮助自己走出困境的，永远只是自己内心的方向。

一路走来，或得遂所愿，或事与愿违，或失之东隅收之桑榆，但一路都在敏求之，力行之。告别 2018，迎接 2019。在新的一年，愿我们守护内心的平衡与信念，以此心面对世间的凉薄与寡淡。自利，利他。

愿新年，胜旧年。

注：本文发表于《当代青年》2019 年第 4 期下半月刊。

爱 无 声

聚似一团火，散是漫天星。转眼父亲离开我们已经快两个月了。

前天晚上梦见自己爬上墙头想着法子撸槐花，却始终不能如愿，焦躁与无奈整晚充斥在心头。天亮时方才醒悟，终究是因为再也见不到父亲了。记得每年槐花飘香时节，父亲都会隔三岔五给我送来他亲自采摘的槐花，母亲变着法子用槐花给我们做各种吃食，一家人其乐融融的场景历历在目。如今，我们和父亲已是阴阳两隔，就连在梦里都不曾遇见。《韩非子》里讲到："六国时，张敏与高惠二人为友。每相思不能得见。敏便于梦中往寻。但行至半道，即迷，不知路，遂回。如此者三。"由此看来，与亲人在梦里相遇也并非易事。

人都说，父爱如山，可我的文字很少提及父亲。父亲是个农民，在我漫长的求学生涯中，他给我的印象就是侠肝义胆，乐观豁达不操心，家里基本是母亲做主。年少时，我勤学上进，两耳几乎不闻"学"外事，铆着一股劲要跳出农门，也很少和父亲交流，以至于我们之间一直存在着一层说不清道不明的隔阂。真正开始了解父亲，走进他的内心世界，是在父亲重病后我陪护他的那四个月。

去年十月，当得知父亲生命只剩半年左右时，我们整个家的天仿佛坍塌一样，瞬间没了主心骨。为了不影响父亲的治疗，我们慎重考虑之后，对他隐瞒了病情，直到最后一刻。天知道那四个月我们是怎样如履薄冰，怎样熬煎。我们姐弟三人陪着父亲和病魔作斗争，与时间赛跑，辗转数家医院寻医问药，选择治疗方案，明知已无回天之力，却一直心怀希望，盼望奇迹出现。眼看着父亲一天天骨瘦如柴，各种并发症接二连三出现，每天备受病痛的折磨，我们心如刀割。

起初的日子，父亲坚强而坦然，每天还和我们一起追忆往事。他从自己9岁失去双亲、兄妹四人相依为命说起，谈自己年轻时吃尽的苦和受尽的磨难，以及数次闯鬼门关的情景。父亲粗喉咙大嗓门，说话幽默风趣，同房的病友百听不厌。身为教师的妹妹，比我更能调动父亲的情绪，她一边给父亲修剪指甲、按摩腿脚，一边抛引话题，父亲就顺着她的思路讲下去。我们谈文学，话历史，聊典故。聊到《秦淮世家》的作者张恨水时，父亲告诉我们他本来不叫张恨水，叫张心远，只因一辈子对冰心情有独钟，无奈偏偏冰心对他无意，多方努力无果，一气之下改笔名为张恨水，寓意恨水不能结冰。当然，父亲这一说法也不一定对。他又给我们讲周立波的《暴风骤雨》、柳青的《创业史》、赵树理的《小二黑结婚》、陈忠实的《白鹿原》等。父亲的话匣子打开了，如数家珍，一时竟忘记了自己重病缠身。妹妹说，幸亏得了老爸的"真传"，才使得她在给孩子们上课时，可以讲很多"番外"话题，让课堂生动有趣。

那一刻，父亲在我心中的形象瞬间被颠覆了。原来他不只是一个有着侠肝义胆的庄稼汉，他还是一个有情怀，怀揣文学梦的文艺达人。这么多年他无师自通，学会了拉二胡、吹笛子、箫和口琴。从 2007 年进某国企后勤部门工作以来，他数十年如一日，起早贪黑，尽职尽责，深得同志们爱戴。他所在的岗位有需要维修的地方，总是自己先琢磨动手修，尽量不给工程部的师傅们添麻烦。每天傍晚时分，职工浴池门口总能传来他悠扬的二胡声，引来人们围观……

一切仿佛就在昨天。今年春节，我首次体验到"年关"的滋味。每天守护在父亲身边寸步不离，满脑子都是"断舍离"和"爱别离"，内心充满生拉硬拽的疼。我害怕黑夜来临，害怕哪天晚上离开父亲后就成了永别。白天守护在父亲身边，一只手握住他冰冷的手掌，另一只手在他手臂和肚子上来回摩挲。那一刻，我再也感觉不到我们之间还有什么距离和隔阂。插着氧气管的父亲躺在床上，像一个无助的孩子，一会儿呓语，一会儿蹙眉，大口大口喘着粗气，再也没有力气和我们说只言片语。我们父女一场，这一世的缘分已步入尽头。

常言道："父母在人生尚有来处，父母去人生只剩归途。"回老家安葬完父亲，我们在老屋里整理父亲的遗物，竟然在箱底翻出巴金的《家》《春》《秋》等书，还有父亲生前喜欢拨弄的板胡、笛子、口琴、箫。弟弟把它们一一收藏起来，说这是父亲留给他的心爱之物，以后没事可以学着吹拉弹唱。在二楼的库房里，妹妹还意外地发现了一个木匠工具箱，里面的墨斗结了蜘蛛网，斧头锈迹斑斑，还有一些叫不上名字的物件，看得人不由得鼻子发酸。在我们儿时不好的光景里，正是凭借这个工具箱，父亲方圆百里地跑着做零工，供养我们姐弟。往事一幕幕，交织着心中最痛的记忆。那些深藏在岁月皱褶里的点点滴滴，都成为祭奠的花朵。我知道父亲留给我们的不是最好的，但他把他最好的给了我们。

打开爱的方式千万种，如果把母爱比作一朵盛开的百合，在每个角落中散发着它迷人的芳香，那么父爱就像丁香，只有当岁月走过，你才渐渐品出那淡淡的清香。他以自己独有的方式，润物无声，深情无言，却在你的灵魂深处撑起一片绿荫。

注：本文发表于《西安日报》2019 年 10 月 9 日。

时光会记得

一

每年除夕前一两天父亲便和母亲联手为我们蒸许多包子，家里，香气四溢。从小到大，于我而言，最好吃的东西便是这过年的包子，还有大年初一早上的饺子。父亲喜吃肉食，百吃不厌。因此，他烧肉的手艺也没得说。家里只要包包子和饺子，调制馅料的任务非他莫属。热气腾腾的包子刚一出锅便被我们几个孩子一抢而光，供不应求。父亲的馅料调制得好，母亲的包子包得也是无可挑剔。母亲年轻时候也是我们那方圆几十里有名的民间手艺人，手工刺绣、剪纸、蒸花糕等活计样样出色，村里谁家过红白事都会喊她去帮忙。父亲吹拉弹唱无师自通，闲来无事总是吼吼秦腔，拉拉曲，引得村里老少围拢来，家里好不热闹！

每逢佳节倍思亲。转眼父亲已离开我们一年了。独木舟说："人生最美妙与最残忍的事情是同一件，那就是不能重来。"去年春节正是父亲生命垂危的时刻，谁也没心思过年。面对几乎不能进食的父亲，我是万箭穿心般的疼，守护在他的身边寸步不敢离开。我怕一转身便和他从此阴阳两隔。平生第一次，我对生命有了敬畏感。我们的虔诚祈祷最终还是没能从死神手里夺回父亲，正月初八的晚上，父亲溘然长逝。时间定格在2019年2月12日20点18分。我永远也不会忘记那一夜的分分秒秒，心痛到窒息，如同不能忘记儿时父亲从死神手里夺回我的那个夏末初秋的夜晚一样。

那年我6岁，白天和伙伴们去田间地头到处疯跑乱转，年少轻狂，无知无畏，学着男孩子的样子上山捉蛇，爬树掏知了，下河逮鱼捞虾没个正形。乡下的孩子，只要没上学，主要任务便是帮大人干些力所能及的事情，再就是想着法子玩。我清楚地记得那个初秋的下午，风和日丽。我和一群小伙伴跑到村外一片棉花地玩，无数个棉桃像极了调皮可爱的顽童，在秋风中摇晃着小脑袋。有个小伙伴突发奇想说嫩嫩的棉桃骨朵很好吃，他以前吃过。在他的鼓动下，大家争先恐后地采摘棉桃骨朵吃，如他所说，的确甜嫩可口。那个下午我们这群没大人管教的孩子不知道吃了多少棉桃骨朵，损坏了多少庄稼，吃完还兴高采烈地跑到旁边的一片坟茔上耍威风，比赛谁的胆子大不怕鬼上身。可就在那个晚上，午夜的钟声敲过，我莫名其妙犯起病来，先是口吐白沫翻白眼，接着全身抽搐。见我这样，年轻的父母吓得大惊失色。父亲匆忙穿衣服时由于心神不定竟然一头撞在墙上，额头立刻冒出鸡蛋大的包。他顾不得疼抱起我就往村头的医生家跑去，母亲留下照顾年幼的妹妹。好不容易敲开了医生的门，却被告知无能为力，父亲只好叫上叔叔用自行车驮着我前往十多里之外的镇医院。

　　父亲抱着我坐在自行车后座，虽然浑身酸软无力不能言语，可我当时意识依然清楚。依稀记得车子在乡间小道上颠簸前行，摔倒数次，父亲总能把我紧紧搂在怀里不丢手。他一路不停念叨着我的名字，流下的泪水打湿了我的脸和胸前的衣服。到了镇医院急诊科，我先前的症状似乎减轻了些，抽搐频率也低了。听完父亲的描述，医生怀疑我犯的是癫痫，可我们家族也没有这个病史呀！医生一时半会不能确诊，只好让我们先留观。等天麻麻亮时，父亲再次喊我名字，我竟一骨碌从床上爬起站在了地上，一脸茫然。看我说话口齿清晰，神志清醒，医生让我们回家观察。那晚之后我再也没犯过病，也算是在鬼门关走了一回。父亲的精心守护与那晚的惊心动魄，在我的记忆中留下了深深的烙印。事后我给父母详细交代了那天下午的经历，他们断定我要么是因棉桃上残留的农药中毒，要么是被"鬼"上身了，以警示我以后不要太张狂，要心怀敬畏。

<h2 style="text-align:center">二</h2>

　　余华说："生的终止不过一场死亡，死的意义不过在于重生或永眠。死亡不是失去生命，而是走出时间。"父亲走后的日子，我始终走不出阴影，恍惚间总觉得他老人家只是去了远方看望故友或谋什么差事了，不久他一定会回到我们的家园，与我们过朝夕相伴的日子。心里越是想念，梦里却越难以相见。弟弟、妹妹、小侄子都说梦见过几次父亲。梦里的父亲衣衫褴褛，背着年轻时闯荡江湖的木匠匣子，总是急匆匆赶路的样子，

来不及与他们说几句话，说得最多的话便是"好着呢，好着呢，让你妈甭操心！"后来妈妈也说梦见了父亲，还是又冷又饿的样子。听完这些我更加坚信父亲是去了另一个地方，那是一个只有死亡才能抵达的地方。在那里，父亲会重新开启他的生活。死亡，从那一刻起，突然变得温暖起来，在我的人生字典里不再遥远而陌生。

我还是很难梦见父亲一面，为此我懊恼了很久，在内心不停地追问与忏悔。想必是我刀子嘴急脾气，在生前一直冒犯顶撞让他对我寒了心。如今痛定思痛，才意识到原来我们父女的沟通一直都是在高喉咙大嗓门下完成，似乎不这样行不通。父亲不懂我的耿直与宁折不弯，我不理解父亲的能屈能伸；父亲看不惯我勒紧裤带也要全身心为孩子付出的"铺张浪费"，我看不惯父亲"今朝有酒今朝醉"活在当下的逍遥自在。我们总是说着说着不欢而散，再次见面他照旧给我安排这事那事，我们照吵不误。浓浓的亲情撵不走也吹不散。

妹妹总像和事佬一样温良恭俭让，一边老闫长老闫短地喊着父亲，一边夸赞着老闫做的卤肉好吃，移植的金枝玉叶长得茂盛又有型。三句好话夸得父亲屁颠屁颠为她忙前忙后，笑得合不拢嘴。日子兴许就是这样多姿多彩才显得烟火味浓吧！别人都说老闫真幸福，生了三个孩子个个孝顺，各有千秋，今生怕是福禄享不完啊！父亲打心底也是这么认为。当他隐约觉察自己时日不多了，曾私下拉着我们的手说过："爸这辈子值了，儿孙待我都好，只要你们都好好的，我就是再活十年又能怎样？"说完一屋子的亲人都泪流满面，泣不成声……

妹妹说刚结婚那两年，在自己日子最艰难的时候，父亲曾数次把和母亲一起节衣缩食省下来的钱攒在一起资助她，还说生活在城里没钱就没法过活，他们在农村再苦总能活下去。每次从父亲手里接过带着体温的钱，妹妹都如鲠在喉。我禁不住想起我买第一辆车时，父亲悄悄把我叫到房间，从柜顶取下一个木匣子，打开锁，里面是几沓钱，用橡皮筋捆扎着，有零有整。他把那些钱全部取出让我添补购车，说这是他这些年攒下的私房钱。那一刻，我鼻头发酸，父亲昔日在我心中的形象瞬间颠覆了。

三

往事历历在目，思绪翻江倒海。我们所谓的来日方长，其实并不长。也许一个转身、一通电话、一句问候、一次争吵之后，从此我们就再也见不上。2018年10月9日的下午，我们收拾好简单行李送父亲去医院住院治疗。在去停车场的路上，父亲肩头扛着硕大的军用旅行包，走在我的左前方，步履依旧匆忙矫健，背影高大挺拔。夕阳的余晖洒在地上、房上和人们的脸上，天空是那么寂寥高远，世界是那么安宁祥和。望着父亲的背影，我泪流不止，心被割得支离破碎。从那一刻起，父亲人生的倒计时便开启了。

四个月后，望着那两个穿着淡蓝色制服的人推着父亲缓缓走向走廊深处，走向所谓的极乐世界，我悲痛欲绝，冲破无数双阻拦我的手臂，扑着身子极力伸出双手拼了命似的想要挽留住他，我想最后一次触摸这个生我养育我几十年的老头子，触摸他不再高大的身躯，我答应过他等他病好了，我们一起去看大海吃龙虾，带他游历祖国的大好河山……

然而，苍天根本不给我机会，一切都来不及兑现。我陷入深深的自责中。我们的口头禅总是"忙完了，就回家看爸妈"，"找个特殊的日子就去表白"，"改天听你好好唠叨"，可事实上，我们永远有忙不完的事情，一直找不到"特殊日子"，"改天"永远不知道是哪天。最终却在一个"忙"字中，辜负时光；在一个"等"字中，遗憾终身。就像刘瑜在《送你一颗子弹》里说得那样："每个人的心里，有多么长的一个清单，这些清单里写着多少美好的事。可是，它们总是被推迟，被搁置，在时间的阁楼上腐烂。"

"未知生，焉知死？""子欲养而亲不待。"唯愿我们都能好好地活在当下，珍惜和亲人、爱人相聚的日子，善待自己，善待他人，始终以宽广的胸襟处事处世。相信时光会刻录下我们一起相亲相爱的日子，那些日子也定会在岁月中绽放出芬芳的花朵，历久弥香。

注：本文发表于《生活文摘》杂志2020年第2期；获《作家摇篮》杂志2020年度散文银奖。

夕阳下的母亲

一

橘红的太阳挂在西天，黄昏在夕阳下逐渐铺开慵懒的光线，给整个长安城披上了蝉翼般的金纱。燥热的风从南山徐徐吹来，让人浑身干爽。一进小区院内，我就看到母亲端坐在长条凳上，两鬓的银丝随风起舞。

父亲去世后的第一年，她就是这样每天坐在这条凳上等我们下班归来。我劝她多培养点兴趣，融入小区那群老头老太太中去，比如跳跳广场舞、打打麻将或者养只宠物，她却一再拒绝，总说没那份闲情。其实，我知道心性高的母亲面对城里这群老人有些自卑。她说，那些老人张口闭口都是吃穿养生，他们有退休金，不用花儿女的钱，咱不能比啊！我们就批评她不该有这样的思想，有什么自卑的，想当年咱也是村里的妇联主任哩，在方圆七八里也算是个能人。这样一说，母亲的脸就活泛起来，眉头舒展，眼眸发亮。后来我们渐渐发现她回家后话越来越多，甚至喋喋不休。她给我们讲院子里当天发生的新鲜事、某个超市在搞什么促销、电视上的"好管家"新教了一道菜特别简单等等。她甚至开始练习跳广场舞了。

促使母亲改变的是院内的张阿姨。她是一个农村的拆迁户，约莫七十出头，比母亲年长五六岁。张姨性情爽朗，老家也距我们村不远，她俩一见如故，很快成为形影不离的好朋友。有张姨陪伴的日子，母亲既充实又幸福，每天忙得不亦乐乎。可惜好景不长，今年夏天，没有丝毫征兆，张姨突发心梗去世了。

张姨离世后，母亲再次陷入孤独的境地。她整日把自己关在屋里，很少与人交流，但还是习惯每天黄昏时下楼坐坐。那些日子我正和先生因琐事闹矛盾处于冷战中，加之工作困扰，尽管我和母亲住在同一栋楼，我仍无心思也无暇顾及她。有天晚上当我拖着疲惫的身躯回到家，低头换鞋时瞥见餐桌上放着一包馒头和一些时令蔬菜。那段时间我们家一直冰锅冷灶，难不成先生悔改了向我示好？想到此不禁窃喜。过了几天，同样的事情再次发生，但我俩冷战的局面丝毫没有改观。还有谁会给我买菜呢？我一下想到了母亲，因为她也有我家的钥匙。这么多天没见我，估计怕我忙顾不上买菜。

敲开弟弟家门，母亲正一个人坐在沙发上看电视，连日来积压在我心头的委屈像泄洪一样喷涌而出。当我发誓宁愿孤独终老也不将就度日时，母亲立即对我进行劝止。她说："夫妻在一起打闹一辈子太正常不过，如同勺子总会碰锅沿，家家都有一本难念的经，磕磕绊绊才是生活。再说，少年夫妻老来伴，夫妻到了老年才是人生相互支撑的开始，等你老了自会明白。"母亲语重心长地说这些话时，我看到她眼里闪着泪花……我知道，她又想父亲了，是我勾起了她的伤感。

二

在母亲的劝说下，我进行了深刻自省。"既然山不过来，那么我就过去。"没有桥咱就顺着河走呗！很快我就和先生打破了僵局，一家人又其乐融融了。看我开心起来，母亲也宽心了许多。

周末的一天，我提议陪母亲去集市上逛逛。马上是她生日了，我想让她自己挑一件外套，起初她不乐意，嫌我大手大脚乱花钱，后来我不得不用激将法："我昨天路过文化街看上了一件羽绒服，人家死活不搞价啊！要不我就认贵买了吧！"一听这话，母亲立即愿意陪我出行。到了店铺我让老板把衣服拿给母亲试。试完衣服母亲一声不吭，我正要夸上身效果特别好，简直就是量身定制一样，可一看母亲示意我闭嘴的表情，赶紧把话咽了回去。奇怪的是，她脱下衣服什么也不说拉着我就往出走。老板一下急眼了，连忙拽住母亲问衣服咋样。母亲说："衣服样子还行，就是做工有些粗了，你看这针脚咋值这个价嘛！"俗话说"弹嫌是买主"。一看这架势老板赶紧松口了，让母亲出个价。于是，在你进我退中我们以最优惠的价格拿到了那件羽绒服。

眼前的一幕何曾熟悉啊！母亲一生勤俭持家精打细算，小时候逢年过节都是她亲自去秦镇给家里采购东西，唯有春节给全家置办新衣她会带上我，作为对我刻苦学习的奖励。走进让人眼花缭乱的市场，我总是一眼相中最喜欢的那件衣服，当然也是整个市场价格最高的。母亲虽然嘴上没嫌贵，但非要拉着我满市场转货比三家。不得不承认母亲是一个谈判高手，她总有办法以最低的价钱拿到想买的东西。记得有次我看上了一件枣红锦缎上衣，别家店铺不讲价，只有一家因为衣服胸前抽了一道丝线，老板同意低价处理。可我不乐意，大过年的，怎么能给我买件次品衣服？于是我使性子转身就走。母亲追上来说她保准让我满意。

后来那件衣服人见人夸，成了我少年时期最喜欢和难忘的衣服——因为，母亲在胸前用丝线绣了一枝蜡梅，让衣服熠熠生辉。

三

母亲老了，这是不争的事实。她再也不像以前那样手脚麻利地把家里安排得井井有条。当年，母亲披星戴月蹲在地上一把稻草一把稻草地编织草帘，一天能织六十多个，而其他妇女顶多也就织三十多个。在老家，父母亲扑下身子没黑没明地劳作，给一贫如洗的家翻盖了三次房子，他们用言传身教告诉我一个质朴的生存之道：天道酬勤。

当我的孩子呱呱坠地后，母亲才五十出头的年纪，却已老眼昏花，双脚不能走长路。她说这些都是月子里过早下地干活落下的病根。我让她给儿子做双虎头鞋和猫头鞋，那可是当年她最拿手的女红活计。母亲把做鞋的所有东西都备齐了，终因眼花无法完成而放弃了。

岁末年终，站在长安城远眺终南山下我的故乡，百感交集。转眼父亲去世已快三年，妹妹说："自从没有了老闫，就像饭

菜没了盐。"听完禁不住泪流满面……我怀念三十多年前那些新年，我们一家五口坐在老家的烧炕上谈笑风生的场景；怀念母亲为我们手绘的年画和精剪的窗花；怀念腊月里缝纫机在母亲的踩踏下发出的迷人的"哒哒"声；怀念我小学时母亲陪我点灯熬夜制作的、还获了奖的创意手工艺品；怀念每个暑假我们一家在荷田辛勤劳作的欢乐场景；怀念在我大学毕业找工作四处碰壁时，母亲奇迹般出现在教室门口，她的头发被风吹得凌乱不堪，但目光坚定有力。不知从没进过城又晕车的她是如何抵达我身边的。我没问，只是觉得当时她就是我的定海神针，给茫然无助的我无穷无尽的力量。

如今，这些都淹没在岁月里一去不复返了。漫长的告别，亦是相聚。浓浓的亲情让人意识到生之幸福、爱之幸福，是告别也泯灭不了的。风从南山一路吹来，带着淡淡的花草香和阳光味，让人浑身舒展。下班走进小区，一眼就看见母亲仍坐在那条长凳上，旁边放着一个大包。我紧两步上前。

"妈，你咋又坐这了，不嫌热啊？"

"我刚从老街道回来，有个超市要转让，这两天大促销。你看，我给咱两家买了这么多东西，节约不少钱哩！"母亲边说边擦着额头的汗。我连忙拎起包，扶起母亲。"妈！咱回吧！""回！"夕阳下，母亲笑吟吟的脸仿佛盛开在岁月中的金丝菊，在我心里荡起一圈圈涟漪……

注：本文发表于 2021 年 12 月 21 日《西安日报》，获长安国学会组织的"我的母亲"征文大赛一等奖。

守护一座城

　　转眼我在隔离酒店工作已半个多月。每天忙完，隔窗凝望远处阳光下洁净的山峦，不禁想起立冬后最后一次进山的情形。浓绿树丛在风中摇曳生姿，散落在半山腰上的柿树，枝头还零星挂着火红的柿子。有叫不上名的长尾鸟，体形漂亮，在枝头间穿梭跳跃。这山中一切，静的动的，都是自然界回馈给人类的礼物。

　　每天走的街巷排着一家家店铺，吃穿用度样样齐全。他们准时开门、关门，生意好时像过节，清淡一刻店主就独自泡起工夫茶，慢慢品。街巷是城市的里子，也是居民生活的面子，更是城市的温暖所在。然而，看似稀松平常的日子，在2021年12月23日这一天被按下了暂停键，时间仿佛停滞在这一刻。从全员禁足到禁车上路，再到一轮又一轮全民核酸检测，日子在望眼欲穿中一天天消逝。城还是城，却没有了昔日车水马龙一派繁华景象。

　　我怀念长安城清晨路边的早点摊，午夜街边的烧烤摊，还有热闹非凡的集市、人头攒动的菜市场、巍巍终南山的四时风光……这些生活中原本随处随时可见的百姓生活画卷，在2021

年岁末却成了奢望。幸福的标准如同皮带扣，随时可调松紧。但无论哪个时代，最需保持秩序的还是日常。禁足的日子里，家里经济尚可的人，还可以享受一下家人相聚的其乐融融；打工度日的人捉襟见肘，歇下来生活就没了保障，难免哀怨叹息；开店铺或公司的老板熬煎发愁，心里盘算着房子租金和员工工资如何发放。生活从未像现在这样充满不确定性。

疫情是面镜子，照出世间百相。封城期间，每天各种消息满天飞，从"情人开房导致疫情扩散""个别民众不配合管控辱骂殴打防疫人员"到"车辆限行物资用马帮运输""二十几个志愿者接力传递免费爱心菜"，再到"怀孕9个月的孕妇全网求助""小伙外出买馒头被志愿者殴打"等等，信息或真或伪，或骇或暴，不绝于耳。更有甚者，为了逃避西安疫情管控，出现了南有徒步穿秦岭，北有单车返淳化，西有渡水闯周至，东有翻原回蓝田。一个个匪夷所思甚至拿生命做赌注的举动，让国人瞠目结舌之余，也一再把古城推向舆论的风口浪尖。这些冲动的行为折射出封城之下百姓的恐慌，也给政府的疫情管控提出了更高的要求：止谎，需要真相跑赢谣言。在人人都是自媒体的时代，每个人掌握的信息不对称，如同盲人摸象；加之政府发号施令前，没有打通为百姓服务保障的最后100米，给那些借疫情博眼球赚流量、丧失起码道德底线的人提供了"指点西安激扬文字"的机会。

疫情是面镜子，照出人间大爱。哪有什么岁月静好，不过是有人在替你负重前行。漆黑的夜，刺骨的寒风，嘶哑的嗓子，忙碌的身影，疲惫的脚步，渴盼的目光……这一切构成了长安城这个冬天最美的一道风景，他们是西安抗疫最美的逆行者。

冬至那天，西安启动了新一轮全员核酸检测工作，超千万人口的城市，要在一天内完成。无数个临时核酸检测点紧急搭建，抗疫人员挑灯夜检，在凌晨零度以下的气温下沿路消杀。西安某学院医学院学生全员请战；宝鸡、咸阳、兰州等地医护人员连夜集结，驰援西安。尤其咸阳，这个只有400多万人口的小城，竟连夜集结了570名医护人员出征。不仅是一线的防疫人员，很多老百姓也加入抗疫队伍。最备受煎熬的，是2022年全国硕士研究生招生考试，在西安参加考试的13.5万考生，他们有人在封控区，有人在管控区，还有很多外地考生不仅要持核酸检测阴性报告进入西安，考完后还要配合隔离。不少考生被这突如其来的疫情折磨得焦头烂额。为保障考生准时赴考，西安出租车行业组织了5000辆出租车和网约车，免费为229个封控区考生提供一对一服务，接送考生往返居住地和考场。

西安一面馆女老板从12月18日开始为抗疫一线送免费餐，7天送餐近3万份，投入近30万元。为让大家有序排队做核酸，一名抗疫志愿者真情喊话感动无数人。他说："我从今天早上8点开始，不敢喝水，因为我不敢上厕所，一上厕所防护服就坏了。"看完让人泪目……"遇风尽是同舟客，肯把秦人视越人。"每一个看似普通的西安人，都在为西安抗疫的最终胜利贡献自己的力量。

疫情是面镜子，照出了政府城市综合治理能力及突发事件应对能力。大疫之下的西安，初期表现确实不尽如人意，出现了一些不和谐的事件。媒体也以《拷问西安疫情，千万人口重

镇应急表现何以如此？》为题，进行了详细报道。面对媒体和民众的责问，尽管 2021 年西安成绩喜人，万亿 GDP、圆满承办了"十四运"和"残特奥会"等，但在这次疫情中爆发的问题也是亟待解决的。2020 年武汉疫情封城时，最高人民检察院的一篇文章《谁是我们的敌人》痛批了武汉相关部门在疫情中的种种拙劣表现，指出战"疫"时刻，官僚主义、形式主义和病毒一样，都是我们最大的敌人。疫情是一面镜子，把地方政府的管理能力、突发事件应急能力和责任担当意识照得清清楚楚。

生活中，我们习惯了歌功颂德，习惯了都市生活的光鲜亮丽，但我们也不能因为有过辉煌过往和繁荣现在就讳疾忌医。无论一个人、一个城市，还是一个国家，都没有天生的强者，谁不是在面对一次次的挑战，在不断试错纠错中完善自我，找到最佳解决方案，最终成为佼佼者？

挺住就是一切。希望西安这次不仅要挺住，更要带领千万市民尽快打赢这场疫情防控阻击战，如歌中所唱："生活纵有千难万险，那人那城不会变。来年春天再相见，美美滴，看长安花开遍。"

注：本文发表于《西安晚报》2022 年 1 月 12 日。

高考是个点，人生是条线

　　亲爱的孩子！今天是 2022 年 5 月 21 日，阳光灿烂，微风不燥。在这个美好的日子，我们一起迎来了你的高中毕业典礼。十二年寒窗苦读，马上就要进行检阅。此刻妈妈坐在书房给你写信，内心五味杂陈，藏了一肚子的话竟不知从何说起。

　　从你呱呱坠地，不，准确地说，从孕育你那一刻起，妈妈就开始为你写日记或文字，记录我们彼此的成长。这十多年为你写的文章可以出一本书，书名早已拟好 ——《阳光之下，泥土之上》。妈妈曾经无数次设想如何给你办一个浪漫温情又充满仪式感的成人礼，然而，弹指一挥间，这么重要的日子就来临了，妈妈的设想却一个也没兑现，而且还手忙脚乱的。真是羞愧啊！感谢上苍让我做你的母亲，担起神圣的职责，并在为人母的过程中不断修行成长。下面这些文字算是爸妈给你的人生寄语，也算给你的成人礼之一吧！

一

　　孩子，高考是人生中的大事，牵动着千家万户。考上理想的大学是一件非常愉悦的事，你的寒窗苦读得到回报，我们的精心养育有了成果，老师的辛勤教育得到了肯定……所以面对高考，说没有压力那是假的。

竞争依然激烈。事实上，总有许多同学不能考入理想的大学。然而，我想说的是，无论你是金榜题名，还是与理想的大学失之交臂，都必须正确对待。金榜题名并不等于功成名就；与理想的大学失之交臂，依然还有路可选。

有人说：人生道路千万条，苦难历练千万种。不管是好的坏的，是成是败，每个人都要去经历。状元未必能闻达，李杜落榜千古传。高考仅仅是一个人一生的一次重要经历而已。你是否平庸，能否成功，并非一次高考所能决定的。尽管高考分数的高低，决定你进入不同的学校，遇到不一样的人，但它不能决定你的人生高度，更不会决定你变成什么样的人。

人生是条线，高考只是一个点；试卷只是一张纸，未来才是一幅画。没有人会因为一场考试赢得所有，也没有人因为一场考试输掉一生。孩子，等你步入社会就会知道，人生处处是考场，条条大路通罗马，行行都能出状元。白岩松先生说过："每个人都想赢，但不怕输才是关键。只有你不怕输的时候，你才能赢。"输不起的人，瞻前顾后，患得患失；输得起的人，不拘得失，洒脱勇敢，一路向前。所以，一个人不但要经受得了挫折，而且要输得起；跌倒了爬起来，抖擞精神，依旧充满勇气，努力开创下一段征程。

二

孩子，读到上面这些话也许你会在心里嘀咕：这怎么可能是妈妈说的话呢？是的，从小到大妈妈对你总是"恨铁不成钢"，在学习上对你要求严格，甚至苛刻，5岁起就给你报各种兴趣班和培训班，而你总是听从妈妈的一切安排。如今回想起那些奔赴在学习路上起早贪黑、风雨无阻的日子，我的内心充满感慨。我以为为人父母，只要尽心尽力为孩子铺就成长之路，就是称职或优秀的。直到有一天，我看到你的同学嗔怪他妈妈："为什么当我对您说美术联考没发挥好，可能考砸了，您脸上看不出丝毫焦虑或忧伤？我是不是您亲生的啊？"他母亲却"扑哧"笑了，"从小到大我不是一直都这样管教你吗？啥事不都是你自己做主吗？我和你爸文化程度不高，但我们相信老师能教好，相信你能学好。这还不够吗？"

那一刻，我恍然大悟。如果我懂得早日放手这个道理，恐怕你的成绩远不止目前这样。幸好这三年寄宿制高中，时空的隔离既锻炼了你的各方面能力，也让我静下来反思自己的教育理念，感慨颇多。

人生是一个不断学习，努力奋斗，持续积累的过程。社会的发展，知识的更新，需要我们与时俱进，不懈努力，在学习中提升自己的能力。现实中，能力往往比学历更为重要。人生有许多不确定性。每个人的成功，除了自己的努力，也有天时、地利、人和等因素，包括机遇、贵人等，这些都是可遇不可求的。

无论如何，你只要怀着满腔热情做好当下，拼尽全力奔赴未来，安然接受一切结果，那么你的人生就是无憾的。老天不会亏待任何一个正直、善良、勇敢、有志向的人。你吃过的苦定会成为照亮你前行的灯。

三

孩子，我们每个人的人生都是自己一步步走出来的，也是一次次选择的结果。关于高考，无论结局如何、成绩怎样，只要你尽心了，努力了，就好。学会接纳自己，展现自己真实的样子，告诉自己：这就是我，虽然不完美，但独一无二。

人生是一场马拉松，是一个漫长的、持续努力的过程。我们需要的是"莫问收获，但只耕耘"的毅力，在自己的时区中，始终努力前行就好。有人22岁就毕业了，但等了五年才找到好的工作；有人25岁就当上CEO，却在50岁去世；也有人到50岁才当上CEO，但活到90岁。

你看，世间每个人都有自己的发展时区。因此，不用嫉妒或嘲笑任何人。生命是一个厚积薄发的过程，处于低处时，苦心修炼积蓄力量；机遇来时，拼尽全力不留遗憾。所以，孩子啊，在面对你人生的第一次大考时，你要调整好自己的心态，放轻松，要在战略上藐视，战术上重视。如此认真应对，之后坦然接受即可。

孩子！世界很大，人生很长，考场却很小。没有人因考试赢得所有，也没有人因考试输掉一生。请相信，如果未尽人意，定是上天另有安排。无论你是星星还是萤火虫，是参天大树还是无人闻知的小草，我们都永远爱你疼你！你只要努力发出自己的亮光即可。千江有水千江月，万里无云万里天，昂首挺胸即有无限可能。

孩子！再有 16 天你就要参加你人生的第一次大考，再过49 天就是你的 18 岁生日，你也就成人了。你的人生才刚扬起帆，以后的路还要靠自己走。在此我代表家人先预祝你生日快乐，并送上我们美好的祝愿：乔木参天，我心盼之。泪湿双眼，含笑观之。五味难陈，沉默对之。长空万里，我心佑之。

孩子！愿我们都以平和的心态迎接不可预知的明天，胜不骄，败不馁，在自己的时区里，朝着自己选择的路，一往无前。

孩子！祝你以梦为马，纵马驰骋！也祝你金榜题名，梦想成真！

注：本文发表于《中国青年作家报》2022 年 5 月 31 日 16 版。

第二辑

如歌行板

行走在苍茫大地

01 珍惜

又一年了。

走在街上，尽管不如往年处处张灯结彩那般热闹，但依然可以感受到扑面而来的年味。年年岁岁花相似，岁岁年年人不同。放进柜子里的台历，一本又一本，上面留下深深浅浅的印记。欢喜有时，忧愁有时，希望有时，失望有时，日子就这么一天天走过。有位导演说："让故事发生。"简单的五个字蕴含了太多的人生道理，也包含了许多问题最简单的解决方法。毕竟，繁花似锦会如期而至，燕子归来会如期而至，隔河赏柳亦会如期而至。这世上的如期而至总是坚实的，足以构成盼望的底色。

如同春去春又来，"生命是一袭华美的袍，爬满了蚤子。"最终，我们都要学会用一颗平和清静的心，去面对现实，改变自己。

冬日的午后，走在广货街背靠的山间小道，举目望去处处乱坟野岗，白茫茫的芦苇在湛蓝的天空下随风摇曳，远处偶尔传来几声狗吠……眼前苍茫一片，我的心突然就沉了下去。那

些逝去的亲人啊！你们在另一个维度里过得可好？在亘古不息的大自然中，人的生命何其渺小！所有的告别看似突如其来，其实都有一个漫长的告别过程，这个仪式也许正在路上。《士兵突击》里袁朗教育成才说："我们这伙人不只是为了对抗，你的战友，甚至你的敌人，需要你去理解、融洽和经历。"百年人生终过客，红尘来去一首歌。想来岁月和生活带给我们的，应该是更加质朴阔朗和温厚的心境。无论好与坏，这一生我们只遇见一次，有何理由不去好好珍惜或和解？

看了日本国宝级女星树木希林遗作《日日是好日》，我体会到"先形后心"和"负重若轻"等道理。日本茶道的繁文缛节其实是在培养人的仪式感、禅意以及对自然的敏感与敬畏。"重的东西轻轻放下，轻的东西才重重放下"，尤为喜欢这句。茶道里一勺一汤的轻重，类比人间。轻的一刻，如亲人拥抱的一刻，看晚霞的一刻，看花开的一刻，像一片片叶子叠加，构成人间值得的部分，须珍重；那些重的时刻，生离死别天涯孤鸿，重到缩成轻泪，无声埋下，再起身，轻装前行。茶如人生，飞花落叶，总是掬水月在手。在自然的四季里，我们去感受万物的变化；在生命的四季里，我们去体悟不同的境遇。变的是世界，不变的是内心，是谓"日日是好日"。

立春那天收到朋友寄来的《心经》一幅，装裱精美，小楷写就，一笔一画，清秀端正。还有一张书签，上面写着：人间不过雪落地，两不相厌就相惜。读来感动。

所有过往皆为序章。相信生命中总会有一件事，能为你抵挡住所有的虚无与困境，让热忱得以延续蓬勃。让过去的过去，该来的自会到来，是为珍惜。

02　底线

最近一直在思考两个底线：关于婚姻和做人。

法国著名作家雨果曾说：人有两次出生，一次是在开始生活那一天，一次则是在萌发爱情的那一天。爱情是感性的，而成熟的人会葆有几分理性，爱意正浓时不要轻易说永远，先问问自己，这份情除了燃烧，是否还能相守。时光里最美的遇见不过就是两情相悦久处不厌，耐得住流年，抵得了岁月。

理想往往丰满，现实却很骨感。近年来中国的离婚率居高不下且逐年增长，究其原因最多的是婚外恋情的诱惑。任何一段婚姻没有绝对的合适或不合适，都是在漫长的烟火气中磨合，最终达到一个相对平衡状态。听过一个段子：再恩爱的夫妻，一生中也至少有200次想离婚的念头，50次想掐死对方的冲动，而这50次基本上是在去买菜刀的路上顺便又买了菜回家，日子接着过。虽说"婚姻怎么选都是错误的，长久的婚姻就是将错就错"，但总也该有个底线，不能让一方毫无原则地一味退让。这些年目睹过许多人的婚姻保卫战，有成功的，有破罐子破摔的，有宁为玉碎不为瓦全两败俱伤的……凡此种种让人唏嘘不已。

男人移情别恋固然可恶，但如何智取，是门学问。不同的男人有不同性情，因此采取的策略也应当不同。策略不同，结局便也不同。张爱玲选择默默隐忍独自垂泪，使得有才无品的胡兰成更加有恃无恐，小三一个接一个；蒋碧薇选择歇斯底里

地大吵大闹，闹得徐悲鸿颜面尽失，蒋碧薇也没落一个好；江冬秀明白读书人胡适的软肋，选择持刀威胁，最终彻底吓坏了胡适，放弃了离婚的念头；福芝芳选择采取多种策略，多条途径，最终"智取"梅兰芳；朱梅馥强忍悲愤，一不吵二不闹，心平气和地邀请第三者成家榴来家做客，让她亲眼看到自己对傅雷的爱是全盘接纳不讲任何条件的，不仅爱他的才华、人品和地位，还有他的暴戾脾气。最终朱梅馥兵不血刃，用她红颜知己般的温柔和智慧，成功逼退成家榴远走香港，化解了自己的婚姻危机。

"因为爱过，所以慈悲；因为懂得，所以宽容"，是为婚姻底线。

听过一个绵里藏针的段子：说有个人特别好，十个心眼中，好心眼就占九个，只有一个坏心眼。但这人基本上只用这一个心眼，其余九个不怎么用。众人听完哈哈大笑，为编段子的这个人点赞。人活一世，自当亲近君子，远离道貌岸然的小人。人在做，天在看。清者自清，浊者自浊，时间可以让人看清许多本真的面目。那些沽名钓誉、掩耳盗铃者，最终生活会回敬他一记耳光。

一个人的相貌，会随着内心的善恶而改变，长期的心与行为的修炼在脸上也会有投射。那些心术不正整日算计他人恃强凌弱的人，那些在强势面前奴颜婢膝、在弱势身上大耍淫威如跳梁小丑的人，即使偶尔得志，最终也会遭到世人唾弃。心存感激与善念，用发自内心的欢喜看待这个世界，那么，你经历过的苦难、包容过的糟心事、走过的岁月，都会历练成你一生的好面相。

阎连科在挪威比昂松作家节的演讲中说，做一个好人有两个最低要求：一是没有能力与他人成为朋友时，也绝不能和他成为敌人；二是不能利人，但也绝不要害人。我想，这应该就是做人的底线吧！

时间赋予每个人的礼物，既有失意也有诗意。暗夜星光，凉风破晓，它们一起向尘世宣布：所有穿越黑夜看到黎明的人，都是重生归来的战士。庚子渐远，好好迎春。

注：本文发表于《商洛日报》2021年3月11日。

一半烟火，一半清欢

01 互锁

采风中偶遇一异性朋友，因为要发送活动照片，彼此加了微信。之后的日子几乎没再联系，只是默默关注朋友圈，间或点赞。忽一日，早上起床发现有条早安的微信，寥寥几句却如清风扑面。一看是他发的，便礼貌性地回了一个表情。至此，这位朋友每天清晨5：30左右准时给我发送一条早安问候语且不重样。我从来都没在第一时间回复过他，但每条都会回复，哪怕是简短的两三个字。

世事纷扰，人与人相逢，都带着各自的故事。有很多情绪，注定只能独自吞咽，可与人言说者，不足一二。于我而言，能每天收到一份早安问候语，内心满满的幸福感。然而，这样的日子持续一月后，有一天戛然而止。几天后他发来一段让我莫名其妙的辞别语，等我回复时才发现他已删除了我。对于这场"不知所起和所终"的缘分，我除了一头雾水，便是少许失落。想必人与人之间的关系，也是一程程山水。生活没有教会我顺从，却教会我要顺其自然。

一位哲人说："你将锁链套在奴隶的脖子上，锁链另一端就自动锁在你的脖子上了。"这就是"互锁定律"。如：你纵情地喝美酒，那美酒也在"喝"你；你想坐处长、厅长那个座儿，那个座儿也在"坐"你；你一心用时间赚取金钱，那金钱也在赚取你的生命。举目四顾，满眼都是和喜爱之物紧紧互锁之人。信息爆炸时代，效益优先。日更的公众号、追梦的群演、不惜扮丑努力爆红的主播……无一不是在追名逐利，却也正和城市的春夏秋冬一起，成为四季里的人间万象，时代里的丰富表情，长街短巷里的市井烟火。

　　行走于世，很难不被喜爱之物羁绊或世俗裹挟。我们可以活在其中，却不能过分执迷。这样，你才能从精神上获得一种自由。当它抛来锁链时，你也就有了抵御的能力。

　　生活，不是我们活过的日子，而是那些令我们刻骨铭心的日子。感谢那些温润的感情，如清凉的风、山涧的泉、久处不厌的故人，让人心生慈悲与怜惜。即使消失或在我看不到的地方，也请各自珍重。

02　老伴

　　去小区门口的理发店收拾头发，刚一进门便听见"哇"的一声哭腔，只见一60多岁的妇人正坐在理发椅上声泪俱下，理发师紧张地问她咋了，好端端的，转眼怎么就成这样了。老妇指着门外叽里咕噜说个不停，可谁也听不懂她究竟在说什么。少顷，从门外走进一个满头银发的老头，妇人立即停止了哭声，并伸手去够他。原来，她以为老头子把自己丢在这不要了。老头不慌不忙地掏出纸巾，一边给妇人拭泪，一边对理发师说老婆子患了阿尔茨海默病，时常就不认识人了，却始终能认得他，似乎全世界只有他一个亲人了。说完搀扶起妇人准备回家，像哄小孩一样嘴里还嘀咕个没完。我只听见了一句："傻婆娘，我在呢，一直都在呢！"

看着眼前的一幕，我的眼睛湿润了。想起了那句古话，"少年夫妻老来伴"。温格·朱利说："即使是最幸福的婚姻，一生中也会有 200 次离婚的念头，50 次掐死对方的冲动。"相爱容易相处难，我们都需要在婚姻中努力修行，秉持"不抛弃，不放弃"的信念，如此，方能抵达相濡以沫之境。

大学时听着郑钧歇斯底里地唱《私奔》："想带上你私奔，奔向最遥远城镇，想带上你私奔，去做最幸福的人……"周身热血沸腾，以为"私奔"才是爱情的最高模式，是一种和自由、流浪、幸福紧密相连的神奇能量。后来渐渐明白，真正的爱情，从来都是接地气的，和我们的柴米油盐酱醋茶紧密相连，没有不食人间烟火的爱情。你看，身边许多人，从恩爱到纠缠，到争抢互搏，甚至"短兵相接"，变得面目狰狞。爱情的气数，逐渐用尽，最后不得不叹息："人生若只如初见，何事秋风悲画扇。"

锦瑟年华彼年豆蔻，谁许谁地老天荒？唯有珍惜。

03　星空

每次外出都是一场身心的救赎。

旅途中最喜欢看窗外，喜欢从眼前疾驰而过的山川、树木、村庄、牛羊和庄稼，还有那些熟悉或陌生的面孔。它们仿佛流逝的年华，给予人十足的温暖和慰藉，让人有种抚今追昔之感。窗外是变幻的风景，窗内是须臾的人生。远方，是旅途给予一个孤独者的全部恩宠。

我是从什么时候开始心境变得越来越恬淡呢？我想，是从三年前获知父亲得了不治之症，生命仅剩三四个月起；从懂得"孩子是因你而来，不是为你而来"起；从看一个强弩之末的人面对一群弱者张牙舞爪起；从明白人性的幽微与复杂起；从看到终南山下那幢让人幽然神往的山居起……人心是一个天平，要不断调整自己的平衡点。灵魂中的动力，即便在创痛与匮乏中也要保持它的纯粹和奔放。能认真、满含热泪地活在当下，便是世间最幸福的人了。

想起去年旅途中的一个插曲。下午两点，逛完泸沽湖，乘坐班车返回丽江，正常情况下四五个小时就可抵达。车子在蜿蜒的山路上缓慢行进，沿途风光旖旎，倒也不觉得无趣。穿过一个小镇后，在岔道口车子突然停了下来。原来这里昨晚暴风骤雨，山上的泥石流冲下来把路堵了。浑浊的泥水还在源源不断地从山上往下流。现场有一些交警和民工正奋力清障，但不知什么时候才能通行。摆在游客面前的选择有两个：要么耐心等待清障结束，走这条最便捷的路（距丽江50多公里），要么折返到镇上绕道走另一条路（距丽江150多公里）。经过半个多小时的讨论，考虑到安全，大家最终同意选择绕道而行。

这是一条逼仄蜿蜒的山路，车速只能开20~30码。颠簸了

七八个小时，加之旅途劳顿，再美的风景也无心思欣赏，车上人基本都在闷头睡觉。

"妈妈，星星！"突然，一个稚嫩的童声打破了沉寂的车厢。许多人都被惊醒了。我睁开眼朝车窗外看去，对面山上昏黄的灯火星罗棋布，仿佛一条条游弋的火龙。抬头望天，浩渺深邃的苍穹像一张黑色巨毯，满天星辰如散落的碎钻明亮灼眼。望着星空，我的心微微颤抖起来，有种说不出的欢愉。在这崇山峻岭间，在这与故乡隔了千山万水的车上，竟能看到这么璀璨美丽的星空，惊喜瞬间溢满我的心田……过往那些辗转的黑暗、人生的困惑，此刻显得微不足道。

望着眼前的星空，我的思绪却神游到凡·高的代表作《星空》上。犹记得那幅画给人的直观感觉就是，夜晚在静谧中孕育的勃勃生机。巨大的、形如火焰的柏树，以及夜空中像卷龙一样的星云，多么像人类在生存中的激愤与抗争。还有那轮从月蚀中走出来的月亮。看着它，就想起雨果的话："上帝是月蚀中的灯塔。"

车子在夜色中缓缓前行，我的心从没有如此宁静。是啊！世上没有白走的路，白受的委屈。东边不亮西边亮，总有一天老天会送你抵达目的地，给你意想不到的收获。

生如逆旅，一苇以航。我们相逢在此，已弥足珍贵。

注：本文发表于《散文百家》杂志 2022 年第二期。

风过花香

一

"520"前夕，我为自己网购了一大束红玫瑰和百合。记不清从什么时候开始，我习惯性地买花犒劳自己了。人到中年，突然对花草无比喜爱，家里所有阳台均被花草点缀着。

人性里有个"贱毛病"，那便是油多了不香，蜜多了不甜，拥有时不懂珍惜。想当年，婚前婚后丈夫最爱送的礼物便是鲜花，逢节必送。婚前送花无可厚非，可婚后他依然坚持送花且"屡教不改"，更甚者有次恰逢他出差在外，依然不忘让花店老板送花上门。那时我们住在单位分的小两居室，供养着一套按揭的房产，日子过得波澜不惊。女人婚前和婚后大多判若两人。我终于忍无可忍，便郑重地告诉他其实我一点都不稀罕花，细水长流的日子要精打细算，不如来点实惠的东西，哪怕一套精致的餐具。

问他为什么那么爱买鲜花，他说自己从小弟兄三个，没有姊妹，根本不懂女孩的心思。最尴尬的是那年初次到兰州大学上学，去学校的商店买生活用品，看旁边一个女生说买一包卫

生巾，以为那是清洗餐具的抹布，便张口问店员也要一包，惹得身旁的女生和女店员立刻用异样的眼光扫他半晌。大学四年因家里经济拮据，当别的同学花前月下卿卿我我时，他却寒来暑往走东串西忙着带家教供养自己。工作后开始谈恋爱，向一个大学校友取经，人家告诉他追女孩的"葵花宝典"就是送花，保证屡试不爽。这个一根筋的男人从此开始信奉此"典"。

二

　　世间的爱有千万种，有一种爱我称之为"南辕北辙之爱"，比如我和他。他不懂我的风情，我不理解他的苦心；我埋怨他风雨中不能为我遮挡一片天，他嗔怪我个性太强做事不懂迂回……如许多年轻夫妻一样，我们吵过争执过冷战过，尽管矛盾还没升级到忍无可忍的地步，却也在夜深人静时肝肠寸断到生无可恋。

　　我曾于大雨滂沱中，独自游逛于寺庙；雨后初晴的午后，流连于古旧巷子狭长的青石路，交错的电线杆，斑驳的土墙皮，暖阳下的老人……群山环抱之中，那些重重叠叠的山峦仿佛充溢着无望的忧悒。街上理发馆的音响里传来男歌手声嘶力竭的歌声："你是我的小呀小苹果，怎么爱你都不嫌多……"眼前的一切令人意兴阑珊。是啊！人间非净土，各有各的苦，尽量于生存的波动、不易、进退两难之中，取得内心的一份清幽与平衡。感动、宽宥、觉知，这应该是我们学会爱自己和爱他人的最好方式。

那天去一个瑜伽班参加体验课。一群四五十岁的中年女性，个个精神饱满，体态挺拔，仿佛被施了魔法。看着她们的眉眼，我惊奇为什么岁月没有在她们身上留下印迹。教练笑着说，生活是可以塑造一个女人的相貌的，尤其中年女子，你可以从她的脸上看出到底是幸福还是不幸福。等到老年了，女人基本就分为两类：一种是慈祥的，一种是狞恶的。所以，为了不得病、不变丑，女人还是要努力活出轻松，把心安放好，让爱意充满心扉。

　　人常说，婚姻就是吵架冲出门后，回来顺便买了堆菜。夫妻吵架的温度，其实也是生活的温度。什么时候连架都懒得吵了，婚姻也差不多到头了。事实上，每段婚姻都会有 200 次离婚的念头，50 次掐死对方的冲动。但幸福的秘诀在于第 201 次的握手言和以及第 51 次的原谅。

　　深夜，L 发给我一条短信："人生苦短，要相爱，不要相杀。"我回她："时时一言难尽，尽处已是对岸。希望世事变迁令我们更加强壮，永葆初心。"你看，不觉间，岁月把我们打磨成了一株向晚生香的忍冬花藤，你攀着我，我缠着你，难分彼此地映照着，兀自蓬勃。

三

　　低头数，那些缄默着渗至根须的，有多少是流金，又有多少是沙尘。一些历练不会白来，它让人回归生命本身。

　　金色的阳光穿过山峦，透过雾霭，泼洒在河岸，河水波光

潺潺，砂石见底。听说不远处有个泉眼，虽不大却常年往外汩汩冒着泉水。我走过去蹲下身舀了一杯，轻呷一口，甘冽爽甜直抵心底。朋友的妻子在河道赏景拍照，不小心脚下一滑跌入水中。等我们拉她上岸，裙子和鞋子全湿了。朋友从不远处跑过来，一边问妻伤着没，一边帮她脱去裙子外面的外搭，拧水，然后挂在那棵歪脖子树上迎风晾晒，又把鞋垫抽出来和鞋一起晾晒在岸边的大石头上。一旁的妻子默不吱声，始终一脸祥和。他们三岁多的小孙女旁若无人般在草丛中搜寻着野草莓吃，一群小蝴蝶围着她飞来飞去。夏风穿过山谷轻拂脸颊，遍地的野花随风飘香。当下岁月静美，一切刚刚好。

最好的婚姻一定不是搭伙，而是余生。我们不必强求另一半必须按自己的方式来，而是应该让另一半变成自己的一面镜子，时常照照，看看是否活成了自己想要的样子。一株恣意生长的植物在山谷中随风摇曳，阳光照在它的身上，那象征着生命的绿意愈加浓烈。它哪里也不去，只钟情于眼前的风景和脚下的土地，却有着丰富而完满的一生。有时候，人就要像那些植物一样默默无闻，在岁月中静待花开花落，黑夜黎明。

注：本文发表于《文化艺术报》2021 年 6 月 7 日。

吃过的苦，是照亮你前行的光

一

又是一年毕业季，几家欢喜几家愁。

朋友最近很苦恼，找我诉苦，说他似乎得了"无兴趣综合征"，对什么都提不起兴趣，感觉前途一片迷茫。这个在外人眼中的成功人士，生意做得风生水起，可以说是"战无不胜攻无不克"，我还真想不通他有什么困惑。后来得知，因为宝贝儿子，初中刚一毕业就要辍学，说是条条大路通罗马，为什么非要挤高考这根独木桥？朋友找了许多专家教授给孩子做思想工作，道理讲了一箩筐但收效甚微。当局者迷旁观者清。我给朋友支招，那就让孩子到社会上闯荡去，不要给他任何援助，只需偷偷关注即可。我相信不出一年，他自会改变主意。青春期的孩子身体内的荷尔蒙需要"疏导"，而不是粗暴的"拦截"。人只有碰壁后才能深入骨髓地去反省和觉悟。他正年少气盛，你给他讲那么多人生大道理，他根本听不进去。

现在90后和00后的孩子基本都是独生子女，从小娇生惯养，饭来张口衣来伸手似乎天经地义，甚至动辄就用学习来"要挟"

父母，好像学习是为了家长光宗耀祖，与自己无关一样。归根结底还是没有压力，动力更是无从谈起。我现在的记性越来越差，时常打开冰箱不知道要干什么。但18岁以前求学吃苦的日子始终刻骨铭心。每年寒暑假和"夏秋忙假"陪着父母在田间地头日出而作日落而息，经历过暴风骤雨和烈日炎炎的洗礼，也经历过被蛇蝎虫咬伤，切身感悟过"汗滴禾下土，粒粒皆辛苦"的滋味。印象最深的是13岁那年暑假，父亲每天凌晨四五点起身，用自行车驮着两筐莲菜去几十公里外的乡村走街串巷叫卖，直到下午三四点时才能回到家。有一次他刚一进门，我就看见地上滴着血，原来是父亲左脚拇指受伤了，趾甲盖都快掀翻了，可他为了赶时间去荷田挖次日要卖的莲菜，根本顾不上去诊所包扎伤口。当时我看在眼里疼在心里，泪流不止。那一刻，我又想起了母亲月光下佝偻着腰身伏在地上编织草帘的样子，父母含辛茹苦干着最苦最累的农活，却挣着微薄的收入，还要省吃俭用精打细算才能供我们三个孩子上学。从那一刻起，我便暗暗下定决心一定要不遗余力地好好学习，凭自己的本事跳出农门，不辜负父母的良苦用心，也给自己打造一个美好的未来。

二

茨威格说："所有命运赠送的礼物，早已在暗中标好了价格。"当我明白了知识可以改变命运，也可以给我更多的选择权时，我便一心一意扑在学习上。初中三年高中三年，六年时间除了偶尔假期勤工俭学贴补家用外，我把所有的时间都用在了学习上，连走路都不忘带着各科知识点背诵。初中毕业那年，为了节约来回路上花费的时间，我和另外两名女生向学校申请了一间几乎废弃的房子，大约 9 平方米，支了一张通铺硬床板。数九寒天呼呼的北风从门缝窗缝挤进来，带着哨音，让人听了不寒而栗。晚自习后我们三个坐在床上继续学习，故意不插电褥子以防瞌睡来袭影响学习质量。功夫不负有心人，那年我终于以优异的成绩考进了我们县一中的重点班。

我至今忘不了高三那年"浴血奋战"的日子。每天的时间被我安排得满满的，甚至精确到分钟。早上五点三十起床，跑步十五分钟，吃早餐十分钟，早读一小时，课间休息五分钟，剩下五分钟预习下一节课，午饭二十分钟，课后学习一小时……我把神经绷得紧紧的，除了吃饭和睡觉，所有时间和精力都投入学习中。可还是觉得时间不够用，因为学校规定晚上十一点必须关灯睡觉。我只好买了手电筒，在关灯之后躲在被窝里看书。但这样实在挺累，而且生怕影响其他同学，我只好把被子盖得严严实实，不敢"泄露"一丝光线。后来我觉得这样不仅辛苦，而且连呼吸都困难，只好转移阵地，躲在厕所里看书，直到十二点才睡。每当我结束一天的"战斗"，拖着疲惫不堪的身体走向宿舍时，远远看见女生宿舍院内那排垂柳在夜风中影影绰绰，摇曳着身姿，仿佛是一面面旗帜随风猎猎作响，燃起了我心中对美好的无限憧憬，于是顿觉神清气爽，浑身有使不完的劲……高考，几乎对每个中国学子来说都是一道绕不开的坎，也可称之为一场"炼狱"。相信经历这场没有硝烟的战争锤炼后，日后的他们会以更加强大的内心，去迎接人生各种大考。

世上没有不请自来的幸运，那些咬紧牙关的灵魂背后，都是有备而来的努力和万般辛苦后的得偿所愿。优雅需要底气，华丽需要实力，你必须非常努力，才能看起来毫不费力，每一个光鲜亮丽的背后，都隐藏着你无法想象的坚持与奋斗。

三

所有的强大，都有迹可循。

小时候觉得自由就是想做什么就做什么，长大后才觉得自由就是不想做什么就不做什么。

2008 年，安徽有位叫徐孟南的高考生，是个很有想法的孩子。那年高考，他故意交白卷考零分，以表达自己对当下教育制度的不满。之后的 10 年，他辗转在各类工厂，干各种没有技术含量的体力活：组装广告箱、制造井盖、包装卫浴产品……他想换好点的工作，但好工作都对学历有要求，他只是高中毕业，第一关就过不去。在吃尽了生活的苦后，他终于幡然醒悟，明白了"读书才是最好的选择"。2018 年，徐孟南下定决心，再考大学。十年之前，以他的成绩，考二本不成问题。但十年之后，情况早已今非昔比。他一边打工一边学习，一番艰苦鏖战后，29 岁的他最终考上了安徽的一所专科院校。他现在常会接到家长的求助，求他帮忙劝劝自己不想学习的孩子。每次他都会认真告诉那些孩子：知识改变命运，要珍惜机会。这是他用自己 10 年的人生换来的惨痛教训。说到底，这世上最愚蠢的事，莫过于在最该努力的年纪，选择了享受。你前半生偷的懒，后半生需要拼命还。

还记得那个以707分考入北大的寒门女孩王心仪吗？她说："贫穷带来的远不止痛苦、挣扎与迷茫。尽管它狭窄了我的视野，刺伤了我的自尊，甚至间接带走了至亲的生命，但我仍想说，谢谢你，贫穷。"与其说她感谢的是贫穷，不如说她感谢的是小时候吃过的苦，让她明白了困境乃人生的常态，能承受困境的苦，方能品尝生活的甜。

蔡康永说过一段很经典的话：15岁时，你觉得游泳难，放弃游泳，到18岁时遇到一个喜欢的人约你去游泳，你只能道歉，"不好意思，我不会"。18岁时，你觉得英语难，放弃英语，到28岁时遇到一份很好但要懂英语的工作，你只能拒绝，"对不起，我不会"。

如果有机会，真想对朋友的孩子说：孩子！你现在偷的懒，都将变成未来惩罚你的剑。你比别人多一点努力，你就会多一份成绩；你比别人多一点志气，你就会多一份出息。人生是很苦的，但你现在不苦，以后就会更苦。努力的人生是苦半辈子，不努力的人生是苦一辈子。孩子！终有一天，那些流过的汗，都会凝结成闪亮的宝石；那些走过的路，都会成为攀登的阶梯；那些吃过的苦、忍过的痛，最后都会变成光，照亮你前行的路。

注：本文发表于《阳光报》2020年7月29日。

所谓"大师"

《现代汉语词典》对"大师"的释义，一是指在学问或艺术上有很深的造诣，为大家所尊崇的人；二是指某些棋类运动的等级称号；三是指对和尚的尊称。这几年，眼睛一眨，老母鸡变鸭，一夜间不知从哪儿冒出那么多文化大师、艺术大师、书画大师、气功大师、中医大师……总之，"大师"的帽子满天飞，令人眼花缭乱，应接不暇。

先来说说书画大师吧。数年前，我曾遇过一个书法绘画艺术团队，以弘扬传统文化艺术为旗号，免费讲学作画收徒弟，那个领队的团长是一个40出头，仪表堂堂的男子，谈吐举止英气逼人，很有气场。最关键的是他还身怀绝技。其一，他口才相当好。好到什么程度呢？当年曹植七步成诗，他却能一步成诗，且妙语连珠。他最擅长用人的姓名作诗赋词，眼到口到，连腹稿都不用打。只要有他在的饭局，主角非他莫属。众人看他引经据典，舌灿莲花，眼观六路，耳听八方，个个佩服得五体投地，活动现场高潮迭起，掌声笑声不断。其二，他不仅书法写得不错，而且独辟蹊径，会悬空书法和用字作画，让绘画和书法完美融合。据他介绍，他率领的是一群文化艺术界的精英，个个身手不凡。

随行人员，对其毕恭毕敬，开口闭口皆以"大师"相称。

我们邂逅在一个朋友的饭局上，出于对"大师"的景仰，我加了他的微信，留了他的电话，多少也想沾点大师的灵气。到底是大师，在后来接触的一周时间，他除了不断变着花样显示自己和团队的能耐，给观众和嘉宾不时展现这些年他行走江湖的显赫功绩以及与社会各界名流、政要、大腕的合影外，他还不失时机地给刚结识的朋友和围观的群众慷慨地、有选择性地送了一些书法作品。据他的助手说，这些作品价值不菲，赶着大师心情好，不然哪有这等好事？相处几日后，众人都觉得这位大师真是一个"神人"，上知天文，下晓地理，从面相学到周易八卦，说得头头是道；从儒家、道家、法家到佛家，样样精通，知识体系博大精深，令人肃然起敬。

正当我暗自窃喜，庆幸自己撞了大运，遇到才华横溢的"世外高人"时，他的助手和那个花枝招展的女秘书，不失时机地让在座的嘉宾和几位慕名而来的企业家浏览"大师"刚刚出版的一套书集，当场就有不少人一睹为快后争相抢购。可我翻阅了一下这套装帧精美的书，感觉基本全是夸夸其谈、沽名钓誉，与"大师"的美誉相差甚远，再看封底的定价每套800余元。刹那间，我如梦初醒，原来醉翁之意不在酒啊！之前大师费尽心机做了那么多铺垫，终究还是没有逃出"孔方兄"的羁绊，再次验证了那句古语：无利不起早。顿时，大师在我心目中的地位一落千丈。回家后我所做的第一件事，就是从微信中将这位"大师"拉黑删除。

自从告别这个所谓的"书画大师"后，我对"大师"不再

盲目崇拜，甚至敬而远之。不料，之后无意间，又遇见了一个"大师"。那是在我一个很要好的朋友身心俱疲，处于人生低谷的时期。那时，他才经历了一场生离死别，正在重新审视生命的价值与活着的意义，几乎是万念俱灰。他常挂在嘴边的一句话就是"世间除了生死，一切都是闲事"。经人引荐，那天他郑重其事地邀我一起会见一个"算命测字"大师。据说这个大师非常神奇，他通过研究比照古今4000余人的姓名，分析演绎得出结论：人的姓名影响寿命，笔画能测出人能活多久。关键是测算后如有不祥，还可以通过改名来改变寿数和运数。之后，有知情者又列举了他们亲历的一些关于这位大师的神奇事例予以佐证。推荐者口若悬河，把大师吹得神乎其神，我那位朋友听了，如遇见了救苦救难的活菩萨，恨不得顶礼膜拜。可大师哪是那么容易见到的？要么在家打坐闭关修养，要么云游四方，经过几次登门拜访，大师终于露出庐山真貌。

　　怀着敬畏和好奇之心，我们终于拜见到了大师。这位大师身着汉服，其貌不扬，盘发留须，一副出家人的姿态。见他时，他正闭目打坐，捻弄手指，口中念念有词。通过对朋友年龄、属相、姓名的测算，大师神情严肃地告知我的朋友，如果不改这个名字的话，不但不可能高寿，还可能招致劫数和灾难，根源就在于此姓名配置为全阴型，对运道健康皆不利，建议赶紧改。随后，大师提供了两个名字，说任选其一都可逢凶化吉，遇难成祥，寿命远远超过"米寿""期颐"和"茶寿"，最高可达113岁。测算完毕，在饮茶品茗间，大师竟主动要求给我也测算一下。不出所料，给我所测的和朋友的如出一辙，也是要立即更名，否则会招来不祥。我终于看出了其中的端倪，不禁想起上次那位书画大师的所作所为，便用眼光暗示朋友管好钱袋子，千万别当冤大头。但人在事中迷，朋友俨然已被洗脑，像小品《卖拐》里边那个自愿上当的傻厨师，把大师的话照单全收，并支付了数百元的红包，临走还连连作揖致谢！

说实话，这些年被媒体曝光走下神坛的所谓"大师"举不胜举，哪个不是红极一时，名利双收，最后又都一个个现了原形？那么，这些"神人"为何能轻易俘获成千上万的信众？他们是如何被捧上"神坛"的？我想，这值得那些处于"迷局"中的人认真思考琢磨。

俗话说，"苍蝇不叮无缝的蛋"。凡被人信奉为"大师"的人，多少都有点过人之处，也非常精通人情世故，但绝非不食人间烟火的神仙。试想，这些人如果没几把刷子怎敢走江湖？不过，我相信，无论"大师"演技如何高超，总会有露出狐狸尾巴的时候。我们寻常百姓，对那些头顶各种光环的所谓"大师"，都不要听之信之，而"提高警惕，洞察秋毫，保持清醒的头脑，以不变应万变"，才是惩治"大师迷惑症"的灵丹妙药。首先，只要你相信"天下没有免费的午餐"这条金科玉律，无论"大师"如何"魅惑"，你都不会中邪。其次，你要坚信这世上从来就没有救世主，唯有自渡，让空虚浮躁的心灵平静下来，你才会主宰自己的人生。

注：本文发表于澳门《华侨报》2021 年 4 月 17 日副刊。

我喜欢的女性

俗话说，同性相斥，异性相吸。但对于那种浑身内外散发灵气和知性的温润女子，我情有独钟。孟子择邻而居，君子择友相处，都是为了志同道合，或取长补短，提升自己。世间女子千千万，各有风情各有恋。唯有乐而不淫，哀而不伤，恰到好处的女人最美。鱼和熊掌不可兼得，关键在于你的取舍。归根结底，我喜欢三类女子：一是仙气十足；二是地气十足；三是上接仙气，下接地气，又有底气。我奉她们为尤物。

01 内外兼修，秀外慧中

某天，去美容院做脸部护理，听到两个女孩聊天。其中一人说："过两天，我想去整形医院，在眼睛上做个卧蚕，顺道再开个眼角。俗话说，眼睛是心灵之窗，这钱可要舍得花哦！"

另一女孩说："你别闹了，脸上动刀子多恐怖啊，没必要冒那种风险。我觉得顺其自然挺好的。"然后那个想整容的女孩说："什么顺其自然，也就你傻。现在可是看脸的世界，只要整得好看，那还不是各种优质男人随你挑。我跟你讲，那些嫁得好的女孩子，没有一个不靠脸。"

从美容院出来后，我一直在思考那个女孩的话。当然，我得承认，长得好看必然具备优势，况且，人人爱美，无可厚非，我不也一样，担心这张脸被岁月摧残，舍得用大把钞票堆出好气色。可是，美貌真的就具备摧枯拉朽的魔力吗？美貌，真的就可以让一个女孩子平步青云抑或嫁入豪门吗？想想真的未必。因为，悦目未必赏心。

曾在知乎上看到一句话："脸蛋和身材决定了我是否想去了解她的思想，而她的思想决定了我是否会一票否决掉她的脸蛋和身材。"我深以为然。这个世界，颜值对一个女人固然重要，但归根结底，女人拼的是智商和情商，其余的都是附加品。女子，大美为心净，中美为修寂，小美方为貌体。

金星曾说："性感不是靠露、靠摆，性感里的性，绝不仅仅是床第上的性，而是要用人性中的一部分去支持。性别也好，性意识也好，还有性格、兴趣，会将人撑得饱满。这种性带来的感才是丰盛的，而且不狭隘、不猥琐、不廉价。"

所以，姑娘啊！在人人都可以变成美人的时代，你要做的，是美得有灵魂。那些越难修炼、让人可望而不可即、不会随着时间流逝或被摧垮的，才是女性最应该争取和珍惜的。

02　自控力强，知进懂退

有四种人我佩服：一种是可以控制自己体形的人，一种是能按时睡觉的人，一种是说干就干的人，一种是说忘就能忘的

人。人的第一能力是什么？是自我管控能力。一个人不能有效地管控自己，就很难把事做成。

我特别喜欢亦舒笔下的知性女子，无论是《流金岁月》里的蒋南孙，还是《玫瑰的故事》里的苏更生，也喜欢热播电视剧《欢乐颂》里的安迪、《都挺好》里的苏明玉，她们都是很让人敬重的职业女性。她们有才华有见识，既有叱咤职场的能力，又深谙世故却不囿于世俗，不动声色却暗含力量，哪怕遭遇人生的大起大落和大悲大喜也波澜不惊。不为人知的背后是她们拼尽全力活着的腔调，这是一种对生活充满敬畏的坚守。所谓敬畏，就是克制，对人对事对爱对名利，控制自己适可而止。她们为人八面玲珑，有推己及人的气度；处事行云流水，有不容瑕疵的严谨；事业不逊于男性，感情上不拖泥带水。在芸芸众生中她们虽静坐一旁，却有芳华暗度的独特气质。

才参加工作那会儿年轻气盛，总想竭尽全力地表现自己的一切，本以为受过高等教育，从事服务业还不是小菜一碟？然而，事情并不是我想象中那么简单。最头疼的就是饭局应酬。酒桌，就是一个明枪易躲、暗箭难防的江湖。我胸中的点墨诗书根本派不上用场。我见过绵软的姑娘，因客户敬酒被要求干一大杯，委屈得趴在桌上放声哭泣，搞得满桌尴尬唏嘘；也见过刚烈的妹子，因对方讲了一个荤段子，当场翻脸甩手走人，历经半年辛苦谈下的业务，鸡飞蛋打拱手让人。而当时我的上司，一个大我五六岁的已婚女子，虽然不是科班出身，在酒桌上的表现却常常让我等唏嘘不已，望尘莫及。对于男人的调侃，她要不绵里藏针貌似不经意地回击；要不就揣着明白装糊涂，不羞不恼也不怒；要不就道高一尺，魔高一丈，让对方有苦难言。

她用自己的行动一次次告诉姑娘们：在酒桌上千万别认真，认真了就中了男人下的套；也别较真，较真你就会先输掉。成年人的规则，就是话不说尽，事不做绝。不管你在哪种段位，用何种方法，最重要的是坚守好一个姑娘的底线，这才是保护自己最有力的武器。在她的熏陶和言传身教下，我从一个一脸茫然不知所措的小女生，一点点变成一个见招拆招、踢着球把话说圆的女汉子。即使江湖风波起，尽管人间行路难，只需懂点技巧与策略，就能让自己得体应对，可进可退。

03　有所净戒，刚柔并济

闲来无事，回看了一段女外交家傅莹在两会期间与外媒记者问答的小视频。画面中，这位笑容温婉、白发微卷、举止端庄的优雅女性，总是能以轻柔的语气和平实的腔调，传递出一种强劲的声音，举重若轻地化解一系列难题。即便是面对不友善的提问，她也能因势利导，拆解于无形。我当初就这样被她瞬间"圈粉"了。她的这种柔中带刚、刚柔并济，处处将东方女性的气质与神韵发挥到极致的风格，被誉为是典型的"傅氏style"，在硬朗的国际交锋中，犹如一种温柔的软实力。仔细品味她的语言和思路，"傅氏 style"的背后多半没有艰深术语，也没有老生常谈，而往往是以一个普通人物的角度入手、从寻常生活入手，先形成情感共鸣，再在"理解"和"懂得"中，

逐一甄别"假象"和击破"漏洞",从而消解疑虑和表明立场。所谓上善若水,莫过如此。

看完后,我禁不住在想,一个女子如何才能炼就这样一番境界?

年轻的时候,总觉得能看透一个人,或看透一件事,就是一种本事。想着人生就是一场按图索骥,看过走过经历过,在羽翼渐丰的世界里,便有了山高水长的积蓄。若干年后才发现,真正的成长,应是一场去粗取精、去伪存真的筛选与沉淀,把以往看懂的、看透的埋藏,并在人生巨大的加工厂里,研磨出不需任何催化就能幽然散发出暗香,才叫成熟。人因思考而存在,上天也格外垂怜喜欢思考的女人。只有在生活中时时处处留意和思考,才能将"见过的"变成"存储的",将"过眼云烟"变成"胸中沟壑",变成信手拈来的素材与感悟。镜头里,63岁的傅莹依然姿态轻盈、不见老态。她美得让人心动,美得耐人寻味。

这世界上聪明的女人很多,智慧的女人却凤毛麟角。从聪明到达智慧的直通车有没有我不知道。但是我想,如果聪明的女人能够聪明到有所净戒,聪明得不锋芒毕露,比如永远不拿灵魂做交易,永远不与魔鬼攀援,她兴许就离智慧近了一步。如果在有所不为的人生里还能允许内心留有片刻的安宁,知止而后不攻取,不随外物起舞,定下心神,看花开花落,赏月落日出,观燕子衔泥筑窝,时不时以此消磨一个无所用心的清晨或午后。我不知道那算不算活着的智慧,但是我知道,当你的周围万籁俱寂,幸福也就在眼前了。

04 接地气，知足常乐

　　我有一女友，她家境并不殷实，却心甘情愿地待在家相夫教子，做全职太太。她日复一日进行着最枯燥的工作：洗衣、做饭、买菜、陪孩子、照顾老人，把家里里外外安排得井然有序，让在外打拼的先生无后顾之忧。她上得了厅堂，下得了厨房，把孩子和老公哄得围着她屁颠屁颠转。她没薪水、没休息时间、没升职空间，但却能在这样的日子里气定神闲、陶醉其间。她的家里，春天满室花香，夏天铺满油绿，秋天瓜果飘香，冬天则是驯鹿企鹅的童话世界。不管你什么时候做客她家，总能收获满眼的舒展。不仅如此，那高台的鲜花、茶几的小件、窗边的细节，处处都让你感觉到，这真是一个对生活充满情趣的女子。即使招待你吃水果，她都会切成好看的拼盘；她孩子的零食盒里永远是妈妈牌小饼干；她先生从柜子里拿出的永远都是飘着淡香的熨帖西装和衬衣。偶尔我也会收到她的微信："亲，快去老街道买豆腐吧，我终于发现了一个正宗的陕南锅烧豆腐卖家，那质感真是香嫩爽滑哟！"说实话，我是打心眼佩服她一块豆腐也能吃出一片天堂来，更是由衷地羡慕她拥有把眼前的苟且变成美好的诗与远方的能力。

　　生命最大的乐趣，莫过于在适宜的时节能够用合宜的心境去遥望花开满树，没有目的，也无关收获与失去。我常想，究竟什么才是女人最可贵的品性呢？善良，智慧，还是独立？好像都有一些，又好像都不完全。没有装防护网的善良，像赤手空拳面对残酷世界。而莫罗亚曾说："光拥有机智是不够的，

你还需要有足够的机智使自己避免拥有太多的机智。"说的是过犹不及；独立得铁骨铮铮，常常被折断。唯有"温暖"自带分寸，才是柔韧而持久的爱与坚强。

一边生活，一边修行。姑娘，红尘岁月，愿你活得性感，爱得感性；日日如新生，岁岁有风情。愿你执迷不悟时少受点伤，幡然醒悟时物是人是；愿你我在时间的纵横中，努力活成自己喜欢的样子。

注：本文发表于《西北信息报》2019 年 5 月 10 日。

幸福的模样

　　这个世界每天都上演着不同的剧目，有人出生，有人辞世；有人正在为生计四处奔忙，也有人正在为岁月静好举杯欢庆。生活千姿百态，生命万种境遇，一切正当时。

　　那天去美容院做护理，有个中年女子和我同处一屋。她一边做减肥，一边和理疗师聊得火热。起初，我很反感。毕竟美容院是放松身心的地方，不是菜市场或闹市。后来随着她们聊天内容的深入，我渐渐被吸引了过去。中年女子说她来减肥不是为了美，而是为了健康。因为服用激素类药，身体发福厉害，许多指标都亮起了红灯。为了配合她减肥，老公放弃了喜爱的面食，每天陪她一起吃减肥餐。看着老公为了家那么辛苦却还不能大快朵颐，她决定亲自下厨好好犒劳他。

　　于是她去市场买了三斤羊肉和青皮萝卜一起清炖，又去乡下老家取来了新磨的面粉，麻溜地和面、洗菜、炒菜、烧肉臊子、擀面。等老公回到家，一大碗肉臊子干拌面端上了餐桌。看着色香味俱全的软面和一锅清炖羊肉，男人感动得一塌糊涂，说这是他此生吃到的最香的饭菜了。女人眉飞色舞地给我们传授如何和面才更筋道，如何炖羊肉既没有膻味还不油腻。她嗓

门粗大，言辞泼辣奔放却很有感染力。稀松平常的烟火人生被她描述得活色生香，让人眼前不由得浮现出"日照香炉升炊烟，遥看美餐在桌前"的盛景。

我曾在内心不停地追问过幸福的模样，甚至一度认为，世上压根不存在一直琴瑟和鸣的夫妻，生活呈现给人们更多的是一地鸡毛和鸡零狗碎。后来有人告诉我：幸福是个比较级，其实很简单，就是有人可爱，有事可做，心存希望。活得通透的人和活得简单的人都容易获得幸福感。因为精致的生活和粗陋的生活各有其乐。一个人能够过得幸福，不是因为他的人生百分百都是幸福，而是因为他只关注那些幸福的事情。好比你买一个手机，希望它能上网、拍照、打游戏。可是，现在它出问题了，只能拍照了，那你就当它是个相机来使。只有这样你才能不痛苦。你若是一天到晚总纠结它上网和打游戏的功能，指望它恢复如新，那你就是自寻烦恼。

前段时间看根据梁晓声同名小说改编的电视剧《人世间》，其中有一幕让我感动到流泪。周秉昆的父亲退休，从外地回到家。好几年没见到老伴，得知丈夫不用再离家，周秉昆的母亲喜笑颜开。睡觉之前，她兴奋地跟老伴聊天。

"给你说个好玩的事呗！春燕她妈跟我说呀，她家电视很少开。"

"为啥呢？"

"她要把电视节目都攒着，跟她老头儿一块看呗！那我也攒了好多年的话，要跟你说呢。"睡前聊天，几乎就是周爸周妈的常态。

一个家庭最好的模样，莫过于厨房有声，书房有香，卧室有话。纪录片《人生一串》中说："没了烟火气，人生就是一段孤独的旅程。"厨房，是一个家最原始的需要，也是日子最温情的部分。生活脱掉华丽的外衣，不过就是衣食住行。有时候，幸福就藏在热气腾腾的饭香中。

　　现实生活中，许多人一边攀比着、羡慕着，又一边恐慌着。从孩子出生开始，就怕输在起跑线，仿佛生命的全部意义不是自己过得幸福，而是要过得比周围人幸福。可是大千世界，面对纷繁复杂，我们很难去界定谁生活得好与不好。

　　你在桥上看风景，却不知自己也是他人眼里的风景。在你羡慕别人生活的时候，说不定别人正以你为目标。因此，我们还是要学会把控自己的心情，悲喜自定，冷暖自知。开解自己是心理层面，做好自己是行动层面，两方面要相辅相成。单纯的灌鸡汤和盲目的瞎忙乎，都解决不了实际问题。

　　注：本文发表于《中国财经报》2022年4月2日。

自律，是一个女人最好的修行

自律的人总是会自带光芒，女人更是如此。

作家王珣曾在《你的身材就是你的修养》中说："你的身材反映你的修养和智力，减肥和保持体重其实就是学会自律和克制的过程。你能控制住自己的体重，你就能控制住自己的生活，就能找到时间去享受生活美好的一面，就能看到梦想后面更广阔的天地。"

知乎上有个问题：你最深刻的错误认识是什么？点赞最高的答案是：曾以为自由就是想做什么就做什么，后来才发现自律者才会有自由。尼采说过："如果这世界上真有奇迹，那只是努力的另一个名字。"我们总是羡慕别人开挂的人生，却很难看到别人在背后是怎样的极致自律。这个世界，所有命运赠送的礼物，其实早已在暗中标好了价格。自律，从来不是嘴上说说那么简单，它藏在一蔬一饭、一动一静中，藏在每一处细节里，藏在对美好未来的渴望里，藏在最宝贵的梦想里。

都说女人30岁以后，减肥难度堪比生娃，20多岁时少吃一顿就能让体重噌噌往下掉，如今不吃不喝也挡不住"游泳圈"和"大象腿"。对于那些常年奔走在减肥路上的女人，究竟有几个能始终如一地做到"管住嘴，迈开腿"？好的身材和秀外慧中的气质从来都不是一朝一夕能实现的。我有一个快50岁的女友，离异多年，堪称"白富美"，职场上她独当一面，生意场上思路清晰，要么不说话，一说总能"一石激起千层浪"，让在座的人都心里舒坦。她从不起早贪黑，迟早碰见都是精致的妆容，得体而时尚的着装，浑身上下散发出知性女人的魅力。我曾开玩笑问她："都说女为悦己者容，你一把年纪了还活得如此精致，是不是爱情的魔力啊？"她摇摇头说："取悦谁都不如取悦自己，这世上最不靠谱的就是爱情。我的卧室里从来都不放电子产品，每天睡前必须看书，至少一个小时；晚上十一点前必须入睡；饭后半小时绝对不坐下或躺下；每隔一天游泳1000米或练瑜伽一小时；我在等客户的时候要么背靠墙练形体，要么翻阅随身带的书充充电，总之从不让时间虚度……"听着她如数家珍似的娓娓道来，我惊呆了。那一刻我意识到，所有光鲜亮丽的背后，都有其不为人知的种种付出。不是岁月眷顾美人，而是美人从不被岁月打败！

我们都容易被眼前安逸的假象所迷惑，以为生活永远是这样，可是总有一天生活会狠狠地给你一击，让你明白，及时享乐终会毁掉你的人生。放纵自己太容易，懂得控制自己，才能控制你未来人生的高度。同样的人生，那些始终懂得自律的女人在岁月的长河中会变得越来越优秀，她们拒绝安逸带来的舒适而去努力学习；她们克服了懒惰，数年如一日地早起；她们控制住美食的诱惑，练就健康的身体和完美的身材；她们不断要求自己，让今天的自己强于昨天的自己。自控力不是一个人

天生所具备的，而是她在变强路上的必需品。

如果说自由来自自信，那么自信则是从自律来。用简短的时间应付工作、学习，却抱着手机，熬夜去刷各种娱乐软件；没有任何兴趣与爱好，周末只想瘫在家里打打游戏；放弃早起、放弃健身、放弃阅读，做任何事都是三分钟热度，永远无法坚持，殊不知，丢失了自律，时间一久，整个人都会废掉。更可怕的是，当我们沉溺于舒适、享乐的同时，早已被那些坚持自律的人远远地甩在了身后……

到生命终结之前，我们都是需要努力成长的孩子。一个女人纵使相貌平平，但懂得自律的她是能够散发出光芒的，且光彩明艳。积水成渊，跬步千里。自律，是一个女人最好的修行。

注：本文发表于《阳光报》2019年6月25日。

最好的告别

一

生的愉悦与死的坦然都是生命圆满的标志。尼采说："不尊重死亡的人，不懂得敬畏生命。"但至今，我们也没学会如何"谢幕"。不得"善终"，这可能是最被我们忽略的幸福难题。

面对生离死别这种切肤之痛，我们没有选择的权利，唯有直面。庚子年春朋友推荐我一本书——《最好的告别》，这是美国外科医生阿图·葛文德的经典力作，是一本关于衰老与死亡的书，是关于美国人如何处理病、老、死问题的实证研究。葛文德医生用讲故事的方式，聚焦衰老与死亡，借助亲历者的视角道出"生命无常，生死有度"的朴实真谛，站在这一宿命论的原点，娓娓道来生命衰老与死亡的事实，抨击美国医疗界对老年人及临终老人的关怀欠缺，探究"什么才是更好的养老方式"，并高度评价"姑息治疗、善终服务"的积极作用以及开展这一服务的技巧和心理建设等。读罢该书，我郁郁寡欢的心绪释然许多，并由此书引发思考一些人生的终极哲学问题，如生命的意义、对人生的期望、如何取舍命外之物、如何驾驭

自己的命运等。

二

《2015年度死亡质量指数》报告显示，中国排倒数第10名。为什么中国的死亡质量这么低呢？一份调查资料显示：一是治疗不足，缺钱就医，只有苦苦等死；二是过度治疗，直到生命最后一刻仍在接受创伤性治疗。尤其是后者，让病人生不如死。

1999年，巴金先生病重入院。一番抢救后，终于保住生命，但鼻子里从此插上了胃管。进食通过胃管，一天分6次打入胃里。胃管至少两个月就得换一次，长长的管子从鼻子里直通到胃，每次换管子时他都被呛得满脸通红。长期插管，嘴合不拢，巴金下巴脱了臼，只好把气管切开，用呼吸机维持呼吸。巴金想放弃这种生不如死的治疗，可是他没有了选择的权利，因为每一个爱他的人都希望他活下去，哪怕是昏迷着，哪怕是靠呼吸机，但只要机器上显示还有心跳，大家就能心安。

就这样，巴金在病床上煎熬了整整六年。他说："长寿是对我的折磨。"

一个人失去意识后被送进急诊室，通常情况下家属会变得无所适从。当医生询问"是否采取抢救措施"时，家属往往会立马说："是。"于是患者的噩梦开始了。为了避免这种噩梦的发生，很多美国医生重病后会在脖子上挂一个"不要抢救"的小牌，以提示自己在奄奄一息时不要被抢救，有的医生甚至把这句话文在了身上。这样"被活着"，除了痛苦，毫无意义。

· 117 ·

我的医生朋友对我说，整个医院他最不愿去的就是ICU，尽管那里陈设着最先进的设备。因为在那里，他分不清躺在床上的是人，还是实验动物。花那么多钱、受那么多罪，难道就是为了插满管子死在ICU病房吗？他说："我已经记不清有多少同事跟我说过：如果有一天我也变成这样，请你放了我。"于是他下决心对患绝症的病人家属讲真话，要么采取姑息治疗让患者不要那么痛苦，要么放弃治疗尽可能提高患者的生存品质。然而，这些言辞总是遭来家属非议甚至攻击。他眼睁睁看着那些人不惜卖掉房产或债台高筑来把所谓的"仁孝"进行到底。印象最深的一个患者，他死的时候，肤色都变成了半透明，针眼、插管遍布全身，面部水肿，已经不见原来模样。

2016年夏天，讲述医患关系的纪录片《人间世》第一季播出，引起轩然大波。今年疫情期间，我用了一周左右时间看完了这部10集的纪录片，中途几次哽咽到看不下去，那种生拉硬拽的疼反复刺激着我的神经末梢。生不易，死则更艰难，因为它牵绊着太多人的情感、不忍和不舍。

白发人送黑发人并按孩子遗愿捐献器官的暮年父母；目睹着尚未成年的孩子被死神一天天吞噬却无力救助的年轻父母；从知道生命倒计时开始便为腹中的孩子连续录制18年生日贺词的张丽君；以及那些妙手仁心的医者站在病床前的无奈和汗水……一幕幕扎心的画面，一声声凄惨的哭诉，一场场让人肝肠寸断的离别场面……难道这就是我们的人间世？幸福的家庭都是相似的，不幸的家庭却各有各的不幸。试问：这世间还有什么事能大过生死？无论这个人世间是美好还是

残缺不全，我们都应以接纳和享受的心态过好每一天。因为，你不知道明天和意外哪个会先来。

三

衰老和患病对每一个人而言，是丧失与剥夺的开始，直至自由生活本身。这个时候，人至少需要两种勇气：第一种是面对"人终有一死"这一事实的勇气；第二种是遵照事实采取行动，即知行合一的勇气。具有这两种勇气的人值得众生仰慕。

一个五十出头的女性朋友身患绝症，得知死期将至后，便毅然拔掉针头离开医院，终止一切治疗。在生命的最后一刻，她选择进山禅修，一个人安静地离开。她说要为自己保留最后的尊严。一个患老年痴呆症多年的老奶奶，糊涂的时候大小便失禁，甚至谁也不认识，但只要清醒，她就恳求家人送自己回老家，回到自己最熟悉的地方。在离世的前几天，老奶奶竟然失踪了。后来大家在荒草丛生的打谷场找到了已经离世的老人，她背靠着柴垛，一脸安详，仿佛熟睡的婴孩。

不由得想起民国才女张爱玲，去世一周才被人在洛杉矶家中发现。当警察打开房门时，出现在他们眼前的是一幅凄凉画面：一位体态瘦小，身着褐红色旗袍的华裔老太太，十分安详地躺在屋中一张相当精美的毯子上已然逝世，旁边是一叠展开的稿纸和一支未合上的笔。

面对死亡，究竟什么才是人们与这个世界最好的告别方式呢？年轻时许多人常把死挂在嘴边，稍遇坎坷便要寻死觅活，似乎死亡是一种超级解脱。当历经沧桑与生死考验后，许多人再也不轻易提这个敏感字眼。我曾经和几个医生朋友聚会时，谈起人生最后的路。大家一致认为：如果不能善终，那么尽可能死得有尊严，不那么痛苦；最好不要进 ICU，赤条条的，插满管子，像台吞币机一样，每天吞下几万元，最后还是难免一死，累人伤己。

四

人生最大的伤痛莫过于生离死别，最大的遗憾莫过于亲人离世时不在身边陪同。父亲走后至今我都不敢一个人乘坐电梯，怎么也过不了心里那道坎。正月初八那天，我守护在父亲身边寸步不离，总怕一转身和他从此阴阳两隔。此时的父亲已不进汤食快三天了，插着氧气的他躺在床上一点也不安详，不与我说任何话，也不允许我发声。到了晚上七点左右我困倦得实在受不了便乘电梯下楼，回到自己的家休息。大约八点二十，我接到电话说父亲走了。顿时我浑身瘫软，拼着一口气跳下床冲出门外。然而此时的电梯却半天上不来，等进了电梯，却感觉比平时运行慢了许多。我一边失声痛哭喊着父亲，一边用力拍打着轿厢壁。那一刻空气似乎凝固了，时间停滞不前，我的头脑一片空白……

我还是没有赶上看父亲最后一眼，我甚至想不起父亲和我说的最后一句话是什么。守护了那么多日子，最终却让父亲孤零零撒手人寰。为此我懊悔不已，从此也对电梯产生了深深的

恐惧。

那天看一文友为纪念父亲而精心制作的纪录片《沣水长流》，感慨万千。从黑白胶片年代到彩色数码时代，这段时长70多分钟的纪录片时间跨度达几十年，回忆并见证了一位父亲伟大而平凡的一生，让观者无不动容，足见这位文友的良苦用心和一片孝心。从头观至尾，我的眼泪总也擦拭不净，即使看到他为老父亲祝寿的喜庆场面，依然无法自已。兀自沉思，我终于明白，原来，与亲人告别以及祭奠的方式不只一种。无论哪种方式，相信冥冥中他们都能在九泉之下含笑收到。

"逝者长已矣，生者如斯夫。"我们每个人都应该心怀向死而生的勇气和智慧面对人生，秉持"既往不恋、当下不杂、未来不迎"的态度踏实过好每一天；始终明白生活是喜忧参半，冷暖交织，应当心存美好，珍惜苍凉流年里，那些跋山涉水看望并教会你如何更好地生活的人；珍惜那些陪你一起等待春天的人；珍惜那些曾让你辗转反侧又不动声色的事；珍惜那些曾煎熬着你，让你泪流满面而最终微笑着娓娓道来的过往……

希望经过庚子年的春天，我们都能重获新生，懂得惜物恋人；更希望在今后漫长的日子里，你我都不曾被岁月辜负。

注：本文发表于《阳光报》2020年5月14日。

生命的质感

一

时光流转，岁月变迁。日子在睁眼和闭眼间"嗖嗖"逝去，轻轻淡淡，不留痕迹。光阴并没有流失，岁月亦不会苍老，只是褶皱了青春的脸。斜阳在鸟儿的翅膀上滑落，霓虹用仅有的温暖安抚着夜的苍凉。在世事轮回中，生命慢慢有了厚重感和质感。春日的阳光在指尖缠绕、回旋、安静地散开，然后在无尽的思绪里弥漫开去……

不知不觉，行走到了人生的又一个阶段，一个精神与灵魂统一的和谐高度。虽然，时常还有令我无法释怀的事情，比如：希望能够拿出更多的时间陪陪年迈的父母；不再去计较那些来自他人的无端猜疑与误解，甚至攻击；学会用大爱去爱自己所爱的人；拿出一部分时间来营造工作与家庭、亲情与友情的和谐氛围；包容世间的种种沧桑与肮脏……但终究，这一切都无法在短时间内完成。于是，我只能先把心放下，放到灵魂里。让这颗心，慢慢地更加宁静与淡定，深刻与通达。折射出来的，却是更加坚韧而精炼的力量 —— 生命的质感。如一颗晶莹剔透的钻石，经过无数次切割与打磨的痛苦之后，只有纯洁的本质与无法击毁的生命韧性，而后，去传递一种带有纯度与韧度的生命色彩。这，就是我最终所要锻造成的生命本质的模样。

"抚平心灵的皱纹，等于青春永驻。"这是奥地利作家托马斯·贝雷·阿尔德里奇的一句名言。在步入40岁的殿堂时，我把这句话记在了日记本的扉页，以最虔诚的态度和最醒目的标示，指引自己尽可能抚平心绪的波澜。我们既要为理想而奋斗，更要学会在现实中生存。开心也好，伤心也罢，所有的一切都会在时光的冲洗下日渐淡漠，成为过去。想到这结果，你没有理由不欣慰。

二

当我明白文字于我是一种安慰时，我便能够做到如此淡泊而内敛，静美而温情，从容而坚忍。在生活的磨砺下，我发现自己竟然也能做到把责任提升到一定的高度，而忽略自己所承受的苦痛。这，不能不归功于岁月的沉淀。

驴宁要草料而不要黄金，因为草料比黄金更让它快乐。可惜人往往没有驴活得通透。我们经常很难弄清自己真正的快乐所在，以至于本末倒置，白白地浪费宝贵的生命能量。你能否活出快乐，活出自由，相当程度上取决于你能否把自己从众目睽睽之下解脱出来，拨开云雾，进入无人之境。然后，按照自己的情趣和天真率性选择自己能选择的东西，在澄静的境界中开尽生活的繁花。生命中最难的阶段，不是没有人懂你，而是你不懂你自己。如果我们的心足够明净，会发现太阳离我们很近，月亮离我们很近，星星与路灯都放着光明，簇拥我们前行。

无欲的生命是安静美丽的。蹲坐在云冈石窟里慈祥的大佛，敦煌壁画里衣袂飘飘的飞天，一棵虬枝盘旋的古树，两片拱土而出的新芽，庭院里晒太阳的老人，槽枥之间静立的马匹，甚至是一只鸟，从一根斜枝扑棱棱飞到另一根斜枝上，呈现出的都是博大的安静。因为舍得，所以淡泊；因为淡泊，所以安静。他们无意去抵制尘世的枯燥与贫乏，只是想静享内心的蓬勃与丰富。

阳春三月的一天，我去看望一位老人，一个给过我许多关注和帮助的忘年交，他已八十高寿。当我走进他家，他正端坐在沙发深处，没有看书，没有练书法，只是端坐在那里，甚至都感觉不到他在思考。我和老先生攀谈着，一些陈年往事逐渐勾起了老人的回忆。当他谈到差一点被造反派殴打致死这一段时，语速平缓从容，脸上平静得没有一丝波澜。这种平静，不是来自岁月的历练和世故，而是来自经历磨难后的超然与豁达。他说，人生就是这样，耐得住寂寞，才能守得住繁华。每一个优秀的人，都有一段沉默的时光。那一段时光，是付出了很多努力，忍受孤独和寂寞，不抱怨不诉苦，日后说起时连自己都能被感动的日子。

下午的阳光斜照进来，地板上、四壁上横竖都是窗框投射下的沉重的影子。空气中，一个安静的内核在沉浮中发出金属般的脆响。

三

这世上，没有无缘无故的爱，也没有无缘无故的恨。记得有句话这样说：假如幸福是黄金，痛苦就是它的重量。一旦幸福来临，所有的痛苦就都有了价值。当你经历了背叛、欺骗、伤痛、生离死别等生命中不能承受之痛，你会发现你变得不只是成熟，还有坚强。沉静的你于坚忍中多了一丝圆滑，于柔情中多了一份沉稳，于端庄中多了一份魅惑，于从容中多了一份练达。你从内到外散发着一股力量，一种魅力，不张扬、不做作、不矫情。

尽管生活有时不尽如人意，但相信时间会给每个人一个交代。我们能做的仅仅是尽人力，听天命。就像诗人卞之琳那两句经典的诗："你站在桥上看风景，看风景的人在楼上看你。"人活在世上，你羡慕欣赏别人的风景，别人也在欣赏羡慕地看着你。

其实，生活无非就是习惯了。对于婚姻，习惯了对方的优缺点，再也分不开；对于事业，习惯了进退荣辱，再也不纠结。得过且过是一种崇高的境界，我们都在修行中。

注：本文发表于《当代青年》2019 年 10 月下半月刊。

太阳之外，另一种光

01　自洽

　　"我一个人往返于宾馆到医院的路上。一时间恍惚光阴漫漫，好像停滞了一样。多少次独自往返于这条路上，已经不记得了，只是觉得熟悉。熟悉的城市、熟悉的医院、熟悉的道路、熟悉的氛围。这几年生活的秩序被打乱了，心里的宁静也被打破了，不禁悲从中来。薄云又在心里渐渐浮起，然而又下不成雨。他说，成年人百分之九十的尖叫，都咽回肚子里了。我也想那样，把自己调成静音模式，独自默然去承受当下所有的苦。为妈妈九年抗癌、八次手术、三十余次进京。不知道他是怎么一路走过来的，只觉得他静得像凝固了一样。而我却是动荡的……"

　　午后寂静的时光里读到这些文字，内心隐隐作痛，思绪翻涌。这是一外地女文友博客日志中的一段话，我们很久未在博客上互动了。我能切身体悟到她字里行间传递的真情实感。比起失去结局本身，真正令人感到熬煎的，是害怕失去的漫长过程。因此而生的种种执念，犹如沉重的枷锁，将人牢牢困在原地，欲挣脱而不能。佛说，人生有八苦：生、老、病、死、求不得、怨憎会、爱别离、五阴盛。人这一生，谁不是在这八苦中挣扎寻求解脱？谁不是在一地鸡毛的琐事中披荆斩棘奋力前行？谁不是在黄连树下弹琵琶苦中作乐？

　　人生总有不如意时，而一个人的成熟之处，恰恰在于懂得接纳缺憾，培养自己承受失去的能力。沧海桑田，岁月风雨里，浪打浪、波连波，它让我们躁动不安，却又不断觉知清醒。

　　和朋友微信聊天，问他近况，说从单位内退后一直赋闲在家，做好一日三餐，然后鞍前马后地陪护患更年期综合征的妻子，虽不至于度日如年，却也让人生无可恋。末了，他提醒我要爱护身体，未雨绸缪，力争到时轻松迈过这道女人一生的分水岭。在我看来，生理上的更年期远没有心理上的更年期来势凶猛。时至今日，我的心里仍然住着一个机警、多愁，喜欢反省总结和驾驭一切的自己。而这一切的出口，都是文字。于我而言，写作不仅是自我雕琢的过程，更多的是一种深度的自我疗愈行为。它能搭建起自我信念的架构，也是逐步扩展心量，不断精进与纠错的过程。

　　"在你文字间游离，像体味了另一场旅途。没有孤独，没有喧嚣，只有醒与静。"这是我公众号后台的一条留言，看见它时不禁心头一热。人至中年，尽管越来越失去表达的欲望，却还一再坚持不忍放弃，只是因为有人还在爱着我发出的声音。我始终相信，只有频率相同的人，才能看到彼此内心深处不为人知的底色。文字不仅仅是写给自己，也是写给懂的人。回想这些年，随着生活的起起伏伏，心念忽高忽低，唯有文字带给我的力量是无穷且不可替代的。不由得想起小时候一个人在麦场上学骑自行车的场景，不停地磕磕碰碰，跌倒爬起，可终有开窍那一刻。突然就灵光一现，把握住了人与车的平衡点，然后就稳当当上路了。这，也许就是人们说的"自洽"状态。

人，想活得温润美好，不受外界干扰，就需要不断挖掘自身这种自洽状态。

《圣经》里说，"你要保守你心，胜过保守一切，因为一生的果效，是由心发出。"人对精神生活的寻求就是寻找心中的光。清晨醒来，映入眼里的明净至少有两种：一种是初生的，像婴儿没有被世界打扰过的脸；一种是第二天式的，经过白昼，黄昏，黑夜，破晓，层层提纯，到清晨，以自洽的状态清澈而饱满地回归。

02　温柔

当我独自一人爬上山岗，坐在半山的长石上与诸多墓碑隔空对望时，长久竟相顾无言。此时的山风轻柔得仿佛婴儿的皮肤，远处青烟袅袅，各种深浅不一的颜色布满山岗的角角落落，让人心旷神怡。是啊，每一个生机勃勃的春天，都应该走进山林，感受万千生灵，咏唱人间值得；感受微微山风拂过面庞，穿过前世和今生。如同那只阳光下眯着眼独卧的猫，动静怡然，偶在花开的刹那遁入石中悄然隐秘。

"弃我去者，昨日之日不可留；乱我心者，今日之日多烦忧。"人生百年三万六千日，不在愁中即病中，争来争去最后都要化作一缕青烟，尘归尘土归土；吵来吵去最终也是各自闷

在自己的土堆里沉寂数年。

越来越喜欢"温柔"，不管是这个词，还是温柔的人和事，看起来轻，却是有力。有时，强悍不能降服人，温柔却能让坚冰溶解、人心化开。从前总以为，温柔是一种温雅柔顺的态度，直到接触了一些人以后，发现温柔其实是种质地，是一个人温暖平和的心性。有的人，说话温声细语，性情不急不躁，待人处事永远心平气和，彬彬有礼，从不张牙舞爪，却自带力量。冰心说："春何曾说话呢？但她那伟大潜隐的力量，已这般的温柔了世界了！"温柔的人，是心里有个春天的人。一颗温柔的心，是以最大的善意理解和包容世界；虽看清了生活的真相，却依然热爱并拥抱她。

周末的一天，春光明媚。一个久未联系却认识多年的朋友，想觅一处"世外桃源"般的假日休闲之地。"最好背山临水"，他说。知道我常进山游转，于是相约走起。这个朋友五十岁左右，这么多年，看着他事业上不断突破，摊子越来越大，场子越拉越开，的确是一个胸怀大志做大事的人。

车开到山脚下，我们一行大小数十人徒步进峪。那条峪里星罗棋布般散落了几十户农家小院，最深处有几家背靠大山，半山腰似乎也有几户。正值春季，树木葳蕤，草色青翠，一条山间小溪从村庄里蜿蜒穿过，人行其中如在画中游。朋友身先士卒走在队伍最前方，领着我们顺着羊肠小道向后山行进。他一路披荆斩棘，遇见合适的枯枝便捡拾起，稍加收拾后递给队伍中的妇女、小孩当手杖用。走了大约半个时辰，有人喊累，有人说前面似乎路断了不如就此折返。他却鼓励大家不要放弃，并不停地讲着各种应景的幽默段子鼓舞我们。

突然，他六岁的小女儿在我身后大喊"爸爸"，一回头，原来小女孩鞋里进了砂石硌脚。朋友立即返身过去帮孩子脱掉鞋子，耐心地收拾好。起身时顺手还在草地上摘了一朵小野花插在孩子的发髻上，惹得孩子抱着爸爸的头连亲几口。朋友的妻子在旁边站着一直默默看着，满脸春风……

春日的阳光像一壶老酒泼洒在面前这一片林子里。地上的花草星星点点，有的已经开花，有的才冒出绿芽，有的在春天依然枯萎着。同样的季节，万千生灵却各自荣枯。人与人也一样，各怀能量而默行。有的人能量很大，行为却是春风伴细雨，注定不走寻常路，活得旗风浩浩，气势磅礴。有的人能量是细流，从认知到气力上都担当不了大事，唯有量体裁衣，量入为出，一日一日能过好当下就不错了。最可悲的是，那些看不清自身气量，德不配位，还好高骛远眼高手低的人，伤人害己，最后还有可能丢了卿卿性命。

"天上降下了灾难，地下横生了屈辱，但在半空之中，到底存在一丝微弱的光亮。"《山河袈裟》里读到的诗句，末梢那一丝微光，仁者见仁。个人想到的，是温柔与仁爱在世间施行的能量，散若星辰。

前路漫漫，轻柔的风才会让人们褪掉厚厚的外衣。最厚重的爱，都在最轻的细语里铺天盖地，照亮脚下坎坷。

注：本文发表于《安康日报》2021年4月16日。

四时皆有味

01　慰藉

岁月辗转更替，不知不觉间，又至一年岁暮。天地日渐空旷，万物休养生息。季节变换之时，总会让人心生无限感慨。

看那慢慢进入冬天的山野，便知道自然从未停止它的脚步。人生亦如是。常驻的，终归是具备永恒品质的事物，如一个又一个出发过沸腾过也寂静过的天地、日月、晨昏。在这场漫长的竞赛中，有些人笑在开始，有些人却赢在最后。其间经历了什么，只有心知道。一切都在流逝，人生归根到底是一场减法运动。

给人慰藉的，常常是不经意间的小事物。

那日山行，站在暮秋初冬的山上举目远眺，红黄绿相间，远山苍茫，层层叠叠延伸至天际。头顶不时有群鸟飞过，叫声清脆，时远时近。涓涓意念汇聚成河，听风从耳边掠过，看阳光轻轻洒落身上。那一刻，只觉心中空灵，无事可想，万事可忘，终与自己相逢。看到寺庙的菜地里有一棵柿子树，仍有几个果子挂在枝头。庙里的师父说这是留给鸟儿吃的，一时为之感动。

在这样的山里，在这无人知晓的地方，有一颗愿意给予的心，是多么珍贵。

　　早晨，经过公园，看见一个衣着简朴的中年女人在城墙外很认真地吹箫，吹的是《牧羊曲》。她如痴如醉的样子和轻盈高飘的箫声，成为古城冬天的一抹亮色。她身旁停放着一辆单车，后面带座，想必是刚送完幼小的孩子去学校吧。老街口有个卖煎饼果子的早点摊，前些年我几乎每天都要光顾。老板是个四川女子，三十多岁，她动作娴熟地一边干活，一边指示着顾客往身旁的零钱盒子里放钱或找钱。那张风吹日晒的脸没有任何脂粉，却始终挂着和善动人的笑容。每每看到这样的她或她们，我就想起里尔克《布里格随笔》写到的女性，"她们始终坚持不懈，穿过世俗生活的种种琐碎，有一刻神态还一直像少女。"

　　草木有情，人亦如此。每晚为你而亮起的那盏灯；生理期时为你递过来的那碗红糖水；人声鼎沸的车站中向你招手奔跑过来的那个身影；拖着疲惫的身躯回家，看见桌上老娘给你买好的蔬菜瓜果；离家读书的儿子兴高采烈地给你讲述，他每天清晨六点第一个冲到操场顶着满天星辰跑步的欣喜……这些点点滴滴的温暖与慰藉，如水滴融进生活的长河。人世艰难的时候，就拿出来温习。它们可以以一当十，以细而绵密的情谊抵御住难熬的冬天。

　　无论如何，在平凡的日子里，都要努力活出滋味来。

02　出口

　　凡·高说，"每个人心里都有一团火，但路过的人只看到烟。"

一切虚妄的欲念，都是因为内心的不安宁。这种不安宁，左右了心情，影响了心智，扰乱了生活。唯有安静下来，任何人或事，才不会影响到自己。《约翰·克利斯朵夫》书中有一句话："光明不是没有黑暗的时刻，只是不为黑暗所遮蔽；英雄不是没有卑下的情操，只是不向卑下的情操屈服。"所有的负能量，越是抵抗越顽强，越是批判越心伤，消耗的始终是自我。亲人之间，即使不能互相理解，依然有爱在彼此间流淌。

泪或血，汗或疤，都是时间里的真金白银。

人至中年，偶尔我也会放纵。在睡不着的深夜里吃一份椒麻鸡或煎一片小牛排，倒上一大杯红酒，然后一个人海吃海喝，什么都不想，心却在那一刻开始舒缓。是啊，无论当下发生了什么，第二天又是一个新的开始。日子可不就是这样轮番上阵。谁也不知道我们曾经历了什么，有过怎样的崩溃，时间自会给出答案。许多时候，我们保留体面，只是因为生活需要，最终还是要拽着自己的头发翘首等待下一个黎明。

我们都在找寻某种踏实的事物，来托起人生的虚无和缥缈。我耳闻目睹过形形色色的宣泄，最长情最浪漫的是有个山民，自知对所爱的人求而不得，就以种树来寄托情感。于是，深藏的爱，有了着落。种树，成为一种出口，制衡了内心深处的失落。还有集大雅大俗于一身的苏东坡，他喜欢琢磨俗世生活，比如怎么酿酒，怎么制药，怎么做肘子，怎么剔里脊肉。这些生活层面上的认真与专注，成为他人生的"小确幸"，使他无论被贬到哪里，都依然保持对生活的热望，不至于生无可恋或绝望。

自己的事故，别人的故事。世间哪来的感同身受？唯有亲历，打通真正的痛点。倘若痛感激发了自知，如同酗酒夜宿之徒被当头一瓢冷水浇醒，踉踉跄跄站起来，虽忘记昨晚在哪儿，却突然知道了自己是谁。如同命运为你关上一扇门，同时又为你打开了一扇窗。那些阴晦的日子，难过一时，却让你腾出时间，清醒，修复，重生。"渔夫在无法捕鱼时，就会修补他的网。"这是多么暖心的励志语！滚石无苔。人生越是低谷，越要做自己喜欢和擅长的事。毕竟，我们既要有走出低谷的勇气，也要训练自己有棋逢对手的实力。

心所要的，不是足够多，而是足够欢喜。最终要照见的，只是暗藏琐碎与恢宏的心。当双脚踩在秋天清脆悦耳的枯枝败叶上，得到抚摸的是你的本心，如同在林中拾得一根笋，剥开层层外壳，最后留下那一盈笋心。

03 归途

也许，终其一生我们都在完成一场自我救赎，从逃离到回归。

年少时，觉得出发是澎湃的，不太想归途。当人生经过无数次出发之后，终于明白，让人产生勇气与热望的，不只是远方，还有故土和家。如今每次回到那个生我养我二十年的终南山下的村庄，内心总是百感交集。这个在我年少时拼命想要挣脱的地方，如今却成为我孤独落寞时最想去的地方。无数个秋风盈袖的午后，或细雨纷飞的日子，我的心都会不由自主飞回那里。那些散落在岁月中的美好与温暖，那些根植在我内心深处的遗憾与伤痛，如歌中所唱"从来不需要想起，永远也不会忘记"。

"柴门闻犬吠，风雪夜归人。"我格外地喜爱这句冬天里的诗。越是寒凉，越对温暖有着特殊的感知。家，是在风雪中最后唯一允许一个人空手而归的地方。想起它时，不只在冬天。

很多年里，无论生活境况如何，我都习惯去山里走走。那些并无规律但从未中断的山行时光，记录并见证了自己的成长。草木兀自枯荣，大自然的存在，恰以寂静的方式站在了人类的面前。山风荡荡胜似酒。大山以自己的宽广与恩慈，沉默地接纳所有人。

人一生的荣辱，自己能决定多少呢？透过鲜花看月亮，那月亮，谁都够得着。透过衰败，还在看月亮，精神的高贵是永不贬值的。许多时候，抛开外部的平台与复杂的人脉，人的自我内核锤炼，才能不惧生活的风吹雨打。像一枚谷穗，在地里，在粮仓，在手上，都是饱满的，不愧对一丝光阴。

往事如下酒菜，如小青柑，甘苦自知。那些磕磕绊绊的旧时光，终究会变成温柔的岁月。当我在键盘上敲打这些字符时，我的内心是从未有过的安宁。一枚陀螺旋转的勇气，源自它所经历的疼痛；同样，它的释然，也来自对过往的深切理解和深情拥抱。

"春山春水碧，冬山冬水幽。四时皆有味，荡然忘尘忧。"我们要有理由相信，每段时光的来临与流逝，都有意想不到的收获。

注：本文发表于《阳光报》2020 年 12 月 4 日。

答 案

　　整理儿子的卧室和书房，发现一个精致的礼品袋里装着一个四方礼盒。打开一看，原来是一本叫"答案之书"的黑色硬皮笔记本。封面上赫然写着："所有的预测，都不是真的要知道结局，而是为了赋予自己迎接结局的勇气。"原来这是一本治愈系心灵解惑笔记本。打开后扉页上有"使用说明"：当你犹豫不决、忐忑不安时，闭上眼睛，心中默念一个当下正困扰你的问题，随机翻开书，睁眼看这一页，里面有一个简单的答案或暗示，它能给你方向与指引。

　　这个精致的礼盒，是同学送给儿子的生日礼物。看着它，我不禁莞尔一笑。谁的生活不曾迷茫，谁的人生又不曾犯过迷糊？何况一个青春期的孩子。面对纷繁复杂的人世，我们每个人都希望能未卜先知，掌控自己命运的罗盘。其实许多时候，我们的困惑并不在身边，而是根植于我们的内心深处。不禁想起东野圭吾的小说《解忧杂货店》，犹记得那个回信的浪矢爷爷说了一句让人醍醐灌顶的话："其实所有纠结做选择的人心里早就有了答案，咨询只是想得到内心所倾向的选择，最终的所谓命运，还是靠自己一步步走出来。"

　　2020 年年末和儿子一起看了一部电影——《心灵奇旅》，这是一部追寻生之意义的励志电影。男主角乔伊代表有目标和梦想的一类人，另一主角二十二代表不知道生命意义的一类人，配角理发师代表梦想臣服于现实的一类人。三种不同的人生，告诉人们同一个道理：感受当下，并乐在其中。即回归生活本身，才是一个人最终的归宿。

　　影片最打动人的是：一次意外让灵魂学院的二十二回到了乔伊的身体里，让他返回人世体验了回"活着"的感觉。起初他坐在街边，有些慌乱无措，有些战战兢兢，直到接住一片被风吹落到掌心的叶子。然后，他恢复味觉陶醉于一块披萨和一块糖的味道；他挤入人群放慢脚步专注于街头杂耍的表演；他和理发师交谈并让他发自内心地说出自己的梦想和生活的故事；他认真听完一位准备放弃练琴的小姑娘的琴声，并给予真诚的赞美……那一刻，二十二发现原来生活这般美好！他再也不想回到灵魂学院，只想静静地感受这人世间的烟火。"生命的火花不是目标，而是保持对生活的热情。我将珍惜每一分钟去活着。"剧终人散，电影也给出了生之意义。或许你还没有实现梦想，或许你人生还有遗憾，但如果你能从当下做的事情中，找到意义所在，找到自己的价值所在，这何尝不是另一种人生目标的实现？抬头看看天空，低头捡拾一片被风吹起的落叶，这些俯拾皆是的人生小确幸，无一不蕴含着生活的纯粹与美好。

　　那日和朋友去天子峪的至相寺，遇见一位年轻的女尼，三十余岁，当时她在敲钟，我跟她有片刻的对视。我眼中的她是一个端丽的槛外人，想必她眼中的我，亦如尘世任何一个普通的女子。她清冷的美让我难忘又好奇，究竟何故如此年轻就出家，是否习惯青灯古佛的昼夜？遁入佛门后能否做到心静如水，虚怀若谷？假若把我放置于这座古刹，我又会怎样度日？那一刻，我的脑子被一团乱麻缠绕，思绪无法停歇。

钟声如悟，一地春色流动成河。黄昏下的夕阳渐次漫过山峦、树梢和屋顶，远处不时传来鸟雀的鸣叫，声声涤荡人心。寺里的水仙花在慢慢盛开，花开的时候像挣脱一道裂口，每一道裂口，都是对生的挣扎与向往。就像一个人，曾经有过痛彻的夜，漫长而艰难，以为再也进不了次日的黎明，可后来，天还是照样亮了，太阳照常升起。在时间里萎谢的，又在时间里焕发生机。

曾经我们渴望被生活善待，后来逐渐懂得了如何善待生活。这，就是生活给予我们的所有问题的最终答案。僧问石头希迁禅师：如何解脱？禅师曰：谁缚汝？又问：如何是净土？禅师曰：谁垢汝？问：如何是涅槃？禅师曰：谁将生死与汝？你看，连生死之事都是自己纠缠自己的结果，在人生中，除了自己的心魔是障碍，还有什么是障碍？

朋友说，一个人活得幸福不幸福一要看是不是能睡着，二要看是不是想醒来。能睡着，说明心安，此前问心无愧；想醒来，说明心怀希望，当下正是所要。一语中的。当你开始积极拥抱生活，便会发现生活处处是美好。春天已临，请送自己一朵小红花，愿人间小美好一直照亮你前行的路。

注：本文发表于澳门《华侨报》2021年5月15日。

别 来 无 恙

一

庚子年真是多灾多难，连天气也异乎寻常。还没怎么感受夏天的酷热，处暑已翩翩而至，秋意在转角露出了侧脸。雨水真多，下得肆无忌惮，变天比翻书都快，丝毫不需酝酿。

天要下雨娘要嫁人，一切由他去吧！

倚在窗前，捧一卷诗书，品一盏清茗，在古风诗韵中徜徉，在潇潇秋雨中品味人生。难得心如此清净无杂念，终于沉下身子终日与书为伴了。知乎上有人提问：与人交往最好的态度是什么？有个高赞回答：做最好的自己，亲疏随缘。

我非常认同这个答案。人和人之间长久而舒适的关系，靠的是吸引和共性，而不是一味地付出和道德式的自我感动。心理学上有个"适度定律"，指的是在人际交往中，要懂得把握好一个度，超过这个度，人际关系就有可能走反方向。友情也好，爱情也罢，你投入的感情越多，受伤的时候就越痛。大部分的失望，都是因为太看重和别人的感情，高估了自己在他人心中的位置。

世上许多事情通过努力就可以实现，唯独人与人的关系只能亲疏随缘。有些人离开了很久却依然记在心上，有些人伤害过自己总还想着去原谅，有些人没有在一起始终觉得遗憾，有些人说了再见却还惦记着能再在一起谈天说地。可是人生啊，留不住的东西太多，就像光阴，就像感情，就像你我曾经都有过的纯真面孔。

岁月不堪数，故人不如初。人生在世，我们会遇见很多人，但并不是所有人都能陪我们走到最后。许多时候，人与人之间，只是一程的缘分。不管怎么样，生命中遇到的每一个人，都是有意义的，如释迦牟尼所说："无论你遇见谁，他都是你生命中该出现的人，绝非偶然，他一定会教会你一些什么。"正是这些经历装点了我们的人生，让我们的生命变得丰盈起来。

相识相知是美好，但不是执念。有缘且珍惜，无缘莫悲切。好的遇见，让你幸福；坏的遇见，让你成长。人生兜兜转转，总会有所得，也会有失去。当你走过半生，你会发现，人与人之间的相遇，无论是锦上添花还是雪中送炭，都是意外收获；唯有离别，才是人生的常态。但愿我们都能有一个好心态，坦然面对每一场分别。

二

马尔克斯在《百年孤独》中说："生命中曾经有过的所有灿烂，终究都需用寂寞来偿还。"来人世一趟也就几十年，死后却要在地下躺几百上千年。谁不是生而自由，却无往不在枷锁中；谁不是来自山川湖海，却囿于昼夜，厨房与爱？孤独是

人的特性，在人性中是根深蒂固的。关键是如何享受孤独，而不是借题发挥，让自己的生活沦陷，甚至殃及身边无辜的人。

人到中年的幸福应该是：懂得生活的真谛，拎得清主次，感恩于自己所拥有的一切，而不是还带着一颗躁动的心，心猿意马，以为有机会可以过更好的生活。不满足是每个人都要面对的人性弱点，但学会克制，懂得知足，则是一个中年人走向幸福的必经之路。

人生路漫漫，拥有爱情是一件令人欢喜的事情。但爱而不痴，听而不迷，戒掉贪嗔痴，于人于己善莫大焉！贾平凹先生在《暂坐》后记中有段话非常实在："写到了最后，困扰我的是，这些女人是最会恋爱的，为什么她们都是不结婚或离异后不再结婚？世上的事千变万化，而情感是不会变的吗？还是如看到的那句话：别说我爱你，你爱我，咱们只是都饿了。我就这么疑惑着，犹如这个城市在整个冬季和春季所弥漫的雾霾，满天空都是个谜团。"

三

表哥三周年祭日那天，我驾车拉着母亲回老家祭奠。因为母亲身体不适，短短30多公里的路程我开了快一个小时。她坐在车上一句话也不说，脸色蜡黄，神情憔悴，双眼肿胀，隔一阵就要恶心呕吐。她说自己最近身体状况很差，"三高"严重，心慌气短，也休息不好。各种药大把大把往肚里吞咽，搞得胃翻江倒海似的难受。我说那就别乱吃药了，住院好好调理一下，这慢性病就得慢养。母亲情绪非常低落，稍有力气就唉声叹气道，自己兴许活不到父亲三周年祭日那一天。我瞬间泪流满面，劝慰她不要胡思乱想，日子还长着呢，脑海里却不由自主浮现出姨妈的样子：七十多岁的年纪，生命靠各种药物支撑却已十几年，如今肾衰竭每月要透析十几次，平均三天一次，淤青的胳膊上到处是针眼和伤痕，让人看了不寒而栗。

那一刻我无比伤感，想到了自己，突然觉得人生不过短短几十年，得好好规划。如果我能活到七八十岁，那么余生三四十年，该如何打发光阴才能孤独却不寂寞？该如何把控自己人生的方向盘，确保它不抛锚、不偏航，平静稳健地靠岸？

这是一个需要认真思考的问题。

《港囧》中有句台词——"人到中年，药不能停"，道出了生活真相。无论肉体还是精神上，谁都不能停药。生活不是上帝的诗篇，而是凡人的欢笑和眼泪。"小窗独坐听秋雨，荷叶芭蕉各自愁。"我们生存于世间，常常以为物质是立身之本，殊不知光阴和健康才是自己唯一拥有的东西。

雨过天晴，天空一碧如洗。阳光穿过山的轮廓，依次照在竹帘上、书桌上、茶台上……猫咪翻窗而入，那么欢快，带来生机与活力。此刻，应敞开心扉，让光照进来。想起蒋勋说过的话："山河平静辽阔，无一点贪嗔痴爱，而我们匆匆忙忙，都还在路上。"

愿你我都能成为这样的人，眼有星辰，心怀大海。就算没有闪闪发光的人生，也要彻头彻尾地爱自己。

注：本文发表于《阳光报》2020年9月24日。

天 空 空 着

一

很多年前一个朋友对我说："孤独的时候，去坐一列火车吧！"当你抛下所有行程的支配，漫无目的地坐上一列远行的火车，在启程与抵达、相遇与分离、错过与重逢中感受人世间的诸多风景，那是人与火车彼此的精神寄托与给予。你看，火车总是像个斗士一样呼啸着来去自如，无论车上有无空位，从不为谁多停留一秒。窗外是变幻的风景，窗内是须臾的人生。被颠簸、被流放、被抛弃、被裹挟，是一列火车所能给予一个孤独者的全部恩宠。

这是一个流行离开的世界，我们却都不擅长告别。

日本的四字熟语中有一个词，叫"会者定离"，意思是世上常常相会的人，定有离散的时候。如果这样想，人和人之间的缘分总是显得残忍。生命来来往往，来日并不方长。有些人，你们不曾告别，却已经见了最后一面。"等闲变却故人心，却道故人心易变"。这不是世事炎凉，也不是人情淡薄，而是因彼此的喜怒哀乐不能共享，岁月之风和时光之手慢慢淡化了心中的彼此。

生命是一个不断重启与蜕变的过程。凡是能给人带来快乐与幸福的，也必将带来痛苦与深渊。晚风还新，时光却旧了。此去经年，但愿我们都能活得越来越通透明亮，少些指责与抱怨，多些慈悲与宽容。不辜负相遇，也不忘记美好，只记得世间众生各有活法。唯其如此，才能让生命抵达更为辽远的疆域。

　　细想那些一个人逃离的日子，海边、古镇、山村、寺庙、繁华的街巷，看潮起潮落和太阳东升西落；看夜幕下城市里的万家灯火；看成群结队的倦鸟扑棱着翅膀迎着夕阳归林；看寺庙里虔诚的信徒和僧侣焚香磕长头祈愿；听古镇酒吧里女歌手浅吟低唱一首首让人泪流满面的情歌……那些时刻，我的灵魂是从未有过的安宁，仿佛把过往所有的孤独、绝望、遗憾、不安、挣扎与隐忍都抛在身后，只留下一颗空寂的心。

　　文字于我是一种无可替代的治愈方式。世态万千，人性各异，总会有一个尺度在平衡着人与世事万物的关系；岁月漫卷，生命浩渺，总会有一种坚定的信念矫正着人心的迷乱。所谓成熟就是学会理解弱者的不得已，所谓成长就是打破自己的"天花板"。世间万物，存在即合理。看不惯，是因为你见得少、阅历浅、胸怀不宽广。对于那些想不通头疼，想通了心疼的人和事，不如淡然视之，可以一笑而过或一过而笑。

二

　　每个人的宽容，解放的是自己，救赎的也是自己。

　　看一茎苇絮飘摇的蒹葭，在江边摇曳，是一种修行；看一

位隐士走在山道弯弯中和钟声悠扬里，也是一种修行；经历一场渣人烂事更是一种修行和历练。人这一生，修行无处不在，无时不有。我努力让自己柔韧不脆弱，尽管有时冲动也会做出一些出格的事，说出一些言不由衷的话。人生越往后走，越觉得既像马拉松需要连绵不断的耐力，又像短跑需要随处炸裂的爆发力，无论哪种都需要不间断的体力和精力。谁都不是超人，除了能量补充，还得学会自我修复。

我愿学习蝴蝶，一再蜕变，一再祝愿，既不思虑，也不彷徨；既不回顾，也不忧伤。

"分手自杀未遂，那之后的四天，我在强烈的痛苦和对生命的感悟中分娩出这些文字。从此我的心自由了，请记得自己是自由的风，请记得人间的爱仍绰绰有余。在日记里，我把这种向死而生的转化称为复活节。"当我看到这段话时，内心既疼又欣慰。"从此我的心自由了"，这句话让我羡慕了好久。我们都需要这种向死而生的"复活节"。

当生命穿过人生的悲欢离合，在更深更广处，我们一定要尽可能保持美好而积极向善的心，如春天想到百合，夏天想到荷花，寂寞时想到初见的你。心如流水，日夜不息，使人在散乱中活着，闪灭中老去；心如止水，让人一日日慈悲，一日日通透达观。

人往前走，苦才会退后。希望余生的你渐渐温柔、克制、朴素，不问、不怨、不记、不恨。如林清玄先生说的："步履一双，清风自在，我有明珠一颗，照破山河万朵。"

注：本文发表于《西北信息报》2020 年 8 月 7 日。

看那八面来风

01　活在当下

那天，一个下野之友，邀请几位友人上山把茶言欢。正是山杏成熟的季节，漫山硕大的、长着高原红脸的杏子团团簇簇垂坠枝头，像一场盛大的狂欢，连空气中都弥漫着热烈的味道。几个老友杏树下憩坐，闻香品茗，饮流霞，慰轻风。一女友说她最近很是窝火，单位领导找她谈话，兜了半天圈子最后才进入正题，说单位即将选派一名员工下去挂职，虽然她的优秀是大家公认的，派她下去也是应该的，但是，鉴于她目前的岗位非常重要，无人可替，如果派她的话整个单位的工作就会受影响等等，总之领导很纠结。尽管她给领导表态自己很珍惜这次挂职锻炼的机会，力争做到"两不误"云云，领导却始终不表态，然后笑眯眯地望着她："下班回家吧，要不，你再考虑考虑？"

领导很客气地结束了谈话。但在她看来，这样的谈话像是隔靴搔痒，又像是绵里藏针，总之相当粗鲁。这样的逻辑也相当让人窝火。但在这种单位，类似逻辑总是大行其道。她愤愤不平地边说边叹气。听完她的叙述，有人打趣道："傻妞，这还不明显吗？这世道哪有天上掉馅饼的？你不先跌陷阱怎会得馅饼？"

鲁迅先生在小说《长明灯》中写道："人间本就艰难，当浑浊成为了常态，那善良，就是一种过错。"鱼和熊掌不可兼得，既然想要做浊世中一股清流，凭良心说话，靠本事吃饭，凭骨气做人，就要适应坐冷板凳和甘于寂寞。麻油拌芥菜，各自有活法，看透了这一点，自然也就不委屈了。

谈话间不觉天光渐暮。西边的山头上红霞飞起，染红了半边天，晚风送来清凉。长居山房的朋友正好来电闲聊，得知我们也在山上，便邀去山房小坐。

推门而入依旧是熟悉的景象，溪水淙淙，亭台木屋沿着山势渐次排列，枝头淡粉色的合欢花开得正艳，到了傍晚花儿也渐渐合拢起来。朋友正在用枯黄的板栗花编制"火绳"，说山上蚊子多，夏季点燃它可以驱蚊。一段段十厘米左右长的板栗花在朋友手里不大工夫就变成一条两指粗的"火绳"，编好的绳子垂挂在木屋檐下像一道别致的风景煞是好看！朋友的妻子则在一旁聚精会神地浆染一件棉麻衬衣。看她蹲在地上一边刷百度，一边不厌其烦地捣鼓着衬衣，我很纳闷，感觉不值当。且不说染这衬衣需要花费很大工夫，关键是能否染成功还是个未知数。她却风轻云淡地笑道："没什么值得不值得，过程也是一种享受。"眼前的她虽然五十多岁，额头依旧闪着光亮，眼睛里有隐隐的光芒，岁月留给她的只有舒缓、踏实和知足。而我们这些内心盘踞着猛兽的人，是不可能有这份耐心和静气做这些事的。时光可以把一个人的心性雕琢得这么泰然自若，真是羡慕！

毛姆说，"一个人能观察落叶、羞花，从细微处欣赏一切，生活就不能把他怎么样。"山水弥伤，在自然万物中，人会归于平静。夜色中山下万家灯火渐次亮起，众人忽然皆息了声。我想此刻他们和我一样，内心浮动着对这世间的温柔。送走故人，珍惜眼前人。活着去经历，积极去担当，如果觉得被捆绑，就用解开的绳子做跳绳，舞出生命赋予的节奏。

所有的路，我们都要走成赏花路。

02 老去的姿势

美容院里一位七十多岁的老太太在她女儿陪同下做医美项目，满头银丝却神采飞扬。她目光温和，似笑非笑，脸上的重重皱纹，像是鱼儿跃出水面后漾起的波痕，给人柔和喜悦的感觉。

足疗店临座一个三十多岁的中年女人，人高马大，膀大腰圆，声如洪钟，对着众人高调宣布自己从不穿束身衣，更不去美容院，怎么舒服怎么来。她说，女人许多病都是被压抑束缚的结果，好的人生只需对自己负责，无需取悦他人。看她口若悬河唾沫星子满天飞得意洋洋的样子，我只能在内心呵呵了。一个不懂得自律、连身材都懒得管理的女人，生活的品质能好吗？

我们都走在变老的路上。有些人变老，像果实阴干，收缩、有皱纹，但依然结实有形。有些则像要腐烂般地膨胀起来，且面目身形失去轮廓。显然前者跟克制、安静、自律的生活状态有关。后者则要不沉溺于食物、觥筹交错，要不懒怠、自我放弃。

活着是一种状态，更是一种过程。有的人即使年纪轻轻，却暮气沉沉；有的人即使八十高龄，依然能活得有滋有味。从青春到年老是一个不断向内看的过程，没有什么好沮丧的，而我们毕生要学习的就是愉快地和自己相处，不断地在我们思想的四壁挂满引人入胜的画幅。

作家三毛曾发出这样的感慨，"我来不及认真地年轻，待明白过来时，只能选择认真地老去。"优雅、美丽与年龄无关。网红达人时尚奶奶虽年过古稀，却依旧坚持数年如一日练习舞蹈，而且每天读书看报，在网络上分享她的美食穿搭。正因为如此，才让老奶奶腹有诗书气自华。她时常挂在嘴上的一句话就是："女人要做自己的太阳，无需凭借别人的光。"

我理想的老去的姿势就是：读万卷书行万里路，生活中也要美哒哒！如果不能行万里路，那就在万卷书中行万里路。

03 豁出去

世间姻缘天注定。有人恩爱如初，有人同床异梦，有人貌合神离，还有人同居一个屋檐下却形同陌路。其实，幸福和痛苦都是一个比较级。你眼里的幸福也许正是他人的痛楚或熬煎。许多婚姻从幸福走向不幸，也许只是一件小事，一句话，或一个人的出现。一个家庭"分崩离析"看起来是一瞬间的事，其实早就如温水煮青蛙或绽开线头的毛衣，一天天一点点，直到把昔日的温存消耗殆尽。

许多时候，人的累都是自找的。"天若有情天亦老，人间正道是沧桑"。有粉丝问一个抖音女网红："你身高一米七,体重二百斤,一脸雀斑,浑身长着几层'游泳圈',哪来的勇气与自信,凭什么走红网络?"她泰然自若地说："凭着豁出去的态度呀!"想想也是。世间许多说不清道不明的事,终究要置死地而后生。如果没有壮士断腕的勇气和狠劲,一天天一年年如温水煮青蛙,什么后果,三岁孩童都知道。

很喜欢爱的繁体字"愛",它的中心部分是一个"心"字,这就有了深刻的含义——爱一定是发自内心。《圣经》中关于爱有这样一句话:"爱是恒久忍耐,又有恩慈,爱是不嫉妒,爱是不自夸,不张狂,不作害羞的事,不求自己的益处,不轻易发怒,不计算人的恶,不喜欢不义,只喜欢真理,凡事包容,凡事相信,凡事盼望,凡事忍耐。爱是永不止息。"我想,如果有人能真正做到这几点,那就难得了。

生活像一团麻,总有解不开的小疙瘩。菩萨亦合掌,人问她求谁?菩萨答:求人不如求己。愿我们都能在各种难缠与琐碎中,仍保持 45 度角仰望星空,强大内心,借事练性,借假修真,遇见更美好的自己和他人。因为,万物皆有裂痕,那是光照进来的地方。

注:本文发表于 2022 年 11 月 6 日澳门《华侨报》。

重重的现实，轻轻地过

01　专注

南方不言秋，的确如此。

和所有古城一样，腾冲也有河流穿城的清晨日暮，有来来往往的江湖烈酒，有朝九晚五的行色匆匆，有特立独行的游吟诗人……和所有古城不一样的是，这里的天空更辽阔深远，夜晚竟然还能看见大朵的白云在空中飘浮；凉白的月不仅守夜，也一并守晨。

时值初冬，漫步在腾冲的街头，天高云淡，空气中处处弥漫着花香，满街稀奇的时令果，让人目不暇接。没来这座城市之前我的心是澎湃的，以为这里可以暂时放空身心，实现我梦寐以求的"远山看花，深巷饮酒"的快意。急匆匆来去后，应了那句俗语：看景不如听景。沉淀在内心深处的不是这个城的一景一物，而是在腾冲植物园的一个偶遇。

那天起了个早，和同伴相约去街上转，出酒店门不远就看见了马路对面的植物园。一个六七十岁的老头在树林旁的空地上，旁若无人地对着歌词本唱时下抖音最火歌曲《可可托海的牧羊人》，神情专注而投入。唱一会后又顺手拿起身边的萨克斯吹奏。歌声荡气回肠，曲声婉转悠扬，起承转合间兜兜转转让人心醉。其间，不时有人从他身边经过，却并未影响到他。金色的阳光穿过树林缝隙，洒在地上和他的身上，间或有喜鹊从枝头扑棱着翅膀飞过，树影斑驳，鸟鸣啁啾，一切都那么相得益彰，那么动人。

我在不远处驻足良久。听着听着，心便沉寂了下来。这唱曲人也是一种镜像，映照出自己过往的浮躁和此刻的沉静。那一刻，我的内心充斥着大江东去浪淘尽的悲壮与苍凉。原来，生命可以如烟灰般松散自在。想起朋友曾说的话：别急躁，事缓则圆。面对棘手问题，静待、沉默，甚至回避，有时也是一种很妥帖的应对办法。

当我们活在不安、散乱或是自我热衷的泡沫中，其实已在一种自我构筑的幻觉之中渐行渐远。在这个热衷表演与物质的时代，对于我来说，生命得到另一种诠释和宽宥的途径就是，在最粗粝的现实里遇见最素朴的自己，让每个当下纯然而专注，却不执着于它。

日子其实不分好坏，皆活的是一份心境。心不慌的闲适，才是世上极致的一份清福。能从急躁的情绪中跳出来，去感受当下的美好，亦是一种自我调适的方法。不能改变现状，那就调整自己尽力去适应它。"我不会远走高飞，飞到理塘就转回。"仓央嘉措的歌，听到这句总是卡住，跳不过，梗在这里。

拿起与放下，是一步一步背负，一旦上了爱的路，为它重，亦应为它轻。

02　逐光

无论悲痛或欢喜，时间都有足够的能量，让人经过沉淀后缓缓抵达抽离之境。

"子非鱼，安知鱼之乐？"说教与劝诫，在时间面前，实在小儿科又多余。某些事物，虽到不了生死的高度，却似牙痛，或鸡肋，牵扯着神经和心情，让人不消停。有时，真羡慕可冬眠的动物，将自己埋进冬天，一觉醒来，元气满满。人却无处可藏，只能咬紧牙关，咽下足够委屈，才有机会看见绵绵群山和漫天星辰。史铁生说："我常常感到这样的矛盾：睁开白天的眼睛，看很多人很多事都可憎恶；睁开夜的眼睛，才发现其实人人都在苦弱地挣扎，惟当互爱。"

有人记录城市底层生活，跟随拾荒老人一整日，再随他回到狭小简陋的出租屋。正感慨着要离开，老人颤巍巍地说："等等，我还有东西。"他起身哗地拉开一个旧抽屉，屋里顿时生香，里面排满了各式各样空的香水瓶，这是他多年拾荒为自己留下的珍藏。

看似卑微的生活里，有时也会埋着一颗不舍爱与希望的种子。

想起杰克·伦敦的书《热爱生命》。不用追问生命的意义，很多外在的攫取，像夜宴一次性的华服，如昙花鲜亮短促。多年后，我们终将重新定义，什么才是生命中最重要的。陪伴是长庚星和启明星的轮回，真正让我们感到快意的，是来自生命本能的那种力量，是循环不止息的爱与使命。在时间里流淌，像春风吹又生。我们都要学会看淡并接纳生命中的所有，包括无常和残破。

人的一生或多或少都要经过一段"瓦砾期"。这片瓦砾，有时来自自己或亲人身体的疾病，有时来自情感的崩塌，有时来自现实的失重。总之，这段时间，它就存在于生活中，或是存在于内心中。面对这种支离破碎的境遇，你只能凭着生命本能往下走，并相信时间能将一切抚平。俯仰之间，宇宙浩瀚，人生苦短，举重若轻的背后是无尽的沧桑与隐忍。

那天驾车拉着陕西省文艺评论家协会主席李震老师参加云儒文学馆筹建启动仪式，路上和老师聊到这两年为亲人治病四处奔波的艰辛，对这种切肤之痛，因为亲历过，我能感同身受。所幸老师的心血没有白费，终究是创造了医学上的奇迹。相信奇迹，才能创造奇迹。他最后感慨道：人这一生，只要不和"两院（医院、法院）"打交道，便是幸福时光。

何处不是飞鸟越长河？何处不见过客走孤烟？穿过纷乱，尽管时常无力，却不改热忱。能让人真正着地的，还是更恒久质朴的事物。相信生命与爱的力量，是一切的来处，也是最后的归途。

03　老去

我们都走在老去的路上。

去医院看望朋友术后的母亲。朋友正在一勺一勺喂老娘喝汤，一边用嘴轻轻吹凉，一边劝慰母亲乖乖喝下，因为这汤是她凌晨三点就起床精心熬制的，对恢复元气大有益处。母亲却皱着眉头很痛苦的样子。眼前的一幕何其熟悉！去年年初，在

父亲病危难以下咽任何食物的时候，他说只想喝小米粥。为此我天天清晨五点就起床为父亲熬制小米粥。当我兴冲冲地端起一碗黄灿灿的小米粥到父亲床前时，他却找各种理由延迟喝或不喝。看着被病痛折磨得骨瘦如柴的父亲，我忍着眼里打转无数次的泪花，鼓励他喝下一口又一口……那样的情景刻骨铭心，想起时便如鲠在喉。

　　亲人的老去让人丢盔卸甲，仿佛看到静物式的远景。人散后，落在故乡的关于爱的动词，永生不忘。我曾细细端详晚年的泰戈尔，白发，长须，长袍，布鞋，目光如炬又恩慈，身影弯曲又庄严，那样子，融合了个人的体验，宗教的博爱，诗性的柔软，民族的忧患，文化的坚持。曾经贵族少年的俊美被击褪了，时光将他镌刻成青铜般的雕像，凛冽，有力，大美。一个人晚年的样子，不再单纯以美丑而论，集合了他滔滔的一生。天地如此广阔，人生走过的每一步都算数，每一天都是新的开始。老，又有何惧呢？

　　在腾冲参观梦幻大金塔时，导游让大家顺时针绕塔三圈为亲人和自己祈福。从导游口中得知：五福临门中的"五福"是指长寿、富贵、康宁、好德、善终。想想这五者其实不是孤立的，它们相互牵制，有着内在的连接。健康有时，疾病有时，穷困有时，富足有时，孤独有时，悲伤有时，欢乐有时，衰老有时……人这一生什么样的境遇都会有，如同一滴滴来自四面八方的水，才构成一片蔚蓝大海。不增不减，不涂不抹，顺其自然，才是你。

　　动荡不安的日子，终究都会成为时光的下酒菜。愿我们都能安住当下，学会每天给自己找一个开心的理由，哪怕只是阳光很暖，电量很满；哪怕只是埋在文字堆里，写些在别人看来无用却能让自己如释重负的文字，梳理、沉淀、记录并打包，让它们生出翅膀飞出心房。如能遇见懂的人，产生共情，便是寒冬里的温暖。

注：本文发表于《西北信息报》2021年1月15日。

做生活的歌者

一

据说最新国考报名人数超 23 万，最热岗位竞争比已达 800:1。受疫情影响，很多行业都出现了"多米诺骨牌"效应。许多成年人为了生计，放下身段和面子，想着法子谋生：如做了外卖骑手的理发师，直播带货的锤子科技创始人罗永浩，改行房产中介的网红歌手李佳薇等。成年人的世界没有"容易"二字。

我们的价值观中，早已习惯把幸福理解为"有"——有车有房，有钱有权；但真正的幸福应该是"无"——无忧无虑，无病无灾，无牵无挂。在抖音里无意翻到一个热门的情感夜话节目，男主播总是说着扎心实用的话。他说，男至中年要戒色，女至中年要戒情，否则就是作茧自缚，自寻烦恼。中年人的婚姻能说在一起就说，说不到一起就各过各的，发挥各自的作用，互不干涉。别在婚姻里寻找爱情，也别在爱情里寻找婚姻，不现实！

话丑理端。我曾义愤填膺地嗤笑过一些守着名存实亡婚姻的女人，笑她们活得没有尊严和骨气，笑她们容忍自己的男人外面彩旗飘飘，把家当旅店。然而这种恨其不争怒其不鸣的心态，随着阅历的加深，现在却淡定了。能把困苦的生活，活出诗意，在薄情的世界活出深情，这才是本事。

近段时间，我一不小心惹上了三角债务，陷入内忧外患的泥沼。看我忧心忡忡的样子，一个年长的朋友说我像极了年轻时的他，遇事总是沉不住气，喜欢钻牛角尖，这种"我执"的心态害人害己。后来为了改变这种毛病，他说自己会时不时一个人去殡仪馆转转，在那坐坐，听听旷野的风声，看看眼前一幕幕的生离死别，整个人突然就安静了，许多想不明白或放不下的事瞬间便释然了。人心小了，所有的小事就大了；心大了，所有的大事都小了。我们最终还是要努力将自己修炼到"看淡世事沧桑，内心安然无恙"的状态，他说。

逃避外在的险恶易，摆脱内心的痛苦难。活着，就意味着不断与欲望和痛苦搏斗。毕竟站立并不是生活的唯一标准姿势，匍匐也许才是人生常态。万般滋味，都是生活。

二

岁月不觉间从指缝流失，转眼又到年底。想起年初拟订的计划——学会游泳，最好加入朋友的冬泳协会，冬天即将来临，我却连池子都未曾下过，不禁汗颜。国庆过后便开始抓紧学习。起初两天信心百倍，感觉易如反掌，中途耽搁几天后再次下水却觉得难上加难，甚至在心里打起退堂鼓。

　　我想我还是有些心浮气躁，不能全神贯注于当下吧。池里有个七八岁的小男孩，像条鱼一样在水里前仰后翻，不知疲倦地变换着各种姿势。此情此景不禁让人想起"如鱼得水"四个字。我站在一旁甚是羡慕这条欢快的"鱼"。可生活中，谁又不是历经风雨和磨难，最终才能抵达"兵来将挡水来土掩"的自如境界呢？

　　这些年，我时常做着各种有关考试的梦：不是交卷时间快到了我的作文还没开始写，便是听到别人都"沙沙"翻面了，我还在抓耳挠腮，没头绪，内心翻江倒海般急，最后乱了阵脚，抱着听天由命的心态胡做一气交卷。回头一看，这种"赌徒"式的做法害己不浅。其实人生也是一场漫长的考试。你身边时刻都有人在翻试卷，甚至交试卷。要是你不能把控自己的节奏，总慌慌张张，被别人带着走，注定这辈子只能被边缘化。奥巴马55岁就退休了，特朗普70岁才开始当总统。扎克伯格20岁创建Facebook，28岁就已经身家千亿。陶华碧28岁还在工地抡铁锤背泥巴，50岁才创建老干妈。每个生命都有自己的节奏和轨迹。

　　所以，有时人活着最要紧的，就是"不要紧"三个字。不管外面如何巨浪翻滚，你只管沉住气，做好自己的事。慌乱、焦虑、狂躁、不安，这些情绪容易让人心态垮掉，然后做出错误决定。人只有把自己吃透，很多生活难题才会迎刃而解。追求幸福的过程，其实就是刀刃向内的过程。

三

　　生活的美，在它的庞杂和删繁就简中。丰子恺说："我的心为四事所占据了：天上的神明与星辰，人间的艺术与儿童。"倘能因艺术的修养，而得到能发现美的眼睛，我们所见的世界，就处处美丽，我们的生活就处处滋润了。

人还是要向美而生。长夜漫漫，对酒当歌，人生几何？秋天从银杏叶间吹来的风，冬天街角飘来的糖炒栗子的香气，某个笑起来很干净的人，一双伸过来要抱抱的小手等，这样的美与温暖随处可见。我们每个人都有许多自我保护机制，勿在别人心中修行自己，也勿在自己心中强求别人。日历每一格像蜂房一样，涌动着生命最初的芬芳与甜意。生活虽然没有解药和后悔药，但止痛片很多，比如旅游，小酌，美食，写字，买买买等，总有一款适合并治愈你。

平凡是常态，如果再用心比别人多走一步，这样的平凡就具备了能随时修复自己、随时拥有快乐的幸福力。广播里男主播正在说着："你要相信，这个世界上会有人不爱你，但一定会有人爱着你。去爱吧，就像不曾受过伤一样；跳舞吧，像没有人会欣赏一样；唱歌吧，像没有人会聆听一样；干活吧，像是不需要钱一样；生活吧，像今天是末日一样。"

愿我们都做生活的歌者，一路疗伤，一路歌，在薄情的世界里活出深情。

注：本文发表于《阳光报》2020年11月2日。

抉　择

那年六月，从乌鲁木齐自驾到库尔勒，由于导航出了问题，我们误入天山大峡谷和一号冰川的险道。后来才知道，这是探险自驾游者非常热衷的一条线路，我们误打误撞闯进来。那辆商务车仿佛一只独行的黑色甲壳虫，以20多码的速度，在逼仄且泥泞的盘山路上小心翼翼地爬行。眼前巍峨的天山山脉高耸入云，如一袭白衣的雪山飞狐，冷逸俊美。偶尔把头探出窗外，除了能呼吸到冰冷刺骨的空气，不时可以看见坠落在万丈深渊的各种车辆，让人惊悚不已。

车上的人手心都捏着一把汗，根本无暇也无心思欣赏沿途优美的风景。原以为这段路是上高速的前奏，结果走了三个多小时依然找不到上高速的入口，心里顿时慌乱不已。恐慌有二：其一，我们是否走错了路？会不会是南辕北辙？其二，接应我们的人早已在库车等候，如此一条道走下去估计会误了时辰，打乱计划。几个人寻思了一阵觉得不能再贸然前行了。可是，这条人迹罕至的路真是前无来车、后无跟车，整整三个多小时只有我们一辆车独行，想问路都没辙。于是把车子停靠到一个路面稍宽的地方，几个人一边休整一边商议怎么办。过了大约半个时辰，竟然迎面过来一辆白色桑塔纳小车，我们如遇救星赶紧示意司机停车，递烟问路。

　　司机是一个五十岁左右的汉子，据说家在乌鲁木齐。他很果断地建议我们掉头原路往回走，因为这条路压根就没有上高速的入口，而且从前面二三十公里处开始货车密集，道路更危险。他说如果我们执意要一条道走下去，估计赶夜里十一二点都不一定能走出去。但如果跟他返回的话，再行驶一个多小时就可以抵达一个上高速的入口。

　　听完汉子的话，我们几个争论不休，各抒己见。同意返回的认为，汉子的话有道理，我们萍水相逢他没有欺骗我们的动机；坚持继续前行的认为，我们要相信科学，不能前功尽弃。因为导航显示剩下的路不足六十公里，而我们已经行驶了八十多公里，这兴许是黎明前的黑暗呢。再说，这人地生疏的，谁又能证明汉子不是自私心理作祟，想让我们陪他走一程，在这高山险道上万一出了事也好有个照应。经过各种权衡，最终我们一行选择了跟汉子返回。

　　跟着那辆白色桑塔纳我们又往回返了大约一个半小时的路程，然而始终没有看见汉子说的高速入口，心里顿时有些发毛。这时之前一直反对原路返回的伙计，更加笃定自己的分析和判断了。其他人只能默不作声。纠结之时，隐约看见不远处路边似乎有所牧民的简易房子。我们赶忙停下，正好有个牧民走出来。简单交流后，牧民告诉我们前方的确有高速入口，但几乎得把先前的路返完，至少还需三个多小时；如果我们再重新返回到刚休整的地方，一个多小时就直接到库尔勒了。问了下路是否好走，是

否途中将与许多大货车会车，他回答路还行，有货车但没那么多。

究竟谁说得对呢？几个人长舒了一口气，索性再赌一把算了。还好这次真应了牧民的话，我们一口气把车子开出了天山大峡谷。

我后来时常回想这段有惊无险的路程，感慨良多。也许之前那个汉子说得也对，只是我们疑虑重重没有坚持跟下去；也许他真是自私作祟，欺瞒我们陪他一程。但无论哪种情况，抉择权却始终掌握在我们自己手里。一个长辈曾对我说过，人生最大的遗憾就是不会选择，不断选择，不坚持选择。现实残酷，容不下我们任何幻想。当你觉得进退两难或难以抉择的时候，除了相信、等待、自省、学习、理解、接纳，没有捷径。

记得周德东的长篇悬疑小说《罗布泊之咒》中有一个章节，讲的是7个被困罗布泊的自驾"驴友"，在太阳墓寻找出路逃生时，发现太阳墓下有11条通道，分别写着闯、阔、闽、闲、阒、间、闻、闪、闷、问、闹11个字，每个字代表一条出路，但只有一条路才能真正带领他们走出罗布泊的迷魂阵。于是几个人争论不休，各说各有理。最后他们只能分道扬镳，根据各自的喜好和判断选择了属于自己的路。

生命是一种缘，很多时候，你刻意追求的东西也许终生得不到，而你不曾期遇的灿烂，反而会在你的淡泊从容中不期而至。我们马不停蹄地寻找幸福，蓦然回首，幸福其实就在身边，我们需要做的是停下来，慢慢感受这份幸福。

注：发表于《文化艺术报》2021年11月10日。

过年，是在过什么

满溢着喜庆和吉祥的春节是每个炎黄子孙心中永远难以磨灭的符号，它不仅是 365 天中最新鲜最特殊的一天，也承载着人们对过往的告别和对新一年的祈愿。

转眼封城已二十余天，春节的脚步一日日临近，内心却是焦渴和兵荒马乱的。五岁的小外甥隔着视频问我，他最近居家好好表现，过年时我能否实现他三个愿望？我说当然可以，但不知赶过年时大家是否可以团聚。没想到小家伙笃定地说："肯定可以嘛！"看看，童真的世界总是充满美好和希望。

不由想起儿时的新年。记忆中似乎天天都在翘首等待过年。因为只有过年，家里在吃穿用度上才会上升到最高质量，孩子们也会收到压岁钱，那可是一年的零花钱。从腊月二十三"祭灶"开始，也叫"过小年"，大人们便开始张罗吃穿的东西和大扫除。房前屋后、旮旯拐角都要打扫得一尘不染。木格窗户要重新糊上白纸，玻璃窗户则要擦得能照出人影。母亲是家里总指挥，也是最忙的人。早在腊月里她就给我们每人做了一双最时兴的千层底布鞋，一直压在箱底。然后就磨面、碾米、砸辣椒面，去集市买蔬菜和瓜子糖果等年货，给家里大小置办新衣；得空

还要给街坊邻居剪窗花、蒸花糕。父亲则要忙着把家里里外外修补好，把墙重新粉刷白。村里有杀猪宰羊的人家，父亲免不了也要去搭把手。孩子们被大人吆喝着屁颠屁颠干些力所能及的事，比如捡柴火、扫地、贴窗花、挂年画等。

腊月二十七到二十九为关中人蒸馍时间。家家户户都要蒸上好多的包子，要吃到正月十五以后，因为有"正月十五以前不动面"的习俗。我们家一直都是二十九蒸包子，三十包饺子。清晨五点，父亲就起床准备包子馅和饺子馅。从我记事起，只要家里吃包子和饺子，馅肯定是父亲调制。我们称之为"闫氏秘制"，味道绝对"杠杠的"，无人能替代。调制好馅料，父亲开始在大铁锅里烧水，为炖肉做准备。他把烧热的沥青一点点浇灌在猪头上，等冷却后逐个揭掉，猪头上的毛很快就被收拾得干干净净。接着他和母亲一起杀鸡、清洗猪下水，我们三个孩子则围着跑来跑去，不停打问什么时候能好。本家有人宰了猪，派小孩给我们端来一盆蒸熟的猪血和一个猪尿泡，这下可把我们乐坏了。不等母亲调好蘸料汁子，你抓一块我抓一块大快朵颐起来，然后争抢着玩那个猪尿泡。厨房里不时传来叮叮当当的响声，灶膛里的火也噼里啪啦地响着，不一会儿我们的小院就散发出阵阵香气。那是自家养的大公鸡炖熟后散发出撩人的香，是猪头肉、肥肠和猪脚煨出来的浓汤香，是各种形状的肉包、素包蒸腾出来的香……

大年三十晚饭前，家家户户必须把房前屋后打扫干净，贴好春联及门神、窗花等，大门及堂屋、卧室、灶房、牲畜圈等处也要贴相应的对联。一切准备就绪，便开始点蜡烛、烧香、燃放爆竹、祭祀先祖。之后，全家大小共聚一桌吃"团圆饭"。除夕夜的主要活动就是包饺子、看春晚。晚上，各家灯火通明，炉火熊熊，老少几乎彻夜不眠，坐在火炕上"守岁"，俗称"坐年根"。待到子时，万家鞭炮齐鸣，意为"接天星""迎财神"，有的还摆上香案，行跪拜之礼。然后，便是晚辈给长辈们磕头拜年，长辈们也将事先准备好的压岁钱给孩子。本家户也开始相互奔走拜年，通宵达旦，直到初一早上。

正月初一，天刚蒙蒙亮，父亲便在屋外燃起了爆竹，所谓的"开门炮"，意味着当年开门大吉。放完爆竹母亲开始煮水饺，父亲祭拜先祖。反正每年正月初一不等天亮父亲都会大呼小叫地喊我们起床吃饺子，美其名曰"人勤春早"，还说起得最早的人另有红包奖励。按习俗这一天是不扫地的，三十晚上和初一早晨的爆竹纸屑、瓜果皮屑都是要到初二早晨才能打扫。吃完饺子，父亲早早就去村大队召集人马，准备敲锣打鼓给军属拜年。他是领队者，也是敲鼓人，村里那个大鼓非他莫属。

初一到初十之间，一般是亲戚间相互拜年。过完正月十五元宵节，轰轰烈烈的年也就算过完了。因为有了年，就觉得日子有了盼头；因为有了亲人团聚，年也就显得有声有色。自从父母随我们搬进城里居住，就再也没回乡下过年，年的味道也就寡淡了许多。如今父亲离开我们三年了，每年除夕前，我随弟弟驱车回老家墓园请父亲和我们一起回长安过年，回望着我们村子禁不住泪水涟涟。记忆的风，是一滴晶莹剔透薄如蝉翼的泪，轻轻一碰，便会渗入如兰的情怀。我怀念新旧交替时刻，老屋外面漫天星光，屋内灯火通明，根根红烛喜盈盈地把我家

每一个角落都照亮的情景；怀念过年时老屋院落里飘香的包子和大铁锅里煨炖的肉香；怀念父亲敲着大鼓走街串巷威风凛凛的样子；怀念正月里我们唱着歌谣，提着母亲手糊的灯笼和小伙伴们互相攀比谁的压岁钱多的时光……

这样的年，如今一去不复返了。

记得 2020 年春节将至时，一部微电影《年年和有余》将一个关乎积累、坚持和爱的暖心故事娓娓道来。电影主要讲述了一个拥有一头小卷发的小学生年年，为了赶上理发店烫染拉直的优惠活动而努力攒钱的故事。故事中年年虽来自"自来卷"家族，但是年年却厌恶自己那一头小卷毛，于是年年竭尽自己所能开始攒钱。在历经各种小波澜之后，年年终于靠不断积累，在除夕夜攒够了钱。年年迎着烟火，奔进即将打烊的理发店后，当所有人都认为年年攒钱是为了拉直自己的卷发时，殊不知年年攒钱是为了给一条自己收养的小狗烫成小卷毛，让它成为自己家庭中的一员。这一结尾既在意料之外，又在情理之中。看完短片，相信它带给我们的不只是暖心，也让我们明白了一个道理：简单幸福，点滴累积。

生命中的每一天都是新的一天，每一年又是新的一年，无论过去一年我们经历了什么，都要在新年来临那一刻跟过往挥挥手。过年，不仅是过"坎"，更过的是希望。苟日新日日新，珍惜每一个当下，便是新年带给我们的最大意义。因为"人类的全部智慧就包含在这五个字里面：等待和希望"。

注：本文发表于《三秦都市报》2022 年 1 月 30 日。

春天低处的光

01　承担

许多人曾用"魔幻"来形容 2020 年，没想到之后这几年比 2020 年还魔幻。除了疫情，让人闹心的事并不少。想起网上流传的一个调侃段子：三年前姐去算命，算命大师跟她说，这几年你会为情所困。姐一直以为是爱情、亲情或是友情。现在才明白，原来是疫情。三年前，哥也去算命。算命大师对哥说，这几年你会为情所困。哥也以为，是爱情、亲情或是友情。现在才明白，原来是 A 股行情。

虽是调侃，却也让人读到了笑中带泪的辛酸。别人的故事，落在自己头上就是事故。唯有亲历过，你才知道真正的痛点在哪。行走于世，总要受制于各种羁绊，不是所有的痛苦、迷茫都可以一吐为快或以快刀斩乱麻的方式了结。繁花似锦的春天，回到故乡，天空细雨纷飞，枝头有不知名的长尾鸟啾啾乱鸣。久不居人的老屋院内荒草丛生，墙角静静放着母亲当年制作米酒的坛子。院中那棵梨树花苞正盛，我似乎看见父亲正在梨树下热火朝天地做木工活，孩子们则欢快地追逐打闹着……

睹物思人，却物是人非。转眼父亲离世已三年了。逝去如飞的日子，一天天，新鲜又陈旧，简单又烦琐。一年年也是这样。那么多我曾以为永不会忘记的日子，都埋葬在了无休止的更迭里。汹涌的时光，并不会抹去生命中那些无名的困厄、恐慌、悲怆、惊悸、哀恸……无可救药的悲观和盲目天真的乐观，像两条相向而来的河流，凶猛对冲，汇到了一处。生活的苦和重，被完全接纳，最后都换作无所谓。当一个人看自己，看世界，不是俯视，不是仰视，而是平等凝视，内心就会坦诚无畏，自然平和。

有时想想，生活就是个刽子手，一边拿刀反反复复捅你，一边责备你这么久还没练成刀枪不入。当你春风得意时，它会借你东风让你无须扬鞭自奋蹄；当你失意时，它却时时想化身为压死骆驼的最后一根稻草。庚子年的春天只是开始，之后有成千上万种春天让你刮目相看。岁月终要把你历练成一个不惊不扰的"画师"，每一笔落下去之前，内心虽然涉水百里翻山千重，在他人眼里却是举重若轻，身轻如燕。

已识乾坤大，犹怜草木青。置身天地间，有种放空的自由。我们都是在夹缝中不断去探生活的顶或底。春天也许反复无常，但这也是春天的一种，我们既然能承受它带来的伤痛和阴影，就没有理由因恐慌放弃它高光的部分。

02　专注

世道艰难，山木无言，全在这沉默的消逝中。那日山行，看长风浩荡，阡陌纵横，各种深浅不一的绿树红花把巍巍南山装扮得生机勃勃，我的心头不由冒出一句"我是山间惆怅客"。

山月不知心里事，水风空落眼前花。近段时间，我的生活似乎进入了卡壳状态，如同鞋子里卧了几个沙粒，硌硬难受得什么也做不好。日夜都在琢磨着如何拿掉"沙子"，让生活回归正常。谁知，越琢磨越心神不定，结果就是时常打开冰箱不知要干啥，正在和人交谈突然大脑一片空白。我开始怀疑自己要提前步入更年期了。

想起儿子上幼儿园时，有段时间他总是每隔三五分钟头不由自主地向右上方仰一下，任我怎么劝说都无济于事。为此我无比苦恼，却不知去哪寻医问药。有天晚上讲完睡前故事，他说："妈妈！我也不想这样，但我总管不住自己。脑子里似乎有两个小人，一个是正义的化身，一个是恶魔的化身，它们不停地撕扯纠缠，谁胜了谁就说了算。我根本控制不了它们！"看着孩子一脸的无辜样，我也陷入了困惑。妈妈劝我别把这当个事，顺其自然吧，是福是祸躲不过，调整好心态即可。果不其然，当我不再纠结于眼前，从漩涡中跳出来后，有一天突然发现儿子的这个习惯性动作不知什么时候竟然消失了。

从小就有人问我，"幸福的标准是什么？"我现在给出的答案是：饭吃得香，觉睡得好。因为现在很少有人能把饭吃得有滋有味，能安然入眠快乐醒来。走在街上，满眼都是行色匆匆的人流，手机不离手，眼神焦渴。驾车或乘车出行稍有堵车，便怨骂声四起，网上称之为"路怒狂"。我们大部分人都活在过去和未来中，很少有人注重当下。你眼前有一碗饭，但你很难将时间停在这一刻，把你的心安放，专心慢慢来享受这美味。

无论做什么事，都把全部精力投入其中，活在当下，这就是专注。有了这样的专注，生命自然就不会寡淡无聊。

那年深秋，在徽州古村看漫山秋色。站在石阶上，看山坡下一棵粗大的银杏树，金黄如蝶的叶子纷纷飘落。铺天盖地的叶子落在树下和白墙黛瓦马头墙的老房子上，树与房子互相映衬。凋零中有美么？有的。不然，怎么会春泥埋出浩荡，生生不息。我的脚下聚集着成群结队的黑蚂蚁，它们从容不迫地往那棵树上攀爬，空气中散发着清冽的香气。整个下午我就那样静静地看着，直到日坠星河，星坠云海，天空变得灰白浓稠，墨色裹着琥珀青翠，肆无忌惮地狂舞。时间仿佛凝固了一样，那个下午就这样定格在我的脑海。如果人能时常训练自己保持这种恒定状态，尽可能快速清除内心被各种细微本能念头或情绪浸染的阴影，用一种清冷和笃定应对俗世的烦琐，不为外物或他人牵一发而动全身，那么，他便是领略到"空"的真正含义了。

峪口弥陀寺里古玉兰昂首挺立，静默千年不朽，在光阴里诉说衷肠。那些曾被荆棘划过的伤痕，终将变成故事里的花絮，将我们的人生修补得更厚重沉稳。时光且长，何惧风雨？也许，在充满不确定的无常里，把心浸泡在柔软的日常，才能让人清醒。俯仰之间，专注当下，重新拥抱这个虽不完美却依旧可爱的世界。

注：本文发表于《西安晚报》2022 年 5 月 26 日。

生命是条河流

一

　　15岁那年，我们班主任，也是我们的语文老师，一个刚从师范院校毕业的中专生，他二十出头，高大俊朗，小麦色的肤色配上儒雅的谈吐，走在我们那个不大的乡镇中学，绝对是一道靓丽的风景。那时最开心的事就是每天下午课间活动时，看他在操场上纵横驰骋打篮球，那矫健的身姿和灵动的步伐深深印在我青春的脑海。记得开学第一次作文题目就是——写给老师的一封信。我的作文字里行间溢满了对他的仰慕和爱戴。向来喜欢用华丽辞藻行文的我，唯独那封信全是质朴心声。我至今清楚地记得他给我文后写的评语："应当承认你是有文学天赋的，愿缪斯给你的人生带来快乐……"

　　21岁那年，我开启了一场持续六年的马拉松式恋情。我和他可以说是青梅竹马，小学四年级时还当过一段时间同桌。他在帝都北京一所名牌大学就读自己心仪的中文专业，而我却在古城西安一所大专院校读着调剂的专业。那年月不像现在通讯网络发达，我们只能鸿雁传书，四年下来竟然积累了一大箱书信。命运阴差阳错，让我们历经重重磨难，最终还是分道扬镳。下决心分手那天晚上，月明星稀。我一边焚烧那些信件，一边泪如泉涌。回首过往，点点滴滴如刀切肤般撕扯着自己。他在京六年，不知为何我竟一次都没去过。

26岁那年，我遇见了职业生涯中的第一个贵人。是他，给予我莫大的信任，激发出我工作上最大的潜能与热情。当我经过调研、梳理，把熬过几个通宵撰写的"全面质量管理体系"与一沓"工作绩效考核表"递给他时，我清楚地记得他对我说的每个字："这是我迄今为止见过的最好的工作质量管理体系，好好干，相信你能干得更好！"

27岁那年，我结婚了。只因闺蜜一句话："这个人是来救你的！"一个多愁善感又重感情的人，历经漫长的消耗后重新回归轨道是一件多么艰难的事。婚礼那天，司仪问他："你知道她最喜欢吃哪道菜吗？"他憨憨地答道："土豆焖鸡块！"引得大家一阵哄笑。妈妈说，"世间姻缘皆是命，半点不由人，想多没有用！"

29岁那年，我的宝贝诞生了。儿子的到来，让我对生命和爱有了全新的认知。他是我的盔甲，亦是我的软肋。

42岁那年，历经四个多月的痛苦煎熬，生命中最重要的亲人离我而去。父亲的离世让我意识到，世上除了生死，其余真的都是擦伤。

43岁那年，我如愿以偿成为省作家协会会员，利用业余时间创作的数百篇作品，也都刊发在各大纸媒上。我的自媒体公众号"暮歌原创"也拥有全国各地数千粉丝，每当我懈怠时，他们都会给我信心，让我体验到生之美好……

这些散落在生命中的浪花，总是不经意间爬上心头。当我慨叹岁月是把杀猪刀的时候，发现冥冥中似乎真的在印证着许多。生命是条河流，奔腾不息。我们每个人都被一个叫"命运"的掌舵者摆渡。而我，始终是一个悲观的乐观主义者。

那天午后，和友人在一个叫"时光酒馆"的小店浅酌，窗外是漫天飞舞的雪花，它们唱出了风笛般的苍凉和孤独。我给他讲述着生命中刻骨铭心的美好和一场又一场猝不及防的告别。总以为人是一个容器，放着快乐和悲伤，其实人是一根导管，流过快乐，也流过悲伤。

"世间的人和事，来和去都有它的时间，我们只需要把自己修炼成最好的样子，然后静静地等待就好了。"他说。

也许，我只是想告诉他，曾经在我心的领域，行过哪里，看到什么，感知过什么，如何行进，这是一条怎样的人生路。我们每个人，生命的内核都是一座孤岛。在时光的裂缝里，有缘相逢，彼此照亮，各自高飞。

二

与远在大洋彼岸的女友视频聊天，她问我过得怎样，我调侃道，早已把自己活成了一支队伍。天生操心的命，许多路要靠自己慢慢摸索，大不了吃一堑长一智，打掉牙往肚里咽。而她，被家人宠爱得只会读书码字，疫情期间一个人居家隔离，两口锅都烧干了；面对老公准备好的满满一冰箱生鲜果蔬和肉食，竟然无所适从。

人和人不能比，尤其是女人。有时想想，应该让自己吃点苦头。只有受了足够多的苦，才有机会去重新认识自己，认识情爱欲念的本质，认识世间万象的内涵。

知无涯，贵内省。在老去的路上，这点体会越来越深刻。几年前做许多事那种迅速进入状态、迅速完成的力气，更多是一种激情。现在很慢地做事，反复琢磨，反复思量，体会其中真味。消磨掉人的天真、热忱、投入、忘我的不是时间，是世间的人和事。当我们重启内心的灵光，活在当下，观照自心，莫向外求，也许灵魂深处的道路已经呈现。

寝食难安的夜晚，单曲循环毛不易的《无问》："如果光已忘了要将前方照亮，你会握着我的手吗？如果路会通往不知名的地方，你会跟我一起走吗？一生太短，一瞬好长，我们哭着醒来，又哭着遗忘。幸好啊，你的手曾落在我肩膀。"在他天籁般干净的声线里，终于慢慢入睡。

天气一天天冷了。在很冷的时候，人很容易想起温暖的事情。而这样的温暖，大多只在梦中出现。寒衣节回老家给父亲上坟，绕着村庄行走，黄色的旋覆花、蓝色的马莲、灿烂的三色堇，从墙根下，从枯树墩边，从石头缝里冷不丁地冒出来，撞入眼帘，像一些捉迷藏的小顽童，挤眉弄眼地扮着怪相。野花摇曳，蔓草如烟。当把自己的视野流放于广袤天地之间时，胸臆不由得轻扬起来。这些散落在尘世角落的哭声、笑声和叹息声啊！只有静静伫立在低处，才听得见，才看得清。

老屋庭院的荒草长有一人高了，两棵柿树依然硕果满枝，两只长尾喜鹊在枝头不时地飞来飞去。那个曾是碾米机房的屋顶，灰色的瓦片上长满青苔，似乎在阳光下轻轻诉说着流年。对于这座老屋，不思量，自难忘。

岁月如流。蓦然回首，往事并不如烟。其实，人活着还是要有所热爱，就像草木对光阴的钟情。一切境遇，皆是照见。一切境界，皆是心光。唯有爱，是世间最精深的修行。

注：本文发表于《文化艺术报》2022 年 11 月 21 日。

第三辑

游目骋怀

春山澹冶凤翔沟

　　终南山下的杨庄，距西安市中心仅 40 公里，东临蓝田，南接柞水，号称西安最美乡村。这里不仅有葱绿的连绵山野、古朴的乡野民居和悦耳的竹韵流泉，还有淳朴的民风和可口的农家饭。据说这里的牛老爷社火、长安道情戏等地方民俗活动也有着悠久的历史。每当傍晚，那些民间的自乐班便聚集起来拉开极富秦人秦韵的乡野唱腔，吸引着十里八乡的群众前来欣赏。

　　隶属杨庄街办的凤翔沟，与车水马龙的环山路只隔了一条公路，却似世外桃源，别有一番风味。如果把杨庄比作一位处深山立幽谷的待嫁姑娘，那么凤翔沟就是掀开姑娘神秘面纱后，各种撩人心魄的美。

　　三四月的大地，草木早已丰茂，花期一波接一波，姹紫嫣红，争芳斗艳。这样的季节适宜进山穿沟，感受大自然满血复活后的蓬勃生机。在长安生活二十多年，去过杨庄数次，但初次得知凤翔沟却源于长安作协主席张军峰。他在凤翔沟老村租了一处宅院，将其精心打造成"凤凰书院"，于是，这里就成了长安文人雅士经常聚集活动之地。顺着杨庄街道一直往里走，最深处便是凤翔沟村。一条水沟穿村而过，两岸绿树婆娑，平

添一份诗情画意。据说凤翔沟村最早叫凤凰村，源于老村后沟岿起伏的东西岭，远观仿佛一只卧着的凤凰。老村紧邻山，如今只剩下一二十户人家，其余都搬到了下面的新村。老村后面据说还有凤凰庙遗址，可惜我们去了几次也没发现。

春日的凤翔沟是静默的。

库峪河、虎峪河、凤翔河三股清泉汇集于此，集三条山泉河的灵性，形成三合一的杨庄水库，位于凤翔沟村东入口处。春日的杨庄水库碧波荡漾，苍鹭野鸭间或浮过，岸边时有垂钓之人头戴斗笠甩竿静坐，与眼前的山水交相辉映，给人一种岁月静美之感。顺着湖边的乡道往里走，扑面而来的微风中，夹杂着淡淡的花香和春耕的泥土味，让人身心释然，所有的尘世烦忧顷刻都被关在了山谷外，恍然有种不知今夕何夕之感。

不觉间走到了老村。星罗棋布般散落各处的老屋，基本都空置着，有的墙皮斑驳院墙坍塌，破旧不堪，似乎一阵大风能把房子掀倒；有的屋顶上布满青苔，杂草遍布其间。但这些破旧的老宅却也是许多城里人眼里的香饽饽，非常抢手。尤其文人墨客，几乎心中都有一个归隐田园的梦想，所谓的诗与远方大抵如此吧！

据说村里还有数处百年老宅，它们在岁月的洗礼下，仿佛历经沧桑洞明世事的老人，俨然成为凤翔沟村的镇村之宝。经过一处老宅的门口时，眼前的一幕让我禁不住停止了脚步。一头老黄牛安详地跪卧在屋檐下，它的嘴不停地反刍着，津津有味，似在冥思，又似在养神，即使嘴角溢起白色泡沫也不停歇。金色的阳光穿过稀薄的晨雾斜射在它的头上、身上。那一刻，我的思绪飘到了很远……年少时在乡下，多少漫长难耐的冬夜，我坐在火炕上，时常想到阴冷圈棚里的牛，它在一个又一个冷寂的长夜，双目微闭，嘴巴蠕动，气定神闲如一位智者，透悟几千年人世沧桑，却经年累月心甘情愿被我们这些始终都活不明白的庸俗之辈牵着使唤，甚至用鞭子抽打。这人和畜究竟谁才是真正的智者呢？岁月大浪淘沙，吹尽黄沙始到金。如《基督山伯爵》里所言：人类的全部智慧都包含在等待和希望里了。

春日的凤翔沟是热闹的。

顺着水沟旁的村道游逛，耳边鸟鸣啾啾，汩汩的山泉叮咚作响，头顶时不时飞过一群群麻雀，间或也有喜鹊、山鸡或红绿相间的不知名的鸟儿，扎在路旁觅食，看见有人迎面走来便扇动起翅膀扑棱棱冲向高空。有狗的人家，狗皆跟着主人身前身后摇着尾巴撒欢，偶尔倚在人家墙基上抬起一只腿撒尿，方便完又赶忙追到主人前面去。街上有时有一只狗追一只鸡，便可以看见一个妇人持一竹竿追着打狗的场面，惹得孩子们阵阵欢笑。

在村里穿梭，走路的时候一定要看着脚下，否则一不小心会踩在牛粪或羊屎蛋蛋上。看着我小心翼翼行走的样子，同行的文友笑着说："别那么讲究，既然入乡就要随俗，这遍地的牛羊粪在我老家人眼里那可是遍地黄金哩！闻着这熟悉的味道感觉一下子又回到了童年……"听张军峰主席说，老村后的凤凰山水草丰茂，适宜放养牲畜。东岭和西岭就有两家放羊的，东岭的是老婶子的儿子，有二十来只羊。西岭的是一对夫妻，有三四十只。每天两次，甚至冬天下雪也不落，早上六点到九点多，下午两三点到六七点，日复一日。这凤翔沟的牧羊人，

也成了两条岭上一道美丽的风景线。

春日的凤翔沟是美丽的。

凤翔沟的春天有着别样的美丽。尤其老村后凤凰山上那片上百亩的杨树林，时常让人"沉醉不知归路"。这片杨树林分布在东岭和西岭的山坡上，让凤翔沟一年四季风景如画，四时皆有味。借用北宋著名画家兼山水画理论家郭熙《山水训》中的话："真山之烟岚，四时不同。春山澹冶而如笑，夏山苍翠而欲滴，秋山明净而如妆，冬山惨淡而如睡。"这片美丽的杨树林成了凤翔沟的招牌。尤其春日，穿梭在杨树林中，仰头满目金黄，似融入了一幅色彩浓郁的油画，俯首山坡上遍地是青翠欲滴的绿草，上面星星点点盛开着许多不知名的野花，粉的、紫的、黄的、白的……美得让人窒息，恍如进入童话世界。还是张主席形容得好："凤翔沟的春天里有秋天。"茶余饭后，我们一行文友在张主席的带领下穿越西岭。耳边泉水叮咚，夹杂着各种鸟鸣声，大自然仿佛在演奏一曲春的交响乐。此时夹杂着花草香的山风，如一个调皮的孩童，在林子里自由穿梭，亲吻着我们的面颊和发梢。几个女文友拎着塑料袋边走边在草丛中挖各种野菜，碰到似是而非或叫不上名的野菜，便有人翻阅百度，年少时许多挖野菜的场景此刻便被激活……

最美人间四月天。当山桃花和樱花落尽后，洋槐花便登场了。虎峪两边山峁的大片槐树曲干虬枝，如一位脸上沟壑纵横的沧桑老人。在春天，满树洁白如雪，淡淡的槐花香弥漫了整个杨庄，让凤翔沟里的烟火味愈加浓烈。槐花的香不仅勾起了人们的味蕾，也让人想起妈妈，那可是妈妈专属的味道啊！

花正开，春正浓，折一枝春色，看岁月如画。欢喜的景致，满目琳琅，一切都是心中最爱的模样。

注：本文发表于《西安晚报》2021年5月9日。

紫 藤 花开

每个繁花似锦的春天，都明艳得让人感慨万千。难怪林徽因在春的温情里发出"你是爱，是暖，是希望"的感慨。

单位院内的中心花园西北角有一架二十余米的紫藤长廊，每年三月现蕾，四月盛开，花期一直维持到初夏。起初架子的两端各种了两棵紫藤，经过二十多年的风霜雨露，如今两棵紫藤缠绕在一起，如女子的手腕粗，远看似连理枝。说起来我的工龄和这架紫藤的年龄差不多。大学毕业分配到单位，转眼二十五个年头过去了，没挪过窝。从青春少年到沉稳中年，也许还要到迟暮晚年，我和紫藤一起走过朝朝暮暮，见证着单位以及彼此的成长。

李白曾有诗云："紫藤挂云木，花蔓宜阳春，密叶隐歌鸟，香风留美人。"描述的正是紫藤的美。自然界的花千姿百态，五颜六色，各有其美，我偏爱紫藤。它梦幻般的紫，还有徐徐而来沁人心脾的芳香，舒张人的每个毛孔和细胞，滋养灵魂，给人精气神。尤其这深浅不一的紫色，在春的千娇百媚中尽显与众不同的高贵气质。这是一种有内涵的美，一如高贵典雅秀外慧中的女人，从内到外散发出让人着迷的韵味。她在阳光下盛放，灿烂如夜空中的烟火，仿佛要将所有的美丽都绽放在这一刻。

初春，紫藤树逐渐冒出鹅黄的小叶子。叶子越长越大，颜色由浅及深，还扯出一些藤蔓。不几日，紫藤架上的"绒毛虫"越来越多。起初，从"绒毛虫"里钻出的是一串紫色的花蕾，形状像豆角花，又似月牙。紫藤花全面盛开，是在四月初清晨。前夜还是枯藤上浮着绿叶的景儿，一夜春雨后，那打着苞的花朵便一串一串绽放在架上。上层的花开满了，下面又含苞欲放。整串紫藤花的外形酷似槐花，花瓣顶端是紫色的，越往下越淡，到了底部，就成了象牙白；花冠是蝶形的，像一只翩翩飞舞的蝴蝶。春意盎然的时候，架上的紫藤花儿一串串，一簇簇开得空幽而烂漫。微风过处，清香四溢。紫色的花串在太阳下泛着点点银光，就像迸溅的水花。仔细看时，才知道那是每一朵紫藤花中的最浅淡的部分，在和阳光相互逗弄。

紫藤的根茎弯弯曲曲，像蛇一样缠绕着柱子往上爬，直到盖满了整个紫藤花架。暮春初夏，我时常得空坐在紫藤花架下的石凳上任思绪飞扬。地上不时有成群结队的黑蚂蚁在孜孜不倦地搬运食物，偶尔有流浪猫从花草丛中穿过，肥硕的身姿一点也不矫健。院内的流浪猫不少，它们主要吃餐厅退下来的残羹剩菜，夜里栖息在冬暖夏凉的地下室。所谓"饱暖思淫欲"，动物界也逃不过这规律，所以子子孙孙繁衍不息。

每到四五月份，时常会看到黑灰色的紫藤树根上攀爬着尚未蜕壳的知了。发现这久违的一幕让我无比欣喜。童年时我常常和伙伴在地上挖尚未蜕壳的知了，找一个纸箱子放置些树枝把它们养起来，到了该蜕壳的时候它们就会爬上树枝。我看到知了柔弱的身体从泥土色的外壳中钻出来，外壳被逐渐撑开，仿佛是从地下长长的梦中苏醒过来。当时我并不知道蝉从卵到成虫需要在地下潜伏几年的时间，通过吸食树根的营养来维持生命。蝉一生要经过五次蜕皮，其中四次都是在土壤里，最后一次是在树上。从蝉蛹中蜕壳而出，羽化为成虫，需要一个小时左右，软软的翅膀慢慢展开，这时的蝉全身软绵绵的，浑身淡绿色，随着时间的推移身体慢慢变黑，翅膀变白变硬，而且越爬越高，天亮后就可以飞了。

静坐在棚架下，空气中飘着阵阵清香，宁静又安详，仿佛置身于武陵桃花源中，一切烦恼忧愁都飞到九霄云外。一串串紫藤花从棚架上垂挂下来，最长约 10 厘米，深浅不一的紫色、白色、淡粉，近看犹如盏盏小灯笼，远看似翠绿的浪花中升腾起淡紫色的云霞，典雅而清丽。我从没见过这样富有生命力的紫色，深深浅浅的紫如瀑布一路倾泻而下，没有源头没有终级，阳光下点点银光跳跃，似在欢笑，似在吟唱……每年花谢的时候，落花缤纷，飞舞的紫藤花瓣像在下一场花瓣雨，让人陶醉其中。

无论晴空碧洗还是黄沙漫天，紫藤花总是兀自绚烂，从不为外界所扰。不以物喜不以己悲，这是一种多么崇高的人生境界啊！青春年少时，谁不曾梦想仗剑走天涯，阅尽世间繁华？无奈理想丰满现实骨感，年少轻狂的心，在人情冷暖和岁月磨砺中悄然变化。我们被城市的繁华喧嚣慢慢锈蚀了耳目和心灵，如疲于奔命的蝼蚁和苟且偷生的流浪猫，没有足够的勇气抵达凌厉的旷野，接受大自然赐予的冰刀雪剑和风霜雨露。我敬仰紫藤花的坚韧和顽强，平和与乐观的态度；我也羡慕紫藤架上的知了，它们穿越漫漫黑夜历经阵痛后蜕壳，最终化蝉。它们活着不为取悦别人，只为悦己，阅己，越己。后来我想，这就是信仰的力量吧，心有所往，所向披靡。保持信仰、慈悲和热望，这应该是每一个想好好活下去的人的力量源泉吧！

傍晚独坐紫藤花架一隅，望着从绿叶缝隙挤出的一线天光，我似乎听到了从老街巷子深处传来的弹棉花的声音、母亲踩踏缝纫机的"哒哒"声、故乡美丽的紫沟河畔孩子们的欢笑打闹声……这些声音倏忽由远及近，又渐渐隐去，让我有种恍若穿越时空的感觉。一年四季，日子循环往复却并不枯燥，充盈的内心总会找到天光云影和鸟语花香。

注：本文发表于《西安日报》2022 年 4 月 18 日。

凤冠山：洗尽铅华呈素姿

　　美丽的丹江在这里拐了个弯，圈出了一块盆地，聚集了天地之灵气。襟带丹江、背依凤冠山的丹凤县，是著名的水旱码头，古时北通秦晋、南连吴楚，水趋襄汉、陆入关铺；横跨长江与黄河两大流域，塑造了风情万种的自然景观和底蕴丰富的历史人文景观。自古以来，这片土地人文荟萃，既是商鞅的封地，又是秦末汉初"四皓"隐居之地。夏末秋初的一天，我第一次踏进这块风水宝地，传说中的"陕西最美是商洛，商洛最美在丹凤"，果真名不虚传。

01　物我皆两忘

　　抵达丹凤已是傍晚。夕阳西下，金色的余晖散淡地泼洒在建筑物和地上，街头巷尾行人优哉游哉。商洛散文学会一位文友指着不远处的一座山，告诉大家那就是凤冠山，之前叫鸡冠山。顺着他的手势望去，疑惑和失望之情油然而生。眼前这座山初看既不巍峨雄伟，也不清秀峻美，有什么奇特之处呢？

　　翌日清晨，推窗举目远眺，薄薄的雾气环绕山间，似刚沐浴完衣袂飘飘的仙女，怀抱琵琶半遮面。天公作美，下了一夜的雨竟然停了，天朗气清。陪我们登山的导游介绍，凤冠山海拔只有860多米，是一座"死火山"，素有"山城之父、闹市幽境"之誉。

走进凤冠山，才发现山势参差嶙峋、峻秀奇丽。独特的火山地貌、大自然的鬼斧神工以及古人的聪明才智，使凤冠山成为陕南最大的道教石窟群，有土地洞、关帝洞、文昌洞、财神洞、二仙洞等十二洞窟。暗合了人间一年十二个月，一天十二个时辰。看完这些洞窟，似来人世走一遭。洞窟内有30余尊神像、20幅浮雕壁画，还有建于北宋的冠山塔，以及山上多处摩崖石刻等人文景观。这些洞窟在千仞岩壁上分层排列，大小各异。每尊神像都栩栩如生，每幅壁画都有它奇特的故事，充分地展现了丹凤古人的聪明才智和炉火纯青的雕刻造诣。

除了十二个洞窟群，我们还欣赏到"大肚树""望夫崖""观音拜佛""沉香试斧石""紫阳迎宾"等奇异的自然景观，让人无不慨叹大自然的神奇与鬼斧神工。

尽管凤冠山既不险也不高，但有些地方的阶梯几乎呈90度，圆满完成这次登山活动，就是对自己身体和意志力的考验和挑战。一群人汗流浃背，衣服湿了又干，干了又湿。我的头发像被水浇了一样紧贴头皮，卸掉帽子后热气腾腾，双腿如灌了铅一样不听使唤。几次都想放弃攀岩，席地而坐，但回头一看，省散文学会年过六旬的陈长吟会长始终红光满面，精神矍铄地坚持着向山上走去。见此情景，顿觉羞愧难当。

当我专注于登山后，突然有种"物我皆两忘"的感觉。琐

碎的生活让人被各种欲望撕扯不休，很难平心静气。最近读一本叫《心流》的书，它是心理学奠基人米哈里·契克森米哈赖的开山之作。

书中这样定义"心流"：指我们在做某些事情时，那种全神贯注、忘我投入的状态。这种状态下，你感觉不到时间的存在，但做完事情会感觉浑身能量爆满且很知足。生活中，我们都不乏有专注的时刻，这正是心流的状态。比如这次的"登山浴"，虽艰辛我们却能从中获得内心的秩序与安宁。

终于大汗淋漓地登上了望江亭，顿感天清地静。眼前山岭起伏，群山间弥漫着迷人的光泽，草木葳蕤，日光浓烈，丹凤县城全貌一览无余。最吸睛的莫过于眼前这条美丽的丹江。它是丹凤第一大河流，也是汉江最大的支流，还是"一江清水送北京"的开端。眼前的丹江像条玉带，从城南悄悄绕过，画出了江南和江北的分界线。丹江两岸，十里长廊旁，垂柳依依，青竹摇曳，人流如织。而此刻，我的内心空空如也。这种空不是空虚的空，而是饱满的状态得到了清空。突然觉得自己所经历过的和正在经历的，都是上天最好的安排。人生至此，夫复何求？

外在的所有遇见，皆来源于我们内心的质地。见天地，见众生，见自己。

02　道法缘自然

据说，晋代道士葛洪及北宋"道教南派初祖"张紫阳曾在凤冠山洞窟修炼并羽化成仙。后人便以"三教合一"的思想，塑造了一系列民间喜闻乐见的神仙，并将一个个神奇动人的故事凿刻在悬崖绝壁上，这些雕塑隐藏着儒、道、佛三教玄机，神秘莫测。导游戏谑地告诉大家，凤冠山是一个神仙汇聚的圣地，正如这个"仙"字，左边是人，右边是山，当人和山站在一起的时候就成了仙。俗话说得好："想成仙，常进山。"

　　的确，登临凤冠山，神交先贤，心旷神怡。举目远眺，有种"洗尽铅华始见金，褪去浮华归本真"的感觉。一行人随着山势逶迤前行，一路忽上忽下，每临筋疲力尽时，眼前便出现一道亮丽的风景线，让人心生辽远。这不正如你我起伏不定的人生，祸兮福所倚，福兮祸所伏吗？尽管疲惫不堪，我还是咬紧牙关把凤冠山十二个洞窟走了个遍。印象最深的莫过于"挂瓢洞"。这是凤冠山十二洞环境最好的地方，院门有石仕站立，院内三面悬空，后面的洞窟视野开阔，可以看到丹江及山下的古寨。主神位没有供神，只供了"超然物外"四个字，其意就是超出世俗生活之外。洞壁凿有明代州官周梦麟的诗《秋日登龙驹寨鸡冠山》，我只记得最后一句是"眼前世间皆灰烬，洞口白云且挂瓢"。一把琴，一个瓢，一口缸，一种心情，构成了隐士们简单而富有诗意的生活，"挂瓢洞"的名字便由此而来。

　　于是，我想起几年前在乡下看到的一个四合院。青色的院墙上花开烂漫，房子主人是一个90高龄的老者，他戴着眼镜，坐在门口认真地用放大镜看报纸，身体像棵老藤一样有些蜷曲。很难相信，在这样的村庄里会有这么一个学者一样的老人，他文雅淡然、安静自若的神态深深吸引着我。

我们闲聊了很久，我问他幸福是什么，他笑道："拥有的都是幸福。小时候想上学堂，以为那就是幸福，然后就去了。后来想当教员，以为那就是幸福，结果就当上了教员。退休了，认为安养晚年就是幸福，于是便有了这满院的花香。我满足于人生的任何一件事情，无论成败得失。就像我养的这些花，尽管它不会长开不败，却总能在最美的时候盛开。"

老人的幸福观深深感染着我，让我瞬间觉得，他何尝不是开在尘世间的一朵浮莲？幸福的人生莫过于此：头发掉了，牙齿没了，眼睛花了，耳朵聋了，内心却十分明亮。回想我们走过的路，无论悲喜，生活总是按它固有的节奏前进。岁月终究会让一切都褪去，变得模糊或不重要。唯一重要的，只有当下的阳光，身边的人，或者眼前的风景。

03 有境格自高

以前的凤冠山春天泛绿，夏天赤红，秋天橙黄，冬天黝黑。这是因为它是一个死火山，山上植被少，自身不吸光，只能将最原始的颜色留给世人。如今的凤冠山，柏油公路通到景区大门口；牌坊式大门建得大气磅礴；上山有石阶、步道、铁围栏勾连；山巅建有五角四柱望江亭，已成国家 AAA 级景区。

成就凤冠山今天的是丹凤县金凤凰实业有限公司总经理雷明君。这个个头不高、举止文雅的谦谦君子，50 岁出头，言行低调。登山途中，和他交谈得知，他曾是一名下岗职工，从小在凤冠山下长大；15 年前，接下凤冠山的长期经营权。这些年，他的心血都用在凤冠山的开发建设上，至今已投入3000多万元。前些年囊中羞涩时，他甚至背井离乡去另谋出路。最终因割舍不掉故土，又返回家乡创业。如今，他的房地产、酒店、文旅等生意做得风生水起，却为了凤冠山这张丹凤的名片，还得"拆东墙补西墙"。他说，开弓没有回头箭，等退休的时候，如果经济条件允许，可以把凤冠山交给县政府，也算自己为丹凤人民尽了绵薄之力。

导游大璐是个90后美女，也是凤冠山景区的副经理。下山路上，她说起雷总赞不绝口。她说雷总非常注重企业文化建设，视员工为家人，经常组织大家做公益，在公司举办演讲比赛等文体活动，当地人都以能来金凤凰上班为荣！尤为可贵的是，作为一个拥有上百名员工的"领头雁"，雷总要求公司中层每天把当天的工作总结和感悟发到工作群里，并亲自点评；他甚至经常亲自带领员工上凤冠山捡拾垃圾，清理卫生。

丹凤短暂的停留，留下深深的思索。人生难得的是：对自己所做的事情发自内心热爱并享受当下。山河平静辽阔，我们都还在路上。那份柳暗花明的喜乐和必然的抵达，在于我们自己的修持。

注：本文发表于《旅游商报》2020年9月1日，获陕西省散文学会和《作家摇篮》杂志社组织的凤冠山征文比赛一等奖。

走进山阳袁家沟口

在建党百年庆前夕，单位组织党员干部去袁家沟革命遗址接受红色教育。起初我们以为这个袁家沟就是位于清涧县城东45公里、黄河西岸10余公里处，毛泽东《沁园春·雪》的诞生地，后来才知道在山阳县城西40公里处小河口镇也有个袁家沟。

六月骄阳似火，天高云淡。我们从长安上绕城高速，到色河铺镇下高速，再走二十多公里的蜿蜒山路便抵达袁家沟口村。一进村口，沿着笔直干净的石板街望去，一座纪念碑巍峨耸立，碑上"鄂陕边区苏维埃政府"9个大字气势恢宏，令人心生景仰。接待我们的工作人员边迎我们边说："别看这地方小，当年就是在这打了一场轰轰烈烈的布袋战哩！"

一行人随着解说员沿着石板街参观学习。袁家沟其实就是一条长约十里的山沟，是红军战士当年挖的战壕。沟两旁山高林密，沟中间有一条小路沿着小溪而行，整个山沟就像一条长长的布口袋。1934年11月6日，一支高举"中国工农红军抗日第二先锋队"旗帜的红军，越过平汉铁路一路西行，进入了商洛境内，并按照中共中央的指示，在袁家沟口村建立红色根据地。随后，在当地农民领袖阮英臣的帮助下，在清末商人留下的旧宅内，建立了鄂豫陕省委和红二十五军司令部。边区政府的成立，让人民备受鼓舞，不仅捐粮捐款，而且踊跃参军，成为红二十五军的坚强后盾，在国民党内部引起了巨大的震动和恐慌。于是他们派出多路重兵，对鄂豫陕边区苏维埃政府进行"围剿"。时任红二十五军军长的程子华、副军长徐海东为了保护胜利果实，决定在袁家沟口来一次伏击战。

1935年7月，长征中的红二十五军在此巧设"布袋战"，采用诱敌深入、三进三出扎口袋的方式，经过4个小时的激战，红二十五军获得了全胜，俘敌旅长唐嗣桐以下1400余人，毙伤团长以下300余人，缴获轻重机枪40挺、长短枪1600余支。袁家沟口伏击战是红二十五军战争史上以少胜多、以弱胜强的著名战斗。"布袋战"的大捷，粉碎了国民党军对鄂豫陕苏区的第二次"围剿"。红二十五军在山阳停留的短短一年，不仅创建了革命根据地，还打下了深厚的群众基础，仅袁家沟口村就先后有300多人参加红军。

在苏维埃政府旧址的四合院、红军小屋、红军医院，大家一边聆听解说员讲解袁家沟口革命战斗史，一边身临其境感受革命先烈们当年的艰苦环境，追寻着程子华、吴焕先、徐海东等老一辈共产党人的革命足迹，耳畔似乎依然响彻着红二十五军将士奋勇杀敌的呼喊。不由想起2016年习总书记在金寨县调研考察时说的话："一寸山河一寸血，一抔热土一抔魂。我们要沿着革命前辈的足迹继续前行，把红色江山世世代代传下去。"

从鄂豫陕边区苏维埃政府旧址出来，沿着石板街向里走，村里多是老人、妇女和孩子，坐在门旁的椅子上，一边唠嗑一边干着针线活，看见来人，热情打着招呼。随同的工作人员告诉我们，如今革命老区的人们通过新农村建设、移民搬迁等好政策，都过上了幸福的小日子。在发展传统产业的同时，袁家沟口村正在因地制宜开发红色资源，努力打造红色旅游文化产业。

穿过一条小巷，沿着村子西北方的凤凰山向上攀登大约三百多级台阶，我们便来到了红二十五军烈士陵园。在袁家沟口烈士陵园纪念碑前，大家头顶烈日集体向烈士默哀、敬献花篮，深切悼念为革命事业英勇献身的先烈们。园内有二十多座在袁家沟口伏击战中牺牲的无名红军烈士墓，山阳县政府于 2008 年在此立碑。据导游介绍，这些无名英雄平均年龄只有 25 岁，最小的才 16 岁。看着眼前这些无字墓碑，禁不住泪水模糊了双眼。想起在腾冲瞻仰国殇大墓时，"中国远征军名录墙"绵延几百米，密密麻麻镌刻着为国捐躯的革命烈士名字，间或留有空白处，就是给无名烈士留的位置。于右任先生为远征军题写的"天地正气"墓碑，"地"字故意少了一竖，意即在有生之年把遗留在异国他乡的烈士遗骨迎接回来后，再把那一竖加上去。

又想起那年在井冈山革命烈士陵园看到的一幕，数块黑色石碑环屋而立。石碑上用金色的小楷字体写满了名字，那是 15744 名烈士的姓名。在 1927~1929 年两年零四个月的井冈山革命斗争时期里，牺牲 48000 余人，但至今仍有 32000 多名英烈的名字无法查实。陵园正中间放置着一块光洁如玉的大理石"无字碑"，人们只能以无言的方式悼念他们。作为西北人，那一刻唯有一曲秦腔《柳生芽》，方能把内心的激情抒发出来，寄托心中无尽的哀思。

斯人已逝，彪炳千秋。但后辈探寻红色足迹的步伐从未停止……每一处革命旧址的背后，都浓缩着这片热土上曾经发生的热血故事；军爱民、民拥军的鱼水深情；敢于牺牲、勇于奉献的革命精神。他们就像一座座历史的丰碑，为后人留下宝贵的精神财富。

注：本文发表于《文化艺术报》2021年6月30日。

丽江的柔软时光

许多人心中都有一个丽江梦，与年龄无关。

丽江，如一位蒙着面纱的神秘女郎，从遥远的东方古国穿越历史的隧道款款而来，以她独特的魅力，演绎着永不退场的繁华与古朴。庚子年初秋，我第二次来到这座古城，在这里度过了一段柔软时光，距离上次正好十四年。

出发前看了天气预报，基本天天都是雨。问云南朋友该带什么衣服，她说云南的天气预报就是"天气乱报"，因为海拔高，天气瞬息万变是稀松平常的事，最好把春夏秋三季的衣服都带上。

傍晚抵达丽江，想要清静便在古城边选了一个古朴的客栈住下，步行到古城也就十几分钟。简单收拾完行李，换上舒适的鞋子便出门转悠了。与十四年前相比，古城翻新增色不少，但古朴厚重的感觉没有变，只是商业气息更加浓郁。街上行人川流不息。青石板铺就的路面被雨水冲洗后，愈发油亮。开得正旺的蔷薇和桂花在空气中暗香浮动，夹裹在这氤氲的香气中，一些故人和旧事似乎被唤醒，脑子里会蓦然浮起一张脸，一个姿势，呼出时记忆也随之而去，如同在美容院里做香薰 SPA。

街头巷尾和许多店铺门口盛开着各色的木槿花。这种花在

《诗经》里被称为"舜"，意思是一瞬间，朝开暮落。电影《寻访千利休》中，木槿花被称为"无穷花"。我想，"无穷"的意思是虽然朝开暮落，但是枝头常有新的花朵，从夏至秋，旧的落了，新的又开，连绵不断，这或许就是一种短暂中的无穷。这让我想到了人与人的关系。

"青瓦长忆旧时雨，朱伞深巷无故人。"生命来来往往，像一幅幅色彩斑斓的油画，轮番登场，来日却并不方长。人与人的关系，简约则长，浓烈则短。遇见后若能真心相待，即使分开也不执着或纠缠。我们终究是活在缘分里，而非关系里。能看透这一层便不因缘聚缘散而苦恼伤神。时间如灯盏，日光褪尽了才能看见。一盏灯熄灭了，另一盏又会亮起。万事万物，只要活在当下，便是无穷。

古城口的大水车慢悠悠地不知疲倦地转着，如恋人在低声呢喃。雨后的夕阳明亮而不刺眼，照在身上格外温柔，天空很蓝，云朵很低，似乎唾手可得。一个两三岁的小女孩手里握着彩色气球，屁颠屁颠地奔跑在巷子里，指着天空问身旁的妈妈要"棉花糖"吃。走在这样的场景中，如置身于宫崎骏的动画电影里，如梦似幻，不由得脚步慢了又慢，脑子里却冒出欧阳修的一句诗——"人远天涯近"。黄昏的魔力，感知的迷惑性，让人近乎失语，生活在此刻按下了暂停键。能够认真活在当下，用心感受生活的每一刻，是一种很棒的能力。

旅行最吸引人的地方，或许就是这种微妙感觉：在陌生与熟悉的边界伫立并凝视，在自我的想象和他人的生活之间缓缓漫游。每一个擦肩而过的人，都有着自己不曾察觉的迷人瞬间。

有星月与深夜交织而成的朦胧，有站在生活的边缘打量着过去、憧憬着未来。旅行唤起的不仅是梦境与现实的模糊感，还有生与死的临界感。人生如羁旅，说的大概就是这样吧。

世间万象，有人居无定所朝不保夕，却能以梦为马内心安宁；有人住在大别墅里锦衣玉食，却浮躁不安总想出逃。"别总那么挑剔、抱怨、不知足。很多时候，你以为的稀松平常，却是别人梦寐以求的好时光。"睿智的朋友对我如是说。是啊！人生苦乐参半，谁又比谁更幸福呢？有足够的痛苦，才让我们生起对解脱的向往与努力。生老病死、悲欢离合，幸福的、悲惨的、成功的、潦倒的，人生的种种经历，无一不在启发我们觉悟。当"站着"成为唯一的生存姿态，隐忍便是一种常态。静默、聆听、眺望……以自己的方式迎接日月星辰或风的陪伴，不为等待某个时机，不去期待加冕的结局，在漫长的运转中淡漠地将每一段关系迎来送往。

不知不觉来到了古城酒吧一条街，这里一头连着四方街，一头通向入口大水车，是古城最繁华的地方。夜幕下，灯红酒绿的酒吧里传来阵阵声嘶力竭的歌声，红男绿女在推杯换盏中恣意挥洒着痛快。十四年前的我十分中意这个地方，在一个叫"一米阳光"的酒吧里和几个同事狂欢到凌晨三点。那是我第一次进酒吧，也是唯一的一次。如今"一米阳光"在整条街开了十几家分店，我却再也没有踏进去的欲望，只是慢悠悠地一笑而过。

有人说，生活本身就是修行。我觉得这个有些绝对。唯有把生命的顺境、逆境、喜怒哀乐等用于巩固你的出离心、菩提心和对空性的见解，才是修行，否则只是谋生。

想起自己曾一个人静谧地安坐，长久凝望着远处绵延起伏的群山，以至于忘记时间。那些驻足停留的时刻仿佛变得无限漫长而又温柔缱绻。岁月人间促，清闲此地多。我乐意一直真实而满怀热望地生活，用文字记录自己的所见所闻所感，努力让心不扬起尘土或雾霾。在无尽的时空中，在不可言说的缘分中，它们如我的孩子般，被流放出去，与他人相遇或交汇，而后又回归到我的内心，彼此照亮、成全，给浮躁孤独的灵魂带来些许慰藉和滋养。

　　歌里唱道，共饮名为孤独的酒，总好过独酌。秋风起，往事过，但愿那些令我们悲伤的事情都留在过去的岁月里吧。山川岁月，唯有珍惜。始终做一个怀有赤子之心的人，舒展天性地去生活。

　　注：本文发表于《西安日报》2020年10月26日。

清风拂山岗

壬寅年暮春初夏，和几个友人驱车去蓝田县游玩。据说这里的乡村文化旅游和民宿独具特色，能让人在山水田园意境中体验返璞归真的感觉。

位于九间房镇的峪口村便是个网红打卡点。看过电视剧《装台》的朋友可能还记得剧中人物二代带着刁菊花散心的场景，他们去的地方就是九间房镇。

早就听说这里的荞麦花海美丽又壮观。随同的一位友人是蓝田籍人，在他的引领下我们把车停在峪口村口，步行去观看荞麦花海。

沉积的夜雾从山峁中丝丝缕缕升起，在山顶与云团裹缠在一起，仿佛美女腰间环绕的白色薄纱，曼妙又轻盈。不时有长尾巴的七彩锦鸡扑棱着翅膀在草木中飞过，喜鹊清脆的叫声划过山岗。层峦叠嶂的大山愈远愈淡，最终与青灰色的天际融为一体。低处的河流仿佛一条玉带蜿蜒曲折，放眼望去，红的、绿的、白的、黄的、紫的，一丛丛，一片片，大自然鬼斧神工，无论目光落在哪都是一幅生动的油画。

天空辽远，云朵如蚕丝，似乎黏着云天之下的万事万物。

友人指着眼前层峦起伏的群山问我："你知道这些山的名字吗？"我满脸疑惑地看着他，"不就是一片大山吗？怎么每座山还有名字？"他说："当然了！山和人一样都有其名。遇见了就要想法记住它，不能淹没在时间长河中。"顺着村口新修的观光沥青路，爬过几个 S 大坡就到了荞麦花的观赏地。红灰对半的观光路像条带子一直向前延伸，路两边是大片竞相开放的荞麦花。"三叶瓦，盖个庙，里面住个白老道"这是对荞麦花的朴素写照。白如玉兰，粉若桃花，远远望去，一片粉白，如梦如幻，恍入仙境。

据说今年以来，九间房镇峪口村进一步扩大荞麦种植规模，完善周边配套设施，将旅游观光、休闲与农耕体验融合到一起，建设了集生产、加工、销售于一体的荞麦博物馆，打造具有蓝田地域标志的荞麦茶、荞麦饸饹等品牌产品，使游客可观赏、可体验、可消费，从而推动一、二、三产业融合。

漫步在布满荞麦花的山岗间，迎着湿润的山风，一个长久以来都没有忘记的梦境涌入心怀。同样的暮春初夏气息，令人无端有些兴奋与欢喜。不远处的农田里，各种植物的味道混杂交织着不断漫过来……狗尾草毛茸茸的"尾巴"到处都是，我时常在夕阳中和它们凝神相望，人世的炽热与浓烈，就藏在光线中的那一圈金边上。

人如蝼蚁尽缥缈，山河难尽尘中草。我渐渐懂得，生活其实就是用一两分的甜，去冲淡那八九分的苦。生有热烈，藏于俗常。我乐意用细腻和真情对抗人世的粗糙和喧嚣，努力珍惜每一个当下。

观赏完荞麦花海，友人说带我们去不远处的玉山镇峒峪村，

拜访一位高人 — 他的中学语文老师李靖。他说李老师不仅德才双全，桃李满天下，还是一个很有生活情趣的人。

怀着好奇，我们一行来到了李靖老师的家。

这是一个古朴大气的三层宅院，坐落在峒峪村偏西南地段，设计独具一格，不同于其他农家小院。推开院门，甬道两边被隔成各种整齐的矩形方阵，里面种满了各种各样的蔬菜瓜果。李老师和他的爱人正在菜园里为孩子准备返城带的时令果蔬，见我们进来，立即热情相迎。

交谈中得知，李老师曾在蓝田县从事语文教学多年，后到省上改行做行政工作直到退休。朋友说，李老师博学多才，幽默风趣，而且左右手均能写得一手遒劲有力、洒脱自如的板书，深得学生喜爱。如今退休还乡依然没闲着，他把自己的小院打理得井井有条，四季有花，三季有果。李老师热情地带我们参观自己的宅院，那些盆栽的果木和花花草草达几十余种，许多都是十分罕见的品种，它们整齐地排列在庭院的边边角角，如同等待检阅的士兵一样。西瓜、羊角蜜、绿宝石甜瓜、糖心苹果、海棠、梅李子、猕猴桃、苹果、乌梅、黄金杏、酥梨、大樱桃、板栗、枇杷、纸皮核桃、绿玫瑰……李老师跟我们侃侃而谈这些瓜果的种植经验和嫁接技术，让我们一行人大开眼界，仿佛走进了一个植物王国。

三楼的露台撑着一顶小帐篷，护栏上摆放着十几个漂亮的太阳能庭院灯，窗台下还有一个小型的自制喷泉。李老师说这是他为自己独处时打造的地方。劳作一天，晚上可以坐在这里喝茶赏花，听音乐看漫天繁星，感受大自然给人身心带来的愉悦。他说，老龄化是我们国家无法避开的一个问题。人至晚年，过一种寄情山水的田园生活，营造静谧恬淡的自然氛围，让自己渐渐老去的心得到滋养，不给儿女添麻烦，不给社会添负担，这也是一种贡献。

短暂的驻足与交流，这位博学儒雅、淳厚善良的老先生让我的心掀起阵阵涟漪。站在先生宅院的楼顶露天平台上，极目远眺，四野开阔，群山环绕，绿荫如碧。周末的河东岭上游人如织，有的搭着露营帐篷，有的架着烧烤炉子，有的牵着爱犬四处溜达……

微风轻拂着面颊，偶尔有成群的燕雀从空中飞过，清脆的鸣叫声让人神清气爽。这些年，仰慕山居生活的我，在终南山甚至秦岭深处看过不少别致的院落，大多充满禅意，给人一种人世清流的感觉，但李老师的这个宅院最别具一格，它既有徽墨歙砚的静逸气，也有梨花入井栏的人间烟火气。它仿佛给我的内心打开了一扇门，让我发现了久藏心中的桃花源。原来生活不是非此即彼，它如一枚硬币的两个面，各有其美，相互成全。

想起最近看的一部电影《潜行者》，里面有句台词大意是，如果世界上没有苦难与痛苦，幸福也就失去了意义。我想它的意思是，幸福被懂得是需要一种视角。由此可知，对待生命，也需要一个更广阔的视野。所有的崇高和伟大，或许都起始于微小之中。寻觅和珍藏一些微光，让心清爽明亮，犹如在这个世间举起了一盏烛火，照亮自己，也照亮身边的人。

注：本文发表于 2022 年 7 月 11 日《西安日报》副刊。

春天的仁爱

春天，总是让人百感交集。

立春过后，山峦收起锋棱，河水开始温柔，燕子如期北迁。被洗劫的大地像历史的天空，又翻回初页。那些难熬的寂静的冬日，为归来蓄积了整季的能量。金灿灿的油菜花，粉嘟嘟的桃花杏花，白生生的梨花，红艳艳的杜鹃，紫莹莹的豆荚花……花期一波接一波，你无须担心错过什么。走在田间地头，似乎能听到麦苗在春雨的滋润下奋力拔节的声音。万千植物带着泥土的芳香竞相生长，春的气息就这样铺天盖地而来。

在山水之间穿行，听风吹，看草动，闻鸟鸣，嗅花香。牛羊在山间悠闲地低头吃草，春耕的人们在田间欢快劳作，天真的孩童迈着小脚趔趄学步，远处一群少年在空旷地带恣意奔跑着比赛谁的风筝飞得高……以及那些掩映在青山绿水中的农家小院，和飘洒的春雨糅合在一起，构成一幅现代版的"富春山居图"。

临山静坐，观日影飞去，远山轻烟若无。一些淡淡的念想浮上心头。关于美，爱，或自由，撑起延绵不定忽低忽高的日子，一天天，一年年，细碎作响。年年岁岁，春花常有，看花的心，却不常有。

　　花开得过于盛大灿烂，脑子便不由蹦出"繁华一梦"四个字，给人一种悲怆沉郁的感受。想起电影《入殓师》里大提琴悠扬悱恻的曲调；想起父亲，他高大健硕的躯体在与病魔抗争四个多月后，终于形销骨立油尽灯枯。那是立春一周后的日子，春天正走在路上。从此骨血碎，碾成山川，思念成殇。一些蓄积的泪水，忍了很久，每逢春天便破堤盈眶……

　　行走世间，只要一息尚存总会有很多心念，像大海上的波浪层出不穷。有时浪大浪急，有时浪平浪静，但永远浪奔浪涌。我们的人生就在种种心念的主导下浮浮沉沉。一念天堂，一念地狱；一念成佛，一念成魔。为物役、为权役、为情役、为名役等等，使心成了自己的牢狱。在"我与我周旋"，或与自我的各种贪嗔痴执念斡旋中，有人越了狱，有人却下了地狱。

　　之前，总以为人生最难翻越的高山是生活。现在觉得比生活更难翻越的其实是心念这座山。正如有人说，现实的问题不是问题，对问题的态度才是问题。因为转念之间，可能就乾坤翻转。殊不知，最难的就是"转"字。"转"不是顿悟，不是放下屠刀就能立地成佛。"转"是翻山越岭的艰辛和漫长的斡旋过程。

　　近期山行的时光多些。走进终南山若隐若现的古刹禅院，晨钟暮鼓，袅袅香火，脑子仿佛被清空一样，心中升起浓浓的禅意，似乎尘世间所有的喧嚣顷刻被关在山谷之外。于是，不由自主钟情起禅房深处那份如水的清幽与素静，仰慕那些修得云水禅心的隐者与高僧。随行的朋友说我这是消极遁世，不是

真正的放下。真正清醒的人生，一定是懂得迎难而上的。哪怕困难再大，依然会选择竭尽全力去面对。时间最公允，每份付出都藏着回报。当下最关键的，应是停止多余且无用的焦虑，把关注点放在对过程的把握上，让自己以最好的状态做好眼前的事，这样一切才会朝着好的方向发展。

可，人要做到知行合一有多难啊！

终南山下，弥陀寺里的古玉兰昂首挺立，静默，千年不朽，在光阴里诉说衷肠。那些曾被荆棘划过的裂纹，最终都变成了故事里的花絮，将我们的人生修补得更厚重，更沉稳。时光且长，何惧风雨？有些人，有些事，得到了，得不到，都是岁月慈悲的念，无须感叹，无须怨怼。心若静了，则满世界的嘈杂都可以看作是生命盛大的欢喜。

春天的仁爱，便是一树树的花开，直到华枝尽满。唯有爱，无敌于人间。门心皆花，物我同春，才是人生好时节。

注：本文发表于《西安日报》2021年4月26日。

一拢寒烟凤凰山

凤凰山位于长安区杨庄街办的凤翔沟老村后。这两年自从长安作协主席初玄先生进驻凤翔沟后，文人墨客常来此雅集，热闹非凡。这"小家碧玉"的凤翔沟在文人笔下简直就是掉落凡间的天使，四时皆有味。

上次去凤翔沟还是春天。凤凰山上的杨树林叶子才慢慢泛绿，漫山遍野勃勃生机，尤其那片紫莹莹的野豌豆花，迎风招展引来不少游客争相拍照留影。转眼一个季节过去了，其间在朋友圈见过初玄先生发的凤凰山上的格桑花照片，在黛青色山峦的映衬下，姹紫嫣红甚是美丽。不由感慨：这凤凰山还真是一个千娇百媚的美人坯子！周末难得一个好天气，秋高气爽，鸟语花香，朋友相邀去杨庄逛逛，看看初玄先生，爬爬凤凰山。

辛丑年的秋天堪称多事之秋。先是阴雨连绵暴雨如注，各地灾情此起彼伏；接着，国内平息一段日子的新冠疫情在国庆后又死灰复燃，截至写文时疫情已波及 13 省份 25 市。本是诗情画意的季节却平添了一丝忧愁。

车子缓缓地行驶在环山路上。好久没有进山了，心儿像脱缰的野马自由驰骋。蔚蓝的天空下，秋阳在空气中舞蹈，在五颜六色的树叶明晰的叶脉里簌簌流动，为大地和万物都洒上温暖的味道。那一片片成熟了的田野敞开了怀抱，摊开了手掌，吸取天地之灵气，容纳万物之苍凉，将收获写满了山岗。抵达凤翔沟已是下午三点多，初玄先生和夫人在他的凤凰书院等候已久。最近梅雨季，山上潮湿阴冷，他们没有在此住，听说我们要来访专程赶到接待我们。半年多没来，小院依旧郁郁葱葱，尤其架上那丛白英，红彤彤形似枸杞的果子密匝匝镶嵌在绿蔓中。初玄先生说那是他从山上移植回来的，随手一种没想到活得这么旺实。院子角落那棵粗大的杏树稀稀拉拉的叶子在秋风中飒飒作响，树下的桌椅上也散落了一层树叶。我们曾围着它喝酒品茗。每次看到它脑海就浮现出诗句："两人对酌山花开，一杯一杯复一杯。我醉欲眠卿且去，明朝有意抱琴来。"酒杯、山花、古琴、清风，一切都是舒展的，可更舒展的，还是辽远的心溢了满怀。管它世间万般束缚千种愁，且一一抛却，挡在山外。

　　进屋喝茶稍作休整后，初玄先生和夫人便带我们直奔凤凰山西岭。我问这个季节有什么美景？他说去了便知。

　　穿村而过的那条河沟掩盖在杂草和树丛中，此刻水声哗哗，浑黄的水浩浩荡荡直奔下游，难怪我们路过杨庄湖时湖水浑浊不堪。这也是雨季的"杰作"。上西岭最近的路在村口处，是一条羊肠小道。走近才发现道路几乎被冲毁，水泥板路面被拦腰截断随处散落，路旁的大树被连根拔起躺卧在泥土里，处处断壁残垣，满目疮痍，让人心生苍凉。一行人小心翼翼地挪步前行，生怕脚下貌似被掏空的路随时断裂。出了村子，通往杨树林的小路蜿蜒直上，隐没在草丛中依稀可见，虽然有些泥泞却也能走。秋色浓如酒，红叶映碧流。放眼望，远处黛青色的山峦、村庄影影绰绰，更远一点是八里塬和隐约可见的白鹿原。山岗上成片的林海，黄如金，绿如翠，红似火，把秋装扮得五彩缤纷，格外妖娆。漫山遍野的柿树，枝干上挂满了柿子，无论黄色还是红色，都绚烂夺目，像灯笼似的在秋风中晃着小脑袋。

　　脚下是成片的草甸，此刻它们已不再苍翠，毛茸茸的略带枯黄。这条被蔓草掩盖的小路两边，在春季曾盛开过野豌豆花，夏季盛开过格桑花，如今被一大片狗尾巴草和雪白的芦花替代。秋日的阳光，格外柔暖。路东那片狗尾巴草或许知晓距离寒冬不远，尽力释放着生命最后的灿烂。天空湛蓝而高远，几个女人站在狗尾巴草中间变换着姿势尽情拍照。微风拂面，让人心生辽远。我的心安静而富足，满足于我们都平安，活着，共在。歌德说："人之幸福，全在于心之幸福。"心里装的东西太多，就没法盛进幸福；脑子里想得太多，就没法注意到眼前的美好。生活中的不称心，往往是自己与自己过不去。如果看得透，想得开，无论处于何种境地，都能不忧不惧，自得其乐。所谓"繁华三千，看淡即是云烟；烦恼无数，想开就是晴天"。一如眼前这片狗尾巴草，你来或不来，它都独自摇曳生辉，温柔安详。

　　路西远处和近处的坡下是一簇簇雪白的芦花和金灿灿的野菊花。那毛茸茸的芦花，远看是一片雪白，近看却有各种不同的颜色，有奶白色，有微红色，还有淡青色。一阵微风吹来，那簇拥摇曳的芦穗，便在阳光下摇荡，放眼望去，像白色的波浪，像一支支饱蘸诗情的妙笔，流淌着不可言状的神韵，把整个凤

凰山装点得多姿多彩。一株站着的芦苇，加深了秋天的辽阔。

路的尽头处有一棵连理杏树，大家称它为凤凰山上的网红树，也是西岭一道亮丽的风景线。之所以称之为"连理"，是因为一个树根滋生出两株树干，如一对同呼吸共命运的爱人。有诗人在一块木牌上写了一首小诗挂在树干上，仿佛给杏树戴了一个项链，平添了一丝妩媚和韵味。我凝视着这棵连理杏树良久，看着它们桀骜不驯地屹立在苍茫大地，不依附，不攀缘，彼此心手相牵共沐风雨沧桑，内心涌起阵阵暖流……世界很大，我们很小。但我们相偎相依那一刻，你就是我的山川大地，我就是你的日月星辰，我们都因彼此的存在而不再渺小。

不觉间日暮西山。远处的天空发出柔和的光辉，澄清又缥缈，不时有长尾巴的野鸡在杂草丛中扇动着翅膀"扑棱棱"飞过。没有见到牧归的羊群，也没有听到大雁一字排开划过天际的鸣叫，只有一路的泥泞和随处可见的羊粪蛋蛋。你看，生活并不是你想象中那样美好，也不如你想象得那样糟糕。万事万物开始有时，盛衰有时，终结有时，重生有时。想到这，不禁令人心安。

注：本文发表于《西安晚报》2021年11月30日。

犹如故人归

晚上九点多我们抵达腾冲市。暮色温柔，抬头望天竟然还是瓦蓝色，大片的白云低低地漂浮着，仿佛伸手就能扯下一块。每年11月供暖季开始，古城西安就持续笼罩在雾霾之中，而美丽的腾冲却是另一番天地：阳光明媚，郁郁葱葱。

出发之前，就对这个被誉为全国十大魅力古镇之首的和顺心心向往很久，多年夙愿终于如愿以偿。尤为欣喜的是，竟然在千里之外的他乡遇见了两位渭南乡党。我们都是自由行，恰巧拼在了一个小团里。翌日清晨，一行13人在导游的带领下驱车前往和顺古镇。

和顺镇位于腾冲城西南4公里处，古名"阳温墩"，由于小河绕村而过，故改名"河顺"，后取"士和民顺"之意，雅化为和顺。古镇建于明朝，距今已有600多年的历史，全镇人口6000多，而旅居国外的华侨有12000余人，是全国最大的侨乡。

伴着晨曦我们走进古镇。在古镇入口处，有一大片荷塘，一些干枯的荷叶和莲蓬随风摇曳，增添了古镇的沧桑感。只可惜我们错过了她"接天莲叶无穷碧，映日荷花别样红"的最美季节。古镇房屋大多依山而建，错落有致，老屋老砖老瓦，保

持着明清时的建筑风格。

站在古老的石拱桥桥头举目远眺，远处的山峦若隐若现，平静的水面上，依稀可见悠悠小船和垂钓的老者。时值深秋，岸边依然绿树婆娑，凤凰花和三角梅鲜艳如火，一团一团挂在枝头，凄美壮丽之色彩，让人怜爱又着迷。各式民居错落有致地镶嵌在山坡中，宛如一幅水墨画。这里没有城市的喧闹，只有低飘的云朵，徐徐的山风，以及自由散漫的行人。太阳越来越强烈，但风却是凉飕飕的，一点也感觉不到燥热。云的影子泼洒在绵延起伏的山峦上，仿佛给山披上了一层纱衣，如梦似幻。我们漫步在和顺古镇，欣赏着古镇融合着徽派、江南、东南亚不同风格的民居，一派清秀幽静扑面而来，让人有种穿越时空之感，恍如隔世。去过的古镇不少，唯有眼前的和顺少了绚丽的商业色彩和熙熙攘攘的喧闹。青石板铺就的狭长巷子两边全是别致的民宿，古风古韵的灯笼在微风中摇曳。伴着轻柔的音乐，巷子深处似有身着丝绸旗袍手拿团扇的姑娘向你款款走来，回眸处顾盼生辉……让人不由得放慢脚步，放空身心徜徉其中。想起仓央嘉措的诗："洁白的仙鹤啊，请把双翅借给我。不飞遥远的地方，只到理塘就回。"而我，此刻只想驻守在和顺。

导游说，400多年前，这里的村民就开始"走夷方"。由于和顺离缅甸70公里，离印度400公里，所以去这两地做玉石生意的人最多。他们衣锦还乡之后就在和顺修建宅院，也出资修建宗祠，所以全乡有八大宗祠，且风格迥异。牌坊是汉文化的象征，在汉文化积淀深厚的和顺古镇，历史上曾有九座牌坊。这些牌坊大多建于清代，少数是民国初期建的，看起来肃穆又寂寥，仿佛在诉说着历史的沧桑。和顺的牌坊主要分为三类：百岁坊、文化坊、节孝坊。最著名的是三座百岁坊：水碓李德贵妻百岁石牌坊、贾家坝贾李氏百岁木牌坊和东山脚许廷龙百岁木牌坊。目前的和顺顺和、文治光昌、冰清玉洁、盛媺幽光等四座牌坊均是重新复建的。

沿着小河走，每隔一段会有一个古朴典雅的小亭子，在水边矗立，有村妇在亭子里洗衣。这就是被誉为和顺最有温度的建筑——洗衣亭，一共有六座。洗衣亭上有一副对联"梦魂五夜萦乡绪，风雨一亭动杵声"，表达的是和顺男人在外漂泊的思乡之情，以及女人们在洗衣亭劳作的写照。这些洗衣亭建造在村口，每年年关将至的时候，女人们都会在洗衣亭翘首以盼背井离乡的丈夫归来。它们仿佛是和顺男人坚强有力的臂膀，为女人撑起了一片天。

在和顺，尤为值得一提的是和顺图书馆。它位于风景如画的双虹桥畔，占地1392平方米，为一中西合璧式的建筑群。大门为清光绪年间所建汉景殿的牌楼式，门额悬和顺清代举人张砺书"和顺图书馆"匾额，蓝底白字，十分醒目。作为中国最大的乡村图书馆之一，和顺图书馆于1924年由华侨集资兴办，图书馆藏书13万余册，分藏古籍、民国、现代三个书库。虽然从藏书量与规模上看，和顺图书馆都无法与各省、地市图书馆相比，但把它放在曾被人谈之色变的蛮荒之地"极边第一城"位置上，放在曾是穷乡僻壤的农村环境里，至少应该得出这样的结论：和顺图书馆是中国农村举世无双的第一座图书馆。它成长的历程，前进的脚步，其实就是一首高亢的颂诗，一幅壮美的图画。

傍晚时分，夕阳的余晖洒落一地。远处的山峦、树木和村庄渐次隐去，古镇美丽又静谧。和顺是我们腾冲之行的最后一站，导游说大家难得有缘千里来相聚，晚上他请我们去和顺百年老字号店"杨大爹松花糕"品尝和顺特色美食，再来一壶美酒。这是个两层楼的屋子，一楼是厨房和做松花糕的地方，二楼是用餐的地方。松花糕是和顺非常有名的小吃之一，在和顺小巷，总会见到背着竹编吊箩卖松花糕的阿婆，在葱绿色芭蕉叶上整齐地铺陈着黄灿灿的松花糕，一眼望去让人垂涎欲滴。

老板说，松花糕是采用天然松花粉加上红豆泥，再撒上芝麻做成的小吃糕点，老少皆宜。成品松花糕底层是绛红色的红豆沙，上层是鹅黄色的松花粉。天然松花粉十分珍贵，是制作松花糕最重要的原料。南京来的三个美女对制作松花糕非常好奇，顾不上坐下来品尝美食，一溜烟跑下楼给大家制作松花糕去了。不大工夫就见她们端来几盘切好的松花糕让大家品尝。鹅黄色的松花糕精致小巧，咬一口含在嘴里，微微的甘苦，淡淡的清甜。一旁的服务生介绍道："来和顺就是要亲手做一道松花糕，送给你最爱的人。"于是，一桌来自五湖四海的旅友在推杯换盏中其乐融融，彼此留了通讯方式，相约下次再聚。

美好的时光总是短暂。在作别和顺时，蓦然想起杜牧的诗："与君初相识，犹如故人归。"和顺于我，仿佛一个久别重逢的故友，即便多年不见仍倍感亲切，如同《梦幻腾冲》中关于和顺的解说词："和顺是人关于家园的一个愿景。"

注：本文发表于《西安日报》2021 年 8 月 23 日。

穿过生命的泥沼与芬芳

一

　　庚子年四月，我陪同当代著名诗人、词作家党永庵老先生，来到向往已久的终南山佘家湾，拜访问山房主人谢存戍老师。

　　车子在沣峪口国道穿行 20 多公里便到了问山房门口。暮春初夏的阳光似温柔娇羞的姑娘，照在人身上舒服又温暖，夹杂着花草香的清风徐徐拂过脸庞，让人神清气爽。问山房位于佘家湾沟的最深处，背靠着大山。车子停稳后，抬头便看见不远处有一中年男子，一身青灰色素衣布鞋，双手合十，向我们鞠躬欢迎。我跟在党老师身后，步入问山房庭院内。

　　问山房共两层，依山而建，有六间主题客房。谢老师带着我们沿青石板路慢行，逐一参观，并为我和党老师摄影留念。正午的阳光从山顶倾泻而下，整个庭院如身披七彩羽纱的美少女，静谧而灵动。假山翠嶂，盆景怪石，淙淙流水漫过绿的罅隙，让人心中顿感清凉舒适。院内枯木奇石恣意摆放，看似随意，却处处透着灵性和美感，一看便知主人匠心独运。最吸引我的是散落在庭院各处的藤椅、各式各样的巨型藤条灯罩和梳理有致的木篱笆等。

通过交谈得知，这些都是谢老师用从后山上采摘的藤条亲自手工编制的。那些青砖黛瓦和老式的木质门窗是他从山民手里捡拾回来的废弃东西，还有一些枯木枝条或树根，则是他从河道淘回来，经过修剪打磨后，变成了耐人寻味的艺术品。

茶余饭后，谢老师步入古琴台，轻撩袖筒为我们弹奏了《阳关三叠》和《忆长安》，整个屋子余音绕梁，禅意顿生。聆听着古朴沉静的古琴声，我深陷其中不能自拔，恍惚间觉得这"问山房"于我而言，是外在的相遇，更是内心的重逢；是心中发出的声音，兜兜转转又回到自己心中。看见和被看见，听到和被听到，种种经历，种种感受，如同江山湖海在身心充盈回荡，永无尽头。

告别之际，我指着门楣上用老榆木镌刻着的"问山房"三个字，问谢老师什么意思，他说"一问天地，二问秦岭，三问众生"。听后，我对眼前这个眼里写满故事，脸上却不见风霜的中年男子肃然起敬。那一刻，问山房仿佛给我的人生打开了一扇门，照亮了一条通道，让我急切地想探个究竟。我想，我一定还会再来拜访，因此地，更因此人。

二

第二次去问山房已是盛夏。

山房门口成群的彩色蝴蝶在金色的阳光下翩翩起舞，让人心旷神怡。推开庭院门，树木葱茏，枝繁叶茂，鸟语花香，却没看见谢老师。他的妻子马姐指着山房门对面的竹林对我说，谢老师可能在那呢。怀着好奇，我爬上一个被翠竹掩映的土坡，眼前浮现一片绿意盎然的菜园子。远远就看见身着白色棉麻布衣裤的谢老师，他手里拿着一根藤条正与几只芦花鸡和两只大白鹅耍逗。

进退腾挪间惹得鸡飞鹅跳，谢老师的脸随之笑成了一朵花。阳光穿过细密的树叶缝隙，洒到他身上变成了不规则的轻轻摇曳的光晕。那一刻，他开心得仿佛一个涉世未深的孩子。

曾看过季羡林先生的一帧照片：未名湖畔，荷箭亭亭，荷叶田田。先生布衣布鞋坐在藤椅上，前方一竹质茶几，身旁是博雅塔在夕阳中的倩影。这位在德国经历过二战的老人，这位亲手创立了"东方文学系"的老人，这位一生简朴、一箪食、一瓢饮的老人，晚年谢绝三项桂冠，一生淡泊名利，用他自己的话："我这一生没有什么，乐天知命，顺其自然，如此而已。"看看眼前的谢老师，五十出头，本该驰骋生意场上，不是为名利折腾，便是在觥筹交错中安享着既有名利，谁知他却早在八年前就放弃锦衣玉食，隐居于此，亲力亲为设计打造了问山房。

古语云："智者乐，仁者寿，长者随心所欲。"人至中年我才懂得，人生最大的悲哀，并不是"得不到"或"已失去"，而是穷其一生你根本不知道自己想要什么。眼前的一幕深深感染着我，原来我口口声声说的要"活成自己最喜欢的样子"，就是此时此地的样子。

简单打过招呼后，说明来意，谢老师便热情地带我坐在庭院里的茶台，拿出上好的凤凰单丛茶与我共享。人说，成功的背

后不是肮脏便是沧桑。肮脏可以想象，但沧桑却不能。在见到谢老师前，我只听朋友介绍他是一个古玩收藏家，尤其对古玉有专业的鉴别水平。带着好奇与疑问，我和谢老师打开了话匣子。

三

　　谢老师出生在长安城，兄妹九人，在城墙根下长大。父亲四十多岁时因积劳成疾双目失明，家庭重担全落在母亲柔弱的肩上。他排行老七，上有三个哥和三个姐，下有两个弟。20世纪60年代出生的人都知道，那时许多家庭都挣扎在温饱线上，生活拮据食不果腹是常态。为了减轻母亲的负担，谢老师早早就辍学了。只要能挣钱，他什么苦力活都干。13岁时他和相差1岁的弟弟免费给卖豆腐脑的店家当伙计，只为学习制作豆腐脑的手艺。学成后每天凌晨三点起床，反复摸索着尝试制作豆腐脑，屡败屡试后终于成功。一碗豆腐脑才挣几分钱，兄弟俩每天起早贪黑要卖上百碗，累得腰酸背疼，就这样坚持了数年，也算帮母亲减轻了养家的负担。

　　一个人面对挫折和痛苦的态度，决定了他的人生高度和成就。苦难并不可怕，可怕的是在苦难中的精神委顿与人格扭曲。母亲的坚忍与顽强不屈深深感染着谢老师。九个孩子在她的精心安顿下逐渐长大、成家、生子。日子再艰难母亲都没动过心思把哪个孩子送与外人抚养，在那个艰苦的年代这点难能可贵。谈及母亲，谢老师几近哽咽。他说母亲一生劳碌没有享过一天福，自己今天的福报，都是母亲积攒下来的。勤劳的母亲靠在秦岭深山养蜂来操持这个大家庭，她一生几乎都是睡在蜂箱上，没睡过一天平整的床板，以至于后来孩子们把她接回城里，给她买了席梦思床，她竟无法习惯。

在讲述这些年轻时所经历的苦难时，谢老师的眼里透射出无比的坚定与沧桑，犹如人生历尽苍凉之后，回望来路，看见并且感知到少年时沸腾的热血，仍在心口回荡。佛门里有句话寓意深远："吃苦了苦，享福消福。"人生苦乐交替，没有永恒的苦，也没有永远的乐。唯有淡泊宁静，才能支撑强大的内心去抵抗生活中的艰难险阻。所有的成功都不是上帝垂怜的偶得，而是通过无数个日夜的实力储备，厚积薄发的熠熠生辉。

一次偶然的机会，谢老师在书院门里闲转，看见别人倒卖古玩，观察了几次后觉得饶有兴趣，便尝试着跟人家开始做古玩生意。说实在的，古玩生意不是谁想做都能做的，这不仅与一个人的学识、眼力、洞察力有关，更多的是考验一个商人的人品与情怀。谢老师说他也上当受骗过，买过许多次赝品，在经年累月的考验中，练就了古玉的专业鉴赏力，而且在古玩圈内也有了一定的影响力。自从做起古玩生意，他就把自己曾收到的赝品专门收藏起来，并在店里设立了"义品柜"，通过对比，给来店的顾客讲授鉴别真赝的方法，以免重蹈自己的覆辙。商场如战场，更多的是考验人性。谢老师为人宽厚仁慈，生意自然做得风生水起。

四

八年前，谢老师开始淡出生意场，与终南山的佘家湾结缘。经过一番精心打造，问山房终于建成。问及原因，他说生意场上讲究"不吃全鱼"，这不仅是经商之道，也是为人之道。自从住在山上，他常常教导身边的村民和上山狩猎的人，让大家热爱苍生，心怀大爱与慈悲。如今佘家湾这条山沟几乎没有人来捕鸟或狩猎了。闲暇时他还会带一些慕名而来的"驴友"上山捡拾白色垃圾。爱山、惜山、护山已成为他日常生活的一部分。

山房门口停放着一辆黑色越野车，布满灰尘和蜘蛛网，谢老师说那车是七年前马姐和女儿背过他买的，七年才行驶了七千公里。他认为车子就是个代步工具而已，相比而言还是那辆北斗星更实用，如同吃惯了粗茶淡饭，爱穿棉麻布衫一样。当我们回到生活的原点，还原到素朴之地，无非是"轻罗小扇扑流萤"，"薄薄酒，胜茶汤，稿稿布，胜无裳"，内心的宁静和自在毋庸言说。人生总有千帆过尽、繁华落幕那一天，如同大自然草木山川枯荣自如，开到荼蘼花事了。

在和谢老师推杯换盏间，不知不觉日落西山。夕阳洒落一地，照在山峦、屋顶和草木上。院内盛开的合欢树此刻花瓣如含羞草般自然闭合起来。那只虎斑猫和捡拾回来的流浪猫在院中不停撒欢掐斗，不时有山民或"驴友"来访，谢老师都和善地招呼着大家。逢周末也会有一些古琴爱好者来山房雅集，与谢老师切磋琴艺。马姐话不多但闲不住，总是忙前忙后地招呼着谢老师的师友们，唯恐不周。

谈及修行，许多人都情不自禁想到终南山。谢老师说他所理解的修行，不是去追求神秘的体验或为获得某种超常的功能，而是修养仁爱、宽容、谦让、与人为善等能给自己和他人带来安乐的精神品质，即关注生命的福祉。人生苦乐参半，有足够的痛苦让我们生起对解脱的向往，又不至于太过痛苦而无力无暇朝解脱的方向努力。生老病死、悲欢离合、幸福的、悲惨的、成功的、潦倒的，人生的种种经历，无一不在启发我们觉悟。

写这篇文章时已是暮秋初冬，谢老师给我发来问山房的几张照片。门头两边用石头重新打造装饰了一番，造型仿佛西周时期的"鼎"，更显古朴与厚重。庭院的树木花草也经过精心修剪，红彤彤的柿子和金灿灿的木瓜依然挂在枝头。一切都进入酝酿状态，为来年的春华秋实做着准备。

注：本文发表于《西北信息报》2020年11月27日。

执 玉 山 房

冬阳和煦，腊梅初绽。受问山房主人谢存戌老师邀请，前往他位于古城墙脚的家做客。听说他家有个很诗意的名字：执玉山房。明明是处在闹市，为什么要叫"山房"？好奇之心油然而生。

从城南驾车半个小时就到了南马道巷。停好车，远远就看见谢老师站在马路对面一栋五层楼房的庭院门口向我招手。只见青砖黛瓦砌成的院墙被一圈翠竹密匝匝围裹着，几树盛开的黄灿灿腊梅探出墙外，空气中暗香浮动。最吸睛之处便是那个素朴的墙垣门楼：木质篱笆，墙头爬满蔷薇，尽管时值寒冬，依旧有数朵红艳艳的蔷薇迎风招展。墙垣门的左上方竖着一个"T"型木质华带牌，悬挂在上面的四块菱形木牌，从上至下依次写着"执玉山房"四字。推门进院，迎面便是一个古旧的镶嵌着铆钉的对开木质门，上面张贴着红底黑字的门神及对联。厚重的青石门槛、石狮门墩、镌刻着"伍桂芳"三字的清早期门楣，以及悬挂在门楼两边迎风摇曳的八棱柱大红灯笼，让人恍如隔世。顺着门楼两边向外延伸的是两米余宽的狭长院落，随意点缀着一些艺术根雕和盆景，还有一些古玩。

青灰色的大小门楼与外面的明城墙遥相辉映，配上"篱落疏疏一径深"的庭院，给人闹中取幽之感，还未进门便有了"山房"的味道。想象着冬日坐在这廊道里，尽享和煦的阳光，回味春的葳蕤、夏的火热、秋的丰硕，说说从前的故事，把飞逝的岁月拉回身边，多么怡然美妙！

　　和在山上见到时一样，谢老师头戴黑色小毡帽，一身青麻布衣，笑容可掬。他带着我们房前屋后转悠并摄影留念。推门进屋刹那，我蒙住了，整个屋子的装饰及布局给人一种明清古居之感，呈大开放的格局，丝毫看不到现代家居厅室的痕迹。从外到里依次是会客厅、书桌、茶台、古琴演奏台、就餐区等。厨房、卧榻和卫生间的设置很隐秘，装饰也古朴典雅，和整个屋子的格调氛围融为一体。油亮的青石铺就的地板，深浅不一的棕色明清实木家具，墙上、博古架上摆放的各式古玩挂件，藤条编制的灯具，石佛假山，淙淙的流水声，以及随处撒欢的虎斑猫和吉娃娃犬点点……眼前的一切让人不禁想起谢老师在终南山下的问山房。

　　那个房前浓荫遮蔽、屋后高山流水之地，让人尘念俱消，闲愁全无。眼前这个"执玉山房"分明就是处在闹市中的缩版"问山房"呀！喝茶聊天时，问及如何打造的这个"执玉山房"，有没有请专业设计师帮忙设计？谢老师说没有，全是他亲力亲为。最初设计理念是"守一方净土，暖一众人心"。作为一个资深古玩收藏家和古玉鉴赏家，又是一个古琴演奏师，谢老师希望通过倾心打造的执玉山房和问山房一样，能给许多志同道合的朋友提供一个切磋交流的平台。一杯清茶，半壶老酒，抚

琴听曲，心素如简，一如回归大山深处，给疲惫的身心来一次洗礼。

蓦然，我想起曾在蓝田玉山镇参观过的一座石头房子。这个被誉为全球100个最伟大的建筑之一的石屋，号称"父亲的宅"。房子的前面是辋川，靠近当年王维的隐居之地。设计者是蓝田籍建筑师马清运。1999年，他利用当地河里的石头，给自己的父亲设计建造了这座石房子。他独到的审美眼光和设计灵感，让观者无不震撼。眼前这个执玉山房恰有异曲同工之妙。一直都觉得，向往品质生活是一种仪式感。但追求高品质生活之人，只因看到了更多，才愈发明白心底的真正需求。"在满地都是六便士的街上，只有他抬起头看到了月光。"在万千欲壑的尘世中，能聪明地选择最适合自己的生活方式，获取内心的恬淡和丰盈，这种人值得尊崇。

说起自己的藏玉生涯，谢老师滔滔不绝。他说真正显示一个收藏家水平的不是他占有多少玉，而是他的鉴赏能力。玩玉的过程，也是一个人修行和历练的过程。古玩买卖最重要的环节就是专家鉴定，这么多年，他看过太多的假货和不道德的交易行为。在国内玉器市场尚不规范的情况下，靠的就是鉴定家的良心。谢老师从小吃过不少苦，生活中更懂得知恩感恩，加之为人宽厚仁慈，很快就以"诚实守信、义利并举"成为古城远近闻名的玉器收藏和鉴赏家。"若只把古玉器当作摆设或投资工具，就永远无法体会到古玉的精髓所在，更无从判断其真正的价值。"他说。

古语讲："人养玉三年，玉养人一生。"人养玉好理解，但玉养人，在谢老师看来更多地是指玉对人在礼仪、品德和心性方面的锻造。一块玉石，经过雕琢，才可以成为传世美玉；一个人，只有经过生活的磨砺、岁月的锻造，才能成为一个内心强大的人；一个不为世俗名利所累，能始终坚守一颗素心，举重若轻过好每一天的人。

我曾参观过一位玉石收藏家的收藏，他反复强调自己收藏的玉石多么名贵，是稀世珍宝，还说玉石是有生命和磁场的，不仅会消灾，还会治病，仿佛那玉石就是神明。他甚至说："人的命有时还不值一块石头。"听此言我立刻对他的看法大打折扣。生命本无贵贱之分，玉之所以通灵性，那也是被它的主人品性滋养和投射的结果。否则，再珍贵的玉或钻石，与溪边的鹅卵石又有何不同？收藏有价情义无价。这也是我从谢老师身上看到和学到的。

坐在执玉山房的庭院门口，与谢老师和他的爱人马姐品茗论道，絮叨日常。冬日的阳光洒在身上，时而洒脱自如，时而羞涩缠绵，似乎想把眼下的时光拉长再拉长……

注：本文发表于《阳光报》2021年3月3日。

雨中漫步唐村

国庆长假秋雨绵绵，窝在家里实在无聊，朋友相邀一起喝茶。茶过三巡，风停雨住，友人提议去长安唐村转转。

关于唐村，几年前听人说过，只知道它位于秦岭山下南五台北麓的长安王曲，号称一处"在山和城之间可以安放乡愁的地方"。车子在宽阔的城南大道上一路驰骋，远山含黛，一层薄雾飘浮在山峦间，终南山若隐若现。路两旁的行道树被雨水冲刷得苍翠欲滴。

路上朋友介绍，唐村是天朗集团开发打造的乡村旅游示范村。2020 年 7 月，文化和旅游部公示了第二批拟入选全国乡村旅游重点村名录，陕西共有 23 座村庄入选，其中长安区王曲街道的南堡寨村是西安唯一上榜的村子。车行大约二十分钟就到了唐村。果然名副其实。这里依山傍水，风景如画，附近有张学良公馆、药王庙等众多历史遗迹，可以说是一片历史遗迹和乡村文明交融而成的风水宝地。

沿着新修的马路蜿蜒而上，就到了长安唐村·中国农业公园。车停在北边入口处，一下车就被眼前一望无垠的金色稻田吸引住。一眼望去，金灿灿的稻穗，颔首弯腰，散发着醉人的芳香。微风拂过，涌起一波又一波金色稻浪，好像是为丰收的田野唱赞歌。天公不作美，又飘起了细雨。秋风拂身有点凉意，我的心却格外安静。行走在田间地垄，抚摸着沉甸甸的谷穗，久违的感觉涌遍全身……眼前的一切何等熟悉！那是生我养我十八年的故乡。她位于终南山下紫沟河畔，是一个物产富饶的鱼米之乡。那些从来不需要想起永远也不会忘记的场景历历在目：有可亲可敬的父老乡亲，有收割季龙口夺食的劳作场面，有父亲在田间赶牛扶犁铧的样子，有傍晚村子炊烟四起黄狗叫孩子闹的欢腾场景……此刻，它们都从我的记忆中跳出来，浮现在眼前。这一山一水，一草一木，一鸟一花，一鱼一虫，它们静静驻扎于泥土里、河渠里、旷野中，把我的思绪推向无尽的远方……

举目远眺，塬下从南堡寨村到曙光村、高湾村，500余亩稻田展开了一幅田园生活画卷，本地王牌品种"桂花球"大米丰收在望，每一个饱满的谷穗，既凝结着农人辛苦劳作的汗水，也延续着最悠远的乡村记忆。时至今日，长安唐村的三元合作发展模式逐渐清晰，已形成了集农事体验、田园观光、盛唐郊野文化与乡村旅游度假等为一体的全新旅游形式。朋友的老家在此地，每到插秧时节，从他的朋友圈都能看到唐诗中"漠漠水田飞白鹭，阴阴夏木啭黄鹂"的终南水乡胜景，唤起了我儿时许多美好的回忆。听说如今，南堡寨村和周边村庄种植的桂花球米经过文创加持，农产品的附加值大大提升了。同时，唐村还积极通过"非遗赋能计划"将此地的非遗进行提升，推出了诗唐集"花欲燃"系列黄酒、"百年老油坊"菜籽油等农事

文创产品；桂花球大米、小麦、油菜花等作物，也与一些知名品牌企业确立了合作模式。

步入唐村，尽管天空细雨霏霏，但行人却不少。五颜六色的雨伞仿佛盛开的花朵，给阴晦的天气增加了一抹亮色。据资料记载，唐村的前身就是南堡寨村。20世纪90年代，因为电力和水资源匮乏，再加上交通不便，南堡寨村村民住在30多米高的塬上，生产生活非常不便，而大部分土地在塬下，日常劳作很辛苦，每到收获季，只能用人力从塬下把粮食拉到家里。2000年，南堡寨村开始整村搬迁至塬下，塬上的老村落自此成为废弃的荒村。

南堡寨村重新回归大众视野，源于2016年5月天朗控股集团一次意外探访。一行人从西安出发，驶向秦岭终南山。之前基于对国家新型城镇化战略的解读，他们遍访秦岭脚下各个村落、乡村名人贤士，想在山和城之间觅一处安放乡愁的地方。当他们来到南堡寨村的老村塬上，被眼前的景观震撼了。近百座极具关中建筑风格的院落似乎在诉说着岁月的风雨和沧桑。极目远眺，麦浪翻滚，黛青色的终南山云遮雾绕，映衬着纵横交错的田野和村庄。这不正是他们苦苦寻觅的地方吗？

于是，在农业农村部中国村社发展促进会、长安区委区政府和天朗控股集团联手下，总规划面积约38平方公里的"长安唐村·中国农业公园"应运而生。南堡寨村的样貌从此发生了翻天覆地的变化，成为"绿水青山就是金山银山"的生动写照。如今这里土地平旷，绿荫蔽日，屋舍俨然，一派诗意田园风光，就连里面的配套商业也极具人文和田园特色。开元风雅、荷染山房、美食好友会、三巡酒馆、诗唐·花朝艺术民宿等特色业态，乡村图书馆、红薯博物馆等特色场馆，布置得错落有致，重现了唐诗里山水田园的生活，唤醒了工业城市遥远又浓郁的乡愁记忆。

　　每每读到"苔痕上阶绿，草色入帘青"，顿觉唇齿生香，心慕神往。遥想自己也置身于山间茅屋，布衣茅蓬闲吟月，诗酒耕读淡持茗。那种悠哉闲适的活法简直可与神仙媲美。如今漫步于唐村的诗唐艺术中心，让人有种一梦回唐的感觉。这片区域曾经有着璀璨的过往，考古已发现的遗址可上溯至新石器时代和商周时期，曾是汉代离宫御宿苑所在地。杜牧、韩愈、崔护、岑参、韦应物等诗人在这里居住生活过，数百位诗人名士在此郊游雅集，激扬出千余首唐诗，成为唐诗田园的精神原乡。古村的诗唐艺术中心，不同于大型综合博物馆，这里集中展现了唐代的茶文化、酒文化和宴文化。一茶、一酒、一诗、一书，带我们穿越到心中向往的盛世大唐。黑木门、土房子、织布机、瓷枕头，关中古村落的乡愁记忆馆，唤起人们许多美好的童年记忆。

　　忽然，一股清香萦绕在鼻间，不似玫瑰的浓郁，也不似雏菊的淡香，却使人感到舒畅、惬意，抬头一看，原来是糖炒栗子的摊位。顺手买了一包，温热的香气在全身升腾。穿行在唐村古街，耳畔似乎还响着各种商贩的叫卖声，南腔北调此起彼伏，它们从遥远的乡村走街串巷飘向人们的内心深处……

　　注：本文发表于《文化艺术报》2021 年 11 月 1 日。

蒸 饭 古 会

　　这里，曾是《诗经》中"滮池北流，浸彼稻田"描写过的地方；这里，相传是盛唐皇家贡米"桂花球"的产地，直至民国时水稻种植面积仍超过 7 万亩；这里，至今仍有明清时修建的"草堂堰""肖家堰"等水利灌溉工程遗址。这里，就是秦岭北麓的沣河两岸。数千年的水稻种植及文化积淀，不仅为此地赢得了"北方鱼米之乡、关中天下粮仓"的美誉，更孕育出古朴而独特的美食。

　　陕西关中农村，在秋忙过后有过古会的习俗，亲戚间相互串门拉家常，一起分享丰收的喜悦。这一天，大多数村庄是用臊子面招待客人，唯有秦岭脚下沣河两岸的 70 多个村庄，用一大铁锅香喷喷的蒸饭，宴请亲朋。因此当地又把忙罢会俗称"蒸饭会"，隆重之势不亚于春节。

　　蒸饭会，各个村子都有固定的节日，一般都选在阴历十月，也有从九月开始的，但必须是单日，小范围内尽量两个村子不在同一天过。

　　三秋大忙，龙口夺食，等到粮食都晾晒结束，收进谷仓，就到了忙罢，终于可以歇下来。妇女们开始上集市采购，或踏动缝纫机，给全家老小准备过会穿的新衣。过会的村子一般都在会前几天请秦腔剧团来村子唱戏，此时戏台也就成为村里最聚人气的地方。有的村在古会前一天晚上还要放一两场电影，以告知十里八乡的人即将过会了。

过会前一天，村子变成了一个集贸市场，商品琳琅满目，集中了各种应季蔬菜瓜果和肉类。街头巷尾人头攒动，吆喝声此起彼伏。女人们一大清早上集采购过会用的食材。肉要上好的五花肉，骨头要大个的腿骨，粉条、豆腐、黄豆芽、红芸豆、各种调料……一样不能少。这天，最重要的一件事就是搭蒸饭。不仅食材非常丰富，而且制作的过程也特别复杂。首先，要选取当地生产的优质的"桂花球"大米、糯米、红豆等原料，淘洗干净后放入缸里加水浸泡4小时左右。可别小看选米这一环节，不同的米做出来的蒸饭口感大相径庭。"桂花球"大米色泽明亮，形态圆润，入口甜糯还散发着淡淡的桂花香。

在泡米的间隙，男人要劈柴准备生火。农村人烧饭多用麦秸秆、硬柴和炭火。搭蒸饭用麦秸秆火太柔，炭火太硬，硬柴最合适。女主人此时也紧张有序地忙着，大锅里熬着骨头汤，小锅里炒着肉臊子，得空再打扫下庭院……傍晚时分，女主人开始洗锅刷甑，洗完后给大铁锅里加适量水，放上甑，再给水里放一小片瓦渣片。放置瓦片目的是，根据瓦片撞击铁锅的叮当声判断锅里的水是否烧干。甑搭好后，放上箅算，把浸泡好的荷叶铺在箅算上和甑的周围，为的是把米和铁锅完全隔开，以防铁腥。再把沥去水分的米和红豆均匀搅拌后，一层层装到甑里，用荷叶包裹好，再用筷子在上面插上几个气孔，最后盖

上锅盖，用打湿的麻袋片把锅的四周包裹严实，有时还要在锅盖上压一块大石头，以防泄气。

搭蒸饭，核心要素就是用慢火焖出一锅香。持续四个小时，不定时给炉膛添硬柴。儿时最欢喜的日子除了除夕的晚上，便是这蒸饭会的前夜。大人忙前忙后，孩子们欢天喜地，整个村子的上空都弥漫着诱人的香味。夜里母亲不时要披衣下炕，给灶膛添柴。午夜，是搭蒸饭最重要的节点：盘饭。盘饭所需的瓦翁人们相互借用，往往在盘饭的时候，"一家盘饭，多家观看"，人们相互询问饭的颜色、软硬等。此时母亲会小心翼翼打开麻袋，掀开锅盖和荷叶，厨房里顿时雾气缭绕，米香豆香荷叶香弥散在空气里，让人垂涎三尺。母亲用木铲把半成品的蒸饭盛到瓦瓮中，再给锅中添补水，把荷叶重新铺好。然后用木铲盛一些蒸饭在锅里铺平，再把熬好的骨头汤和调料水均匀洒在蒸饭上。这样重复数次，直到把所有的饭都重新盘回甑里，用荷叶密实地包好，再裹上麻袋，继续添柴烧火。大约烧一个小时，添足柴就不用管了，用慢火焖蒸至天亮。

翌日早上，家家户户打开用荷叶包裹的蒸锅，氤氲雾气下蒸饭的香味随之飘散开来，米和豆完美融合在一起，相映生辉，用筷子夹一块送入口中，绵香悠长，沁人心脾。母亲搭蒸饭的手艺在村里响当当，因而时常有人请她去指正蒸饭没搭好的缘故，如颜色泛白，是因为红豆放少了；饭里夹杂青黑色的饭团，是因为莲叶没把饭包严实，和铁锅没隔绝好，或者用铁匙盛饭了，导致蒸饭"铁腥"了等。

古会当天村里热闹非凡。这天还有一项古老习俗——追花糕。凡是当年结婚的新媳妇，娘家人一定要用扁担挑着一对巨型花糕来看女儿。花糕主要分为花和糕。用面制作而成，像倒扣的面盆分为两层，每层夹有红枣、花生、瓜子、桂圆，取"早生贵子"之意，由揉、掐、搓、蒸、刻、雕、染等多道工序制作而成。主要以做工来表明宾主关系。对孩子们而言，最期待的事情就是拔花糕上的花，一大早就守候在村口，看见花糕担子就追前跟后抢摘那些用萝卜雕刻成的色泽鲜亮的花。那天村里也格外整洁，人流量是平日的数倍，卖水果小吃的，卖玩具的，吹糖人的，捏泥塑的，套圈圈打气球的……

尤其戏台周围，水泄不通。午饭自然是蒸饭了，配上一大盆猪肉白菜豆腐炖粉条的大烩菜，香而不腻。这，才是名副其实的"蒸饭会"。

午饭后，老人们看戏，年轻人则聚在一起拉拉家常叙叙旧。各村的古会不仅给后人留下了丰富的民俗文化遗产，还将村民的心凝结在一起，成为农村最原始的信息交流平台。三点过后，主人再做上四个凉菜五个热菜，与亲朋好友围桌而坐，配上自酿的黄酒，觥筹交错间话丰年，其乐融融。饭后，好客的主人还要给客人再捎上一大包用荷叶包裹的蒸饭，以便更多的亲人品尝到独特的美食。热闹的古会就此落下帷幕。

近些年，随着沣河水位不断降低，水稻田基本被"户太八号葡萄"代替，加之移风易俗，农村古会也基本消失殆尽，会搭蒸饭的老人越来越少，年轻人大多不愿学，为了使这个流传百年的民间传统手艺不至于流失，许多村子出现了搭蒸饭专业户，专门为过事的乡亲们上门搭蒸饭。这当然是有偿服务。席

慕蓉在《乡愁》中写道："故乡的歌是一支清远的笛，总在有月亮的晚上响起。故乡的面貌却是一种模糊的怅惘，仿佛雾里的挥手别离。离别后，乡愁是一棵没有年轮的树，永不老去。"站在岁月深处回眸，故乡竟成了我们再也抵达不了的远方。

　　世间美食，都是时间沉淀下来的幸福感。它承载的不仅仅是味蕾上的感官刺激，更是灵魂深处的涤荡和牵念。那一饭一粥皆由满满的温情和浓浓的爱意慢慢熬煮煨炖，然后，用一生的时光盛满期待。

　　注：本文发表于《西安日报》2021年7月26日，获由西安报业传媒集团举办的"锦翔杯舌尖上的乡愁"全国散文大赛二等奖。

戏楼印象

　　戏楼，也叫戏台，演戏之场所。北方地区的戏楼大多坐落在乡镇村道的繁华地段，且周边空旷，以便容纳多人聚集赏戏。戏楼一般气势恢宏，多为砖木结构，顶为琉璃黛瓦，墙壁要比一般的建筑物厚重很多。坐落在一米多高台基上的戏台，三面围墙，正面打开，两边是雕金龙的大红圆柱。柱头、斜撑、雀替、梁驼、平盘斗、柱础浮雕极尽雕刻之能事，张扬华丽、高贵典雅。记忆中，老家周边几乎每个行政村都有戏楼，它们在村子的开阔地带霸气挺立，是村里逢年过会最热闹的地方。

　　我对戏楼最初的印象来自七岁那年的入学考试。由于师资力量限制，那年村里决定只收上半年出生的孩子，下半年出生的孩子如果想上学就得参加一次学前考试，通过了才行。那场考试安排在村里的戏台上，有十几个孩子，单人单桌。考试很简单，基本都是100以内的加减法，我很快就做完了。做完试题后我顾不得检查验算，便开始打量起戏台。空旷高挑的空间给人一种威严感，正对观众的那一面从上至下悬挂了两道酒红色的丝绒幕帘，台子两侧摆放了许多演戏的道具，还有一些戏服。昔日我眼里神秘的戏台上面原来是这样啊！要不是父亲在台柱

旁一个劲用眼瞪我，我真想赶紧交了卷子，凑到那堆戏服前好好摸摸看看。

上学后我最喜欢去的地方仍旧是戏楼，除了在那和同伴玩耍外，就是听一些秦腔爱好者吼秦腔吊嗓子。尽管大多唱词听不懂，只晓得黑红脸的是好人，白脸的是坏人和奸臣，白鼻子红嘴唇的是小丑，但唱戏人那气震山河的铿锵气势足以让人血脉偾张。村里戏班的行头、戏服全由我好同学的祖父保管，那些硕大沉闷的黑箱子放在谷仓里，同学偷来钥匙带着我进去，把黑木箱一个一个地打开，樟脑丸的气味迎面扑来。这行头一年要晒多次，这些流淌着光的绸缎太金贵了，不好伺候，动不动就长霉点。每次扛到戏台下的空地去晒，五彩斑斓的锦缎绣花戏服迎风猎猎翻飞，场面很是壮观。我对每一件戏服都心生敬畏，觉得它们都是有灵魂的。

儿时最快乐的事莫过于村子过古会，村里会请来戏班子唱大戏，祈求风调雨顺、国泰民安。一台戏就像一股春风一下让村子沸腾起来。街头巷尾喜气洋洋，往往是戏班还没来，唱戏的消息已传到方圆十里。

开唱那天，戏场里开场锣鼓震天响，村外大路小道上，各种车辆都往戏场里赶。卖糖葫芦的车把上捆着草秆，草秆上扎满了色彩缤纷的糖葫芦。卖糖梨膏的边蹬车边粗门大嗓吆喝："卖糖梨膏，糖梨膏咧，吃了糖梨膏小孩不咳嗽，老头不吐痰……"一路吆喝一路走，一直到戏场里。卖甘蔗的车子两边扎着捆儿，卖瓜子核桃柿饼的驮着草篓，都急急往戏场里赶，不为听戏，只为抢占个好位置做生意。戏场里已是人山人海，儿孙们怕挤了自家老人，支好架子车，铺上棉被，叫老人坐车上看戏或听戏。喜欢抽旱烟的老汉们，一手拿着马扎，一手拿杆油润润的烟锅，那长度快赶上他的手臂。黝黑的烟锅头里装着金黄的烟丝，咂吧一口吐出来，云里雾里优哉游哉。姑娘们却偎成一堆儿站在边上听，小媳妇儿听戏手也不闲，拿个鞋底，低头纳几针又赶忙抬头看几眼。这会儿，那些毛头小娃儿都变成了蹿天猴，爬上树杈，趴在墙头上，不是看戏是看稀罕，听不懂戏文却能看懂翻跟头耍大枪。戏场外边靠着树听戏的那一对对俊男靓妹，其实不是为听戏，是借看戏来会心上人。

除了一年两次的古会，每年农忙过后、正月十五或者家里有寿星过世，也有集体或者个人出资邀请剧团来村登台献唱，秦声秦韵三天不绝于耳，唱三天戏起三天集。孩子们最开心，呼朋引伴穿梭在熙熙攘攘的人群里，手里攥着家人给的零花钱，再三斟酌到底是买吃的还是买玩的。戏曲演员在台上咿咿呀呀，台下传来阵阵掌声。孩子们踮着脚从人缝中依稀看见了满脸油彩的演员，满眼疑惑地说："这有啥看的，没意思！"无论在中间还是后面，我都觉着不能尽兴，只闻其声不见其人，急死个人。我总会想尽一切办法挤到台前，看演员那垂至脚后跟的长发和他们快速挪动脚步，看他们的长胡子、蟒袍、乌纱帽，看女官们的凤冠霞帔。最喜欢看的自然是武将们的打斗，虽然也知道那是纸糊的大刀和银样的镴枪，但周身仍热血沸腾。

我们村那时常有省上和市上秦腔剧团来演出，一些秦腔名角如李爱琴、肖玉玲、贠宗翰都曾亲临登台演出。次之，则为云游四方的草台班子。父亲吹拉弹唱无师自通，也酷爱唱秦腔；

耳濡目染，儿时的我也非常喜欢秦腔。我问大人，过去的人就穿成这样？过去说话就像这样唱来着？得到的回答是肯定的。戏班子在吃饭，我去看；化妆时，我也看，怎么都打不消好奇的念头。

在戏台底下我聆听了很多秦腔曲牌，领略了无数场震撼人心的戏曲故事，也私下学会了一些曲目，如《周仁回府》《三滴血》《三娘教子》等里面的经典片段。其中《祖籍陕西韩城县》选段后来还成为我小学时期经常上台表演的节目，如今想来忍俊不禁。

戏台，是这个世界最真实最美好的虚幻。人生如戏，戏如人生，戏里戏外，都是精彩。如今村子还是那个村子，戏楼却早已没了踪影。昔日戏台上下的热闹景象，也只能在记忆里寻找了。不禁想起一副对联：生旦净丑道不完离合悲欢，唱念做打演不尽百味辛酸。

注：本文发表于《西安日报》2022 年 1 月 25 日。

春归无觅处

当白杨树毛茸茸的花序落满地上，春天就铺天盖地般来了。

村口那几棵碗口粗的柳树抽出嫩绿的枝条，用不了几天孩子们就可以折下柳枝扭笛子吹了。不远处连绵起伏的南山，渐次披上苍翠的外衣。春姑娘心灵手巧，仿佛给大地施了魔法，一夜之间田间地头和山坡上开遍了五颜六色的野花，红的、黄的、蓝的、白的、紫的……七彩纷呈。成群结队的蜜蜂扇着翅膀，嗡嗡地采酿百花蜜。一望无边的麦苗返青竞相生长，一天一个样，走在田间地头似乎能听到麦苗拔节的声音。

燕雀开始啄食毛白杨的花序。它们站在毛白杨枝头，伸长脖子，或斜着肩膀，露出褐黄与粉白分界的肚腹，或是黄黑交错的背羽，一边起劲地吃着渐渐舒展开来的柔嘟嘟的花序，一边不时发出清亮的鸣音。在毛白杨的柔荑花序里，层层叠叠毛乎乎、干薄薄的萼片下藏着的是脆嫩多汁的花蕊。麻雀们也时常停留在这里，用它们的小嘴接液汁来喝。再过几天，毛茸茸的花序落满地上，充满青青的湿气，孩子们把它捡起来，装作毛毛虫相互扔着打闹，或是用细线拴着挂在自己的耳朵上取乐。

阳春三月开始，桃花、杏花、油菜花等渐次开放，一些野

菜也开始露头了，什么苣荬菜、灰灰菜、婆婆丁、荠菜、小根蒜……

　　稻田边的坝埂，纵横交错的水渠旁，小树林里，探头探脑的野菜在春风里眨巴着眼睛，煞是可爱。我和伙伴们疯跑着，互相比拼谁挖得多，有时会不小心滑到水渠里，溅一身泥水，惹得大家哈哈笑。儿时几乎家家户户都养猪，缺少饲料，就用野草补充。老师很少布置作业，放学后孩子们有大把时间去田埂坝坡挖野菜拔猪草。挖婆婆丁、荠菜等没什么技术含量，相比之下，小根蒜就是技术活了。它和一般的草很像，只是茎是圆的，不仔细看都看不出来。它们总是聚在一起。如果土地比较硬，得在离小根蒜不远的地方挖一个直角，然后轻轻撬那个角，一整片土就被撬起来了，再去剥离小根蒜就容易多了。母亲常挑拣鲜嫩的荠菜、灰灰菜洗干净剁碎，或凉拌，或蒸麦饭、做菜疙瘩、窝浆水菜等，偶尔也包顿饺子给我们解馋。这些野菜便成为春天里餐桌上的美味，给我们苦涩的农家生活带来一丝香甜。

　　有一次，我们一群伙伴正在挖野菜，突然听到娟子大叫一声，大伙循声跑去，只见她呆坐在地上吓得直哭。一问才知，刚才她挖野菜时发现有一丛野花不停抖动，好奇心驱使她拨开野草，眼前一幕让她禁不住惊呆了。两条背上生着红绿色花纹的灰白色蛇紧紧缠在一起，扭成麻花状往堤坡上爬，闻到惊动后"刺溜"钻进草丛深处不见了。"那是两条蛇配对呢！"小东哥皱着眉头说，"我听老人说，看到蛇配对不吉利。快！娟子赶快闭上眼，面朝天，连说三声'我瞎眼了'。心诚的话，要一边扇自己耳光一边说，那才灵验哩！"没想到娟子很听话，立刻仰起头闭上眼，一边左右开弓，一边嘴里嘟哝着，惹得大伙捂嘴大笑……

儿时为了生计，家里除了养猪，还养了二十多只鸭子和三只大白鹅。母亲几乎每天都要把它们赶到村外的河渠放养半天。没上学之前，每次放鸭子母亲都会带上我。我最喜欢春天去放鸭子。天高云淡，空气中弥漫着淡淡的花草香和阳光味，偶尔一群鸽子拉着清脆的哨音从头顶飞过，让人心旌荡漾。鸭子悠闲地在河里游荡捕食，我要么和母亲一起挖野菜、拔猪草，要么在野地里和伙伴玩耍。印象最深的是：麦地里套种的豌豆随着麦苗拔节一天一个样，不久枝蔓上就结满了圆滚滚的豆角，摘一个豆角塞进嘴里，脆嫩香甜，生津又解渴。我时常趁大人不注意悄悄猫腰钻进麦地里偷摘豆角吃，总觉得那就是无与伦比的人间美味。

说起儿时的美味，不禁又想起生产队饲养室后院野生的木耳和蘑菇。20世纪七八十年代，人们大多还温饱不济，靠天吃饭，生活艰辛。父亲负责经管生产队的饲养室。晚上，他嫌孤独，便时常让我或妹妹陪他作伴。可一想到要与几十头牲畜为伍，以及饲养室那熏人的怪味，我们俩都不愿意去。直到有一天，父亲捧回一堆黑白分明的"宝贝"。那是他在饲养室后院采摘的木耳和蘑菇。母亲把木耳和小葱凉拌在一起，再用筷头蘸上几滴香油；把蘑菇撕成条状用铁勺在灶膛下翻炒熟。很快一黑一白两个菜就端到我们面前，我和妹妹垂涎三尺。那玩意不是肉却似肉，确实好吃！作为交换筹码，我们答应父亲晚上轮流去饲养室住。印象中，每下一场春雨，饲养室后院那堆枯树根和树桩上便飞速长出密密麻麻的木耳和蘑菇，着实给我们平淡

的生活增添了一份希望和乐趣。

最是人间留不住，朱颜辞镜花辞树。转眼人至中年，当我把这些儿时趣事如数家珍般讲给孩子们时，感动的只是自己。乡村日渐凋敝，城市化进程不断推进的时代背景下，早市上什么野菜都能买到，干净又新鲜。那个古老的村落反复出现在我的梦里、笔下，成为我抵御繁杂世界的精神乡土。我终于知晓，先人为什么将丁香视为烦愁的标志。它的花朵凝聚而细小，强烈又淡雅，一簇一簇，环环绕绕，牵一瓣而动全身，被称为"百结花"。年轻时候，它的开放令我如痴如醉，如歌中所唱"春天的花是多么地香，秋天的月是多么地亮，少年的我是多么快乐……"丁香盛开，是在告诉你：春天已当真到来，春天也会转眼离去，春天委实刻骨铭心，春天却也让人如此惆怅，春归再无踪迹。

眼下正是明媚的春天，新冠疫情依旧肆虐横行。为了健康，人们尽量减少外出和聚集，也只能"望春兴叹"了。妹妹在钢筋水泥围护的露台上种植了各种蔬菜和花卉绿植，把露台装扮得郁郁葱葱，春意盎然。她说："既然不能出去踏春，那就把春天请回家吧！"

注：本文发表于《陕西日报》2022年4月14日秦岭副刊。

走，到户县咥碗辣子疙瘩

户县，现称鄠邑区，位于西安市西南方向，南依秦岭，北临渭水，人文古迹遍布。这里有山有水，物产丰饶，人杰地灵，既是中国农民画之乡，又是中华诗词之乡。

说起户县小吃，不禁想起了曾流传于街头巷尾的民谣："秦镇皮子摆汤面，辣子疙瘩就大蒜。"秦镇米皮从户县卖到西安，城里人也常慕名到秦镇吃米皮，但要说更绝的，当属户县的大肉辣子疙瘩。说它绝，一是因为少见，除了户县其他地方很难见；二是它油而不腻，馅心清素，肉块酥烂，色泽明艳，仅是看一眼就让人垂涎欲滴。

西安有钟楼，户县有中楼。这中楼算是户县地标建筑，原名叫大观楼，始建于明崇祯八年(1635年)，因为居于县城东、南、西、北四条街的中心，被人们习惯称为中楼。在中楼周边汇聚了多家老字号的美食店铺，也是最能体味户县本土生活的老街区。尤其是中楼转盘西南的古槐饭庄最具代表性。这家店只卖大肉辣子疙瘩、摆汤面和自制的酱卤菜。饭庄门口有棵古槐树，距今已有四百多年历史，见证了大肉辣子疙瘩在当地的发展史。

大肉辣子疙瘩据说已有百年历史，起源于民国十四年(1925

年)前后，最初是由户县西街书院巷人称"扁食长娃"的姬老二推出，用猪肉、白面包菜疙瘩、油泼辣子等调料配制的汤菜与坨坨馍或烧饼一起吃，形式跟牛羊肉泡馍类似，但其味道、颜色却截然不同。由于作料齐全，汤鲜味浓，招来了不少食客。当时还流传着一段歌谣："辣子疙瘩出了巷，街头街尾到处香，争先恐后去排坐，只怕迟了不见汤。"由此可见当时大肉辣子疙瘩生意火爆的场面。自那以后，无论是乡人进城，还是外地人到户县办事，都以能够吃上一碗大肉辣子疙瘩为爽事。

大肉辣子疙瘩，主要由四部分组成：辣油肉汤、大肉块、疙瘩以及锅盔。辣油肉汤由户县自产的红辣椒做成，先用温油泡制辣椒，使其辣度完全溶于油中，变成一种特制的油泼辣子，再用这种油泼辣子做成辣油肉汤。这样不仅没有烈辣的感觉，而且辣香诱人。大肉块即猪肉块，疙瘩类似馄饨或饺子，基本上介于两者中间，属馄饨的包法，馅的量却和饺子一样。锅盔，即陕西人家中常备的一种饼，常用来泡馍、夹辣子或肉。

制作辣子疙瘩分炖肉、捏疙瘩和制汤等几道工序。辣子疙瘩中的肉块用猪后臀肉、甜面酱、姜末、辣面和盐、醋等烹制而成。先将猪肉切成3厘米见方的大块，锅内放入菜籽油，烧至八成热时，倒入肉块，煸至变色，再加入甜面酱翻炒，当肉块七成熟时，用醋烹一下，加入辣面、精盐、姜末、五香粉等，慢火炖一会，再加少许肉汤，煨至熟烂后出锅备用。疙瘩是用面团和素菜馅包制而成。和面时将适量碱面、食盐用温水化开，倒入面粉中和成面团，揉光，饧约半小时后，擀成面片，切成类似馄饨皮大小的三角形疙瘩皮料。另将韭菜或青菜洗净、剁碎，加入虾仁粒、五香粉、盐、酱油及芝麻油搅拌成馅。把馅料放在面皮上，将皮子的三个角折压在一起即成"疙瘩"。

我是土生土长的户县人。儿时碰上赶集的日子，大人孩子都乐开怀。几条街被摊贩围得水泄不通，吃穿用度样样俱全。小贩的叫卖声、顾客的讨价还价声、饭摊上的刀勺声、广播里的音乐声汇成一曲乡村交响乐。阳光不燥，微风从终南山上徐徐吹下，空气中弥漫着各种美食诱人的香味。父亲最喜欢吃大肉辣子疙瘩，每逢镇上有集，他都会带我们"奢侈"一回，美美吃上一碗辣子疙瘩过个嘴瘾。我们穿过人山人海挤到卖辣子疙瘩的摊贩前，只见一口大铁锅架在遮阳棚下，一个既是老板又是伙计的光头中年汉子，一边抢着大铁勺，一边时而大吼一声："大肉辣子疙瘩！"他的声音很有穿透力，盖过了其他摊贩的吆喝声。身上的对襟白布衫，前胸和后背均已被汗水浸湿，他不时地用肩上的白毛巾抹抹头上明晃晃的汗珠。

我问他："你生意这么好，还叫卖什么？"汉子眉头一皱满不在乎地说："那不是叫卖，听过秦腔吗？我这是开心时随便一吼哩！"

我恍然大悟。这随便一吼，像秦腔一样，从胸腔气势如虹而出，伴着这一锅热气腾腾的红艳艳的鲜辣香肉汤和人声鼎沸的集市，怎能不挑逗你的胃口，撩拨你的食欲？

真正了解大肉辣子疙瘩的制作流程，是多年前我陪一外地朋友去户县游玩。他对终南山情有独钟，因户县靠近终南山便爱屋及乌。我们来到户县中楼旁的这家古槐饭庄。朋友很好学，和老板攀谈几句后，邀我一起去后厨看师傅的制作流程。

食客要先将烧饼掰碎放入碗中，然后交给服务员拿回后厨。师傅在上面撒些蒜苗、香菜、粉丝，然后炒锅中加入肉汤，烧开后下疙瘩，再放入炖好的肉块以及香菇丁、黄花、木耳等配菜，煮熟后先用肉汤将那碗馍一遍一遍地浸透，直到汤味完全浸透到馍里，然后再盛汤、舀肉块和疙瘩等，最后在上面撒一点葱花或者蒜苗、香菜等提鲜。一碗热腾腾、酸辣香的大肉辣子疙瘩就做成了。

等服务员端上桌，朋友却说："大肉辣子疙瘩配上耀州蓝瓷大碗，才堪称完美！"于是，他问门口的老板："您老为什么不去弄些蓝瓷大碗来？那样效果更好。"老板笑道："我是卖猫，不卖碗。"

老板这句戏谑的话出自高秀敏和范伟的小品，用古董碗诱惑买主，等买主上当后，却只卖猫不卖碗。没想到，这老板还挺幽默风趣，但足以见他对自己"大肉辣子疙瘩"的自信。

人间烟火味，最抚凡人心。如今离开故乡二十多年，足迹几乎踏遍祖国各地，也品尝过无数的各地美食，但内心深处总还惦记着大老碗、大块肉、大疙瘩、大红辣子汤；惦记着户县中楼旁那棵挺拔遒劲的古槐树。它的根深扎在地下，它的叶相融在云端，它依着巍巍秦岭，伴着淙淙渭水，一起见证着户县追赶超越的发展历程，也承载着户县人美好的乡愁记忆……

注：本文发表于《西安日报》2022 年 5 月 23 日。

朱雀展翅垂云天

　　朱雀国家森林公园位于西安市鄠邑区南部东涝河上游，秦岭梁北侧。初次看到牌匾时，便猜这名字的由来。青龙、白虎、朱雀、玄武古称四象，分别代表东、西、南、北四个方向，是中国神话中的四方神灵。朱雀是南方之神，难道是因为这森林公园坐落在鄠邑区南部？这个说法似乎牵强了些。后查阅资料方知，鸟瞰全部景区地形，如朱雀在浩瀚群山之中飞翔。这，大概就是朱雀之名的由来吧！恒山如行，岱山如坐，华山如立，嵩山如卧，秦岭朱雀独如飞，朱鸟展翅垂云天。你看，这是一座多么神奇的山啊，连形貌都非同凡响。

　　读万卷书不如行万里路。年少时看景总喜欢走马观花，人至中年渐渐懂得了从繁华万象中汲取真味，让心与大自然同频。悠悠时光里，秦岭山脉一手挽着长江，一手牵起黄河，成为泽被四方的肥沃厚土，也见证着沧海桑田般的历史际遇。无论是《山海经》的字里行间，还是"河图洛书"的一页，总少不了秦岭的影子。壬寅年盛夏，我们一帮文朋诗友来到了朱雀国家森林公园，在苍莽的崇山峻岭间，在氤氲文脉浸润的山林间，我们尽情吸吮着大自然赋予的天地精华，感受着"父亲山"的刚烈

与圆润，博爱与雄奇，缥缈与静幽。

朱雀的精华在于山巅的秦岭梁景区，即冰晶顶，海拔3015米，是除太白山之外，秦岭的第二大高峰。在朱雀山上游览的人，会有种飘然欲仙的感觉。

登上峰顶，云蒸霞蔚，耸壑凌霄，奇松怪杉，流泉飞瀑，可远眺渭水，俯瞰群山，可谓"举手蓝天近，俯视云海奇"。

从畅远台向高山草甸前行是一段沿着山崖南行的栈道，这里可以不断见到沿着的山崖潺潺流下的小溪流。偶尔还能在山坡上看到羚牛深浅不一的蹄印。栈道行进中，望夫岭、醉仙峰、封仙台、双龟探路、群龙朝圣、金蟾观天等岩石景观引得游客频频驻足拍照留影。每处石景都向人们讲述着一个活灵活现的故事。我称它们为"灵石"。如双龟探路，此景刚好在索道上站处，两只石龟爬行登上悬崖之巅，仿佛在探寻通往仙山之路。醉仙峰，多条纵横交错的裂隙将岩石切割成仿佛一位醉倒的仙人的模样。传说八仙之一韩湘子临此山，宴请众仙，至今还留有足迹手印等。金蟾观天，是传说刘海顺河而上来到隐居修炼之地，他得道升天后，金蟾思念心切，爬到山巅，翘望刘海归来，日久化为岩石。景区内这样的石景俯拾皆是，均是因为岩石在地壳运动时产生裂缝，经过冻融风化作用使裂隙逐渐变长、变宽，甚至破碎而成。

在接近冰晶顶主峰区域，第四纪冰川遗迹石海景观和风骨峥嵘的奇松怪杉，让人叹为观止。举目四望，层峦叠翠，各种奇花异草争芳斗艳，东边的鹿角梁、跑马梁尽入眼底。百年落叶松，枝叶稀疏，形态任性，有的如大鹏展翅，有的似蛟龙探爪，主干古朴低矮，形似人工养植的盆景。正午的阳光骄纵却不刺眼，天空澄碧，凉爽润湿的山风吹在身上，无比惬意。眼前是浩瀚无际的石海，它们或平面或立体随意堆砌在山巅，直抵云霄。

石头哪里没有？但这里的石头与众不同。在大自然的鬼斧神工下，它们形态各异，各有其型又不雷同。许多石头表面隆起一簇簇的皱褶，有的如女人的百褶裙，有的似风乍起吹皱的一池春水等。不由得想起国画专有的一种表现法："皴"法。再看它的色，仿佛造物主打翻了调色板。一块岩石上，呈现出紫、绿、粉、白、黄、青、赭石等一种或多种色调。最炫的是赭石色和深浅不一的绿色，那是附着在岩石上的斑驳苔藓。这种灵动的自然之色，无论怎样丰富，都不显杂乱。

有人问，这里为什么有这么多石头堆积？这个石海又是怎么形成的？它们是不是太阳系或星体相撞后的碎片穿越大气层，陨落于地球？小时候常听老人说，天上落下一颗星，地上就有一人逝去。人与陨石，何尝不是一样呢？景区工作人员告诉我们，石海的形成是因为高寒山区岩石常年处于低温，经过寒冻风化或强烈的冻融作用，分崩离析，形成大片巨石、角砾，就地堆积而成。

看过云南的石林，那些无枝叶的石树，让人感到生命的衰逝；还有桂林的溶洞，那冷冰冰的石笋、石塔在幽暗中枯坐墨守，让人感到岁月的凝固沉闷；贡嘎山海螺沟的红石滩我也亲临过，红彤彤如染料浆染过。当石头们只是同类相聚时，无论怎样表现，也逃脱不了冰冷、乏味、生硬之感。而眼前这片石海根植在青山绿水中，有日月星辰加持，有飞禽走兽相伴，它们栉风沐雨，

任沧海桑田始终守卫着大秦岭。我想，这定是巍巍秦岭赋予了它们精气神吧！"黄鹄之一举兮，知山川之纡曲。"站在秦岭之巅，看祖国江山美如画，人的心境也豁然开朗了。

当我的思绪被石海的造型艺术拉远时，西天的云霞已渐渐飘近，让山中的景物霎时美妙绝伦。那抹彩霞犹似万千白色的、金色的、红色的羽翼，汇聚成色彩斑斓的雀屏。云霓飞闪，扫荡所有阴霾，天空一派朗净，一场盛美的筵筵在空中渐渐启幕。

瑰丽的光景，一半在天上，一半倾洒在湖中。湖中的霞彩、云影，经水波的荡漾，颜料似的洇开……我在粼粼湖波上搜觅沧海的遗痕。古今之地或上升为大陆，或下沉为深海，在大自然面前，人是多么渺小啊！我被眼前的景致深深迷住了，长久驻足享受着湖边的高光时刻：静美，清宁，安谧。

想起上山路上，有人兴奋地喊"松鼠！松鼠！"只见不远处的栈道上窜出一只小松鼠，它摇着毛茸茸的长尾巴，在栈道上游走出一条"之"字形的曲线。大家纷纷蹑手蹑脚地围拢过去，有的给它喂食，有的拿个狗尾草挑逗它。这小精灵不仅没有丝毫防备之意，还朝我们不停作揖，引得大家笑声阵阵。一路走来鸟语花香，偶尔有人展开歌喉吼两嗓子，声音便在山谷回荡不息。

万法缘生。人与人，人与物，人与自然，概莫如是。

藏区流传一句老幼皆知的俗语："天上飞鸟，地上跑鼠，都是通人性的。"一个老猎人在一次狩猎时正要对一头藏羚羊扣动扳机，只见那只羚羊双膝突然下跪。猎人虽然措手不及，但还是闭眼枪杀了它。羚羊倒地后仍是跪卧姿势，眉目间清晰地挂着两行清泪。老猎人想弄清藏羚羊为什么要下跪，于是他怀着忐忑不安的心情把藏羚羊开膛破肚。原来在藏羚羊的子宫里，卧着一只已经成形的小羚羊！老人手中的屠刀"咣当"一声掉在地上……天下所有慈母的跪拜，都是神圣的，包括动物在内。

老子曰："人法地，地法天，天法道，道法自然。"人与自然的关系，应当是欣赏与保护，而不是劫杀或掠夺。我们要像善待亲人一样善待"父亲山"。唯有这样，才能让我们的子孙世代欣赏到大自然赋予人类的壮阔山河；以及风花雪月的四季轮回、鸟翔蓝天鱼潜水底的物竞天择。

注：本文发表于《西安日报》2022 年 8 月 2 日副刊。

最是清风披拂处

这个夏天气温一波高过一波，走在户外感觉浑身的毛孔都在冒热气。七月的最后一个周末，友人说带我们去一个避暑胜地并拜访一位民间"高人"。我问他是哪方面的高人，他神秘地笑了笑说："一个会开飞机，而且还制造飞机的农民老大哥。"

看我一脸惊愕，他打开手机相册给我看了几张照片和一段飞行的小视频。照片上那个头戴钢盔帽，身穿飞行服，鼻梁上架着一副宽边墨镜的男子，一边挥手一边启动他的飞机，那样子酷毙了，既有大哥大成龙的港味，也有些神似骑摩托飞跃黄河壶口的第一人柯受良。

怀着激动好奇的心，我们一行三人奔赴太白县。从西宝高速眉县出口下高速后，车子沿着斜峪关进入秦岭山区，路越走越像一根渔线，而车子仿佛是一条上钩的鱼，在上下起伏和迂回环绕间，慢慢爬出水面。这个水面，已经跃居到了海拔 1500多米的山脊上。在七月的通透里，远处的皑皑雪山清晰可见，与路旁的苍松翠柏形成了两种对峙。去太白县之前，这里的大名早已耳闻——"陕西海拔最高的县""西部慢城、雪域太白""中国的达沃斯""天然空调城，避暑胜地"，还有陕西最美公路眉太公路、秦岭小九寨黄柏塬、鳌太穿越线等，随便一个都让人心驰神往。

过青峰峡国家森林公园门口，翻越五里坡后，进入太白县城的东大门，即衙岭。这里是陕西太白县境内长江流域和黄河流域分水岭，也是三国时期魏蜀两国的分界线，还是褒斜古道的必经之地。衙岭虽不高，知名度却不低。千年来，这里进可攻关中，退可守蜀川，历来为兵家必争之地，至今还流传着许多三国时期的传奇故事，如"死诸葛吓走活仲达""煮酒论英雄"等。

经过三个多小时的奔波，我们终于抵达太白县城。瓦蓝的天空飘浮着洁白的云朵，打开车窗，微风阵阵吹在身上，无比惬意，室外气温应该不超过20度。而连日来西安城气温一直40度居高不下。朋友说，这里长冬无夏，春秋相连，年平均气温只有7.7℃，夏季平均气温19℃，是名副其实的"天然空调城"。民间对"太白之夏"有个"四子"表述更为形象：夏天没有蚊子、纳凉不用扇子、睡觉要盖被子、姑娘不穿裙子。这里也不愧为"西部慢城"，街上的行人都悠哉悠哉，不慌不忙。

我们要拜访的"高人"叫薛有勤，今年66岁，自称"开飞机改变了人生"。2014年，58岁的薛老驾驶着自己购买的美国快银轻型飞机，从渭南市卤阳湖经济开发区内府机场飞上蓝天，成为国内年龄最大的轻型运动飞机驾驶员。至今，薛老已飞行1000多个小时，是名副其实的"老飞行员"。他的家人和许多好友都坐过薛老驾的飞机在天空翱翔过。太白县不是薛老的故乡，他是西安市未央区徐家湾人，数年前为了避暑养生在太白

买了套房子，一年来这里不到两三个月。

我们抵达时已过了午饭时间，薛老和他的爱人依然等着我们一起用餐。进屋喝茶稍事休息，一行人直奔小吃城。真没想到这个常住人口不足四万的小县城不仅气候宜人、风景优美，而且兼有关中、巴蜀文化的美食小吃，种类繁多，价格也实惠。先来一碗才出锅的热糍粑，撒点焪韭菜，浇上浆水汁子，色泽明艳，光滑酸爽又筋道。正吃着，耳边又传来其他店家的阵阵吆喝声，此起彼伏，真恨自己眼大肚小。两个朋友各要了一老碗拉条子土豆鸡块拌面，吃得满头大汗。薛老还给我们推荐了一家私房饭馆"皮干面皮"，即西府擀面皮，号称太白第一。那个中年女掌柜膀大腰圆，嗓门也高，且能说会道，见谁都热情似火。尽管我们都吃撑了，还是要了一盘尝尝。吃了一口便忍不住竖大拇指，别具风味，真是名不虚传啊！

避开紫外线最强时段，下午四点多，在薛老陪同下，我们驱车五公里去太白县东大门口最美的"伊甸园"花海参观。沿途薛老还带我们参观了位于鳌山脚下的太白高山有机蔬菜种植基地。这里群峰竞秀，阡陌纵横，不远处炊烟袅袅。我们犹如来到了蔬菜王国。田间各种蔬菜长势喜人，主要有有机大白菜、包菜和菜花。薛老告诉我们，蔬菜产业是太白县最具特色的主导产业，也是全省重要的菜篮子基地。太白蔬菜之所以成为扬名全国的名牌蔬菜，健康绿色是根本。这里拥有大秦岭绝佳的绿色屏障，气候凉爽，水质清洁，无工业污染，病虫害极少发生，因此农药使用率低。一些蔬菜品种还获得国家绿色食品A级认证和欧盟有机蔬菜认证。同行的朋友在田间地头和菜农热切交谈，我则忙着拍照摄像，留住美好。眼前浩瀚无边生机盎然的蔬菜、掩埋在杂草丛中的沙石小路，以及高空流云、低飞野鸟，像极了十九世纪俄罗斯风景画家列维坦的油画，让人有种走进远古时代的错觉。

　　美好的事物不能仅凭眼睛来观察，还要用心去品味，才能深入肌理。邂逅太白，它用静谧过滤你浮躁的内心，用高洁涤荡你尘俗的视野，用绿色驱逐你内心的阴霾。人生海海，山山而川，不过尔尔。在人迹纷沓的时代，旷野就是奢侈的心灵风景线。那些原以为放不下的执念或纠结的事情，面对旷野陡然变得轻若游云。

　　离开高山蔬菜基地，抵达咀头镇拐里村附近的伊甸园花海已是傍晚。凉风拂面，花香袭人。这个一千多亩以爱情文化为主题的花海景观，共栽植金鸡菊、鼠尾草、鲁冰花、石竹、虞美人、格桑花等多年生花卉十几个品种，听说花期从5月份持续至10月份。登上观景平台，临风而立，看夕阳将金色的余晖洒遍花海。坐落在小盆地中的太白县城此刻氤氲弥漫，不远处的群山若隐若现，像一位犹抱琵琶半遮面的娉婷女子。

　　夜晚的太白县霓虹闪烁，树影婆娑。号称"健康街"的夜市游人如织，整条街两边全是各种美食，街中央有条小溪流，让人有种身在大理或丽江的错觉。几杯酒下肚后，问起开飞机的事，薛老打开了话匣子。他说开飞机是自己日子过好后的梦想，前半辈子勤勤恳恳，为经营好家庭承担责任，后半辈子就想琢磨点自己的事。从玩航模开始到买飞机、开飞机，再到如今找人设计图纸，亲手钻焊切磨，制造一架属于自己的轻型飞机，

可以为农田喷洒农药造福一方，这中间经历了常人难以想象的跨越。要不是亲眼所见、亲耳所闻，我真的无法把眼前这个文化程度不高、年近古稀的老人和高精尖的飞行事业联系在一起。何况他还是一个每天饭前要注射胰岛素的糖尿病患者。他说，人活一辈子就是"担当"二字，开飞机让他对人生有了重新认识，每次起飞和降落背后都饱含着无数的心力和毅力，只要认真细致，大胆尝试，遇事莫急莫慌莫犹豫，就没有办不成的。

静谧的夜晚，月光如水洒落一地，偶有蟋蟀的叫声划破夜空。我们在薛老的居所聊至深夜，听他讲自己的传奇人生，如痴如醉。向来认床的我那晚竟然一觉睡到天亮，还做了一个长梦，梦见自己坐在薛老驾驶的飞机上，仿佛插上了双翼，轻飘飘直入云霄……

注：本文发表于 2022 年 9 月 1 日《陕西日报》副刊。

悠悠如是青坪村

　　初伏后，气温一天比一天高，酷暑难耐。友人推荐去蓝田县灞源镇青坪村消暑纳凉。出发前他给我们介绍此地如何清幽古朴，如世外桃源等，我还嗤笑他王婆卖瓜，谁不说自己家乡好。当车子缓缓驶入灞源镇，我被眼前一掠而过的风物景致迷住了，脑子立刻冒出了"悠悠如是"四个字。这是《林语堂散文》里的一个词，意即悠悠然，如同它本来的样子。

　　灞源镇位于蓝田县以东40公里，地处秦岭腹地，周边分别与商洛市商州区、渭南市市区及华州区、商洛市洛南县接壤，亦是灞河源头。境内山岭纵横，沟壑相交，气候宜人，海拔在1000~2449米之间，有"八山一水一分田"之称。近年来，以青坪村为引领的灞源生态旅游、乡村旅游、民俗展示等交相辉映，使灞源镇成为陕西具有长久吸引力的旅游名镇。今年，灞源镇还成功入选"2022年陕西省旅游特色名镇"。

　　从灞源镇街向北沿川道再行约7公里就是青坪村。青坪村"高高在上"，位于秦岭箭峪岭南侧高耸的山前台地上，两面与山相连，一面临河形成陡崖，还有一面以缓坡与川道相接。村门开在缓坡坡底。顺着狭长的村道一路爬坡就进了村子。同时，

这里也是一个革命老区。1946 年，蓝洛县县委县政府曾在这里成立，现在，村里还有灞源革命纪念馆。我们抵达时已是正午时分，各式农家乐的招牌迎风招展。白墙黛瓦的古朴民居似徽派建筑错落有致地散落在村子里。天空瓦蓝澄净，偶尔从头顶飞过一群鸽子，清脆的哨音在心头荡起阵阵涟漪。听说这里适合避暑，游客每人花 60 到 80 元就能在农家吃住一天。我们把车停靠在一户农家乐的庭院，正在杀鸡的女主人起身热情招呼我们落座。已过了午饭点，肚子也开始咕咕叫。对着菜单迅疾点了四菜一汤，便催促主家尽快下厨。

　　小院虽然简陋但被主人打理得井井有条，各色木槿花开得正艳，尤其水池旁那一簇簇大丽花，张着粉白、粉紫、火红的"大脸盘"，惹得蜜蜂和蝴蝶围着它们飞来飞去。一只虎斑猫和一只小黑狗在院子为争一个吃食，互相追逐嬉闹着。我坐在一棵粗大的柿子树下看着它们，内心仿佛被清空了一样惬意舒坦。想起朱光潜先生的话："过一世生活好比作一篇文章，文章求惬心贵当，生活也需求惬心贵当。"仔细品味这段话，却是知易行难。人要与内心、与外界、与遭遇，经过多少的碰撞和磨合，达成怎样的认知与理解，才能把握好与生活相处的分寸感和平衡感？既不违心，又随缘自适；既和而不同，又恰如其分，保持一种物我和谐与人我共适的状况。想来惬心尚易，活得"贵当"倒是真正的生活学问。

　　发呆间，一只美丽硕大的蝴蝶落在一朵木槿上。这只蝴蝶黑色翅膀上点缀着杏色线条和鹅黄色规则图案，甚是罕见。"真是一只尤物啊！"我边说边轻轻地凑上去想跟它合个影，没想到这家伙还很配合。拍完照信手去拈它美丽的翅膀，它竟然乖乖就范了，引得院里另一群游客围拢过来啧啧称赞。在西双版纳的蝴蝶园，傣族导游带大家观看蝴蝶人工孵化的过程，从卵到成虫再到破茧而出，大约需要四十五天，而长了翅膀翩跹起舞的蝴蝶，寿命只有两周。真是"开到荼蘼花事了"啊！没有人把毛毛虫与美丽的蝴蝶等同，但毛毛虫状态占蝴蝶整个生命周期的四分之三，孕育的过程比绽放的时间长。感谢蝴蝶，让我心生羞愧：那么多美丽的翅膀在飞，而我，却抱着得过且过的心态游走在世间。感谢蝴蝶，让我懂得珍惜，学会用有限的人生活出自己想要的精彩。

过了大约一个小时，饭菜终于端上桌。女主人一脸歉意，好在饭菜色香味俱全，量也十足，我们一行人吃得大汗淋漓。邻桌的小女孩指着不远处一所老房子旁大喊："有桃子哦！"我顺手势望去，一棵低矮的桃树上硕果累累。女主人说那株桃树自然生长，无人打理，结的果子虽小，但口感还好。我们跑去摘了一捧，虽说长得有点"歪瓜裂枣"没有卖相，咬一口却依然口舌生津，有种天然野生的味道。

饭后前往灞河源黑龙潭游玩。沿村道爬坡约1公里，就到了青坪村，而后顺着一条土石路蜿蜒进山。在一棵粗大的核桃树下，立着一块木牌，上面写着"灞源古道"。朋友说从这里走1.6公里就能到黑龙潭。这条路环山而行，修在半山腰，下面便是北川水的河谷。我们往山里走的时候，时不时碰见一些游客从山里往外走，三五成群，有的还抱着心爱的宠物。灞源古道虽不是一条官方驿道，但据说在明清至民国时期，这条道路

商旅往来繁忙，是连通灞源镇与渭南地区的一条捷径。它起始于青坪村，越过海拔2149米的箭峪岭，可达清峪口，经厚镇可去渭南，经许庙可达蓝田县城。曾经，这条道上骡马、挑夫往来不息，青坪村就成了古道上热闹的驿站。如今，骡马挑夫远去，取而代之的是游客，青坪村也从脚夫骡马的歇脚驿站变成了游客驿站。

山风阵阵，虽是骄阳当头依然凉爽无比。沿这条路走七八百米，就到了河道。可惜今年天气干旱，灞河源的河道竟然也是砂石裸露几乎没有水。山间何所有？岭间多奇花。沿河道而行，这里的一草一木一石，都在述说着地老天荒。路旁各色野花随风摇曳，纵然无人欣赏，依然默默绽放幽香。白色的小雏菊、粉色的紫云英、蓝色的婆婆纳、紫色的打碗花、金灿灿的蒲公英……在山野，生命各自美丽，纯粹而自由，如心灵盛开，如鹿垂下眼睑。经历了诸多世事之后，人也许最终还是会在大自然中得到恒久的治愈与慰藉。山的广阔，水的悠远，花叶的生发与凋落，月亮的阴晴圆缺，如此种种，无疑会触动人内心最柔软的地方。

很快我们就置身于山谷的包围之中。遥望前方有两条路：一条向前平行，通往黑龙潭；一条向上攀登，通往箭峪岭。箭峪岭是东秦岭主脊上的名山，为渭南、华州、蓝田、洛南之间的界山，因山上遍生箭竹林而得名。听说登顶需要四五个小时。往里走，河道的水开始多起来，溪流从茂密的植被中潺潺而出，爬过石头，跌入浅潭，清澈冰凉。路成了新开辟的沙土路，继续往前，山谷变得幽闭，头顶树木交错，天空越来越晦暗，风也越来越大。仰望山顶静邃，薄雾笼罩，仿佛正酝酿一场大雨。这时有两名自称是护林的工作人员劝我们返回，怕有暴雨不安全。我们只好悻悻而返，结束了灞河源探源之行。

　　返回时，在灞源镇买了当地的特色食品灞源豆腐干。此时，夕阳的金手指正抚摩着群山的脊梁，回望青坪村，那鳞次栉比的古旧与深幽里，处处彰显着张力，我似乎听到了街巷深处弹棉花的声音、踩踏缝纫机的声音、敲铁皮的声音、剖竹起篾的声音，那声音倏忽由远及近，又渐渐远去，让人恍若穿越时空……

　　注：本文发表于 2022 年 9 月 13 日《西安日报》副刊。

长安的烟火巷

转眼在长安生活已二十余年。韦曲，这个从汉唐走来的幸福南城，依山傍水，风景秀丽，位于长安区北部，为长安区委、区政府所在地。据《长安县地名志》记载，韦曲得名于西汉，因汉武帝时期丞相韦贤最初在韦曲居住而得名。

一个城市最能感受到四季更迭的一定是集市，而最能勾起人味觉记忆的就是集市里的美食。包容又低调的韦曲老街有着独特的市井风情，除了各种美食，从瓜果蔬菜、日常用品、衣帽鞋服到婚嫁殡葬、缝补修理一应俱全，是一条名副其实的"百货大街"，街周边还有城中村、学校、教堂、医院、超市等，市井生活和文化融为一体，处处彰显着朴素的关中风情。

韦曲老街是一条狭长的南北主路，大约一公里，放眼望去，各种美食和小吃的铺子在热闹中散发着浓浓的烟火气。听老人说，韦曲老街曾是长安区（过去叫长安县）的商贸中心，20世纪五六十年代，每月农历逢一、四、七、九日为老街集日，上半天结束，故又称"露水集"，方圆数十里的群众都要到这里购买农副产品。每年腊月近年关，以及农历三月三、十月一"古会"时，这里的商品交易更为活跃，购销两旺。每当逢集或过会，乡亲们天不亮就携自家的农特产品从四面八方会聚到老街。各大秦腔剧团、木偶戏、皮影戏班子常受邀前来助兴，连演数天，引得城乡戏迷蜂拥而至，整条街被围拢得水泄不通。

改革开放初期，韦曲老街每周日逢集，为全天集。由于长期的车辆碾压和两旁基建盖房，老街路面开裂、凹凸不平，难以通行。至20世纪80年代中叶，老街已不堪重负，经营场地继而转至樊家十字南的农贸市场内。此后老街上的人流和生意大不如前。20世纪90年代初，老街经过修整、拓宽，商贸活动逐渐复苏。在老街中段西口连接东文化街处，竖立起一座高大雄伟的牌楼，它双面水泥彩绘，顶部两侧飞檐翘角，西面彩绘，正中上方有书法家吴三大所写"怡悦坊"三个大字，东面有"龙凤呈祥"四字楷书，行人、车辆皆从大牌楼下通行。这应该是长安区最有年代感的牌楼之一。

从"怡悦坊"牌楼进入韦曲老街，向北为"小吃一条街"，向南则是蔬菜瓜果等农副产品和一些服装小店。有人说，来长安韦曲老街，至少需要一个256G的胃。当然这是玩笑之说，但这也是不争的事实。每一个来韦曲老街的"吃货"都恨自己眼大肚小，最后总是怀着遗憾"吃不了兜着走"。孜卷菜团麦饭、蜜枣热粽子、油茶麻花、豆腐泡馍、鸡蛋灌饼、麻酱酿皮子、陕北杂肝汤、现炸酥麻花等特色小吃摆满了各家门店内外，家家食客盈门。斜对着"怡悦坊"牌楼，巷口路东南有一高台，就是久负盛名的"孙茂海葱花饼"店，这可是长安的头牌小吃，每天清晨天不亮就见许多人排队买饼。据说这个店开了四十多年，葱花饼用传统工艺先烤后煎最后再在炭火上烘烤，热锅盖

揭起，伴着乳白色蒸汽一股葱香味瞬间弥漫整个老街，外酥里嫩的焦黄诱惑让人垂涎三尺。

每次走进巷子口，总被一个奇特的叫卖声吸引驻足，循声望去，只见一个约莫六十岁的光头老汉，推着一辆挂有"光头热豆腐"牌匾的三轮车，车上是两大盆才出锅冒着热气的豆腐。他一边拖着长腔高声叫卖"热豆腐哩！"，一边时不时用肩上的毛巾擦额头的汗。那样子像极了儿时乡村那些游街串巷的商贩。他的豆腐总是供不应求。白嫩的豆腐上浇满自家秘制的辣酱和料汁，吃到嘴里筋韧爽滑，豆香浓郁，香辣过瘾。

在韦曲老街附近住了多年，最大的感触就是生活便利，而且生活成本低。这里不像其他集市那样只有早上有集。无论大清早，还是中午又或是下午、晚上，韦曲老街都是人声鼎沸，热闹极了。大人们手中拎的袋子都是满满当当，小孩们穿梭于街巷嬉戏打闹，老人们则三五成群结伴闲逛。瓜果菜蔬成堆，有的还挂着露水粘着泥土。大部分都是周边的菜农、果农自产自销，所以价格低廉。我是一个不喜欢下厨的"吃货"，住在韦曲老街再好不过。从五花八门的早餐到各式面食、炒菜、小吃、糕点，一应俱全。我和儿子最喜欢夜晚的老街。华灯初上，当整个城市沉浸在夜的静谧时，韦曲老街的热闹才拉开序幕。各种烧烤、涮锅、地方美食在夜间才出摊，整条街到处是流动摊贩的车子。煎、炸、炒、熘、焖、蒸、卤、烩、炝……中国二十四烹饪技法轮番上演。从巷子南头走到北头，空气中氤氲着各种美食的香味，令人垂涎三尺……

西翻炒凉皮和张义绒炒凉粉是我的最爱。为什么叫西翻炒凉皮呢？据说是因为老板家在西安翻译学院附近，这个营生做了数十年，已经成为一个品牌。炒凉皮的味道有酸辣、五香、麻辣、糖醋、鱼香、咖喱等，还可以加鸡蛋、蟹棒、饼丝、火腿肠等。炒好的凉皮筋软香辣，味美价廉。每次从张义绒炒凉粉店门口经过，那个叫张义绒的老大娘都会热情地招呼我："女子！来碗炒粉，两多一少！"她说的"两多一少"是指蒜苗、辣椒丝多，米饭粒少。大娘总是一边热情招呼每位食客，一边麻溜地翻炒着凉粉。对一些常客，她还能记清各人的饮食喜好，这点难能可贵。

更稀罕的是，有次家里卫生间的门锁坏了，寻遍长安城都没找到同款或类似的锁具，正当我一筹莫展准备换门时，一路过的年长者说韦曲老街五金店的老物件不少，让我到那里碰碰运气。当老板从阁楼里翻箱倒柜了半个多小时后，一把一模一样的锁具出现在我的面前。他说："女子，你运气真好，这是我十几年前进的一批货，只剩下这一把了！"当时我惊喜之情不亚于中了彩票，转头又暗想他定会狠狠宰我一笔。结果老板说："这个本来要 30 元，最后一个了，给你 25 元吧！"看看，我们老长安人是多么淳朴啊！

周末的老街人群摩肩接踵，"磨剪子""吹糖人""耍货子"各种叫卖声、吆喝声此起彼伏。巷子尽头处，现磨芝麻香油和压榨菜籽油的店铺前队伍排成了长龙，老远就能闻到浓郁的油香味。破旧的水产店、摆放整齐的各种饼和点心、修理拉锁配钥匙的工匠、挑剃头担子的理发师，以及路边卖干货或老黄历的大娘……眼前的一切像极了儿时牵着大人手去赶集的场景，瞬间勾起人的乡愁。

一条老街，一段历史，几代人的记忆。当生活脱掉华丽的

外衣，不过就是衣食住行。一年四季，循环往复，人世的炽热
与浓烈，就藏在这浓浓的人间烟火中。

　　注：本文发表于《西安日报》2022 年 11 月 7 日。

美 丽 帕 连

　　见过的古村落不少，唯有帕连给我留下难以磨灭的印象。

　　这个位于云南腾冲五合乡龙川江畔的傣族小村落，是一个用艺术点亮的古村，号称"帕连艺术村"。时值深秋，腾冲依旧风和日丽。火红的凤凰花和火焰木随处可见，让人周身热血沸腾。瓦蓝的天空飘着大片低垂的云朵，似乎伸手就能扯下一块。行走街头，如同在宫崎骏的动画片中。从腾冲城区到帕连将近一个小时车程，出城后，我们的中巴车沿着曲曲绕绕的环山路缓缓前行。导游小黄是一个幽默诙谐的傣族小伙，一上车做完自我介绍就开始给大家介绍傣族的风土人情。

　　车子停靠后，映入眼帘的是一座座古朴雅致的砖瓦土房，它们错落有致地分散在村子里，纯净的土墙被天马行空的艺术作品填满，在湛蓝的苍穹下熠熠夺目。很难想象在这深山之中，还能有这样一个美丽的艺术村落。难怪在车上导游小黄说帕连是云南最诗意的村落，也是一个适合发呆，让脚步追上灵魂的地方。这里没有喧嚣，只有青砖瓦舍、古朴小院和绘画艺术交相辉映。最质朴无华的生活图景在颜色与创意的装点下蜕变成一幅幅震撼人心的艺术作品。村口迎面的一座房子白墙上画着

一幅手持相机拍摄的傣族小姑娘，她双手托住相机镜头，向着远处聚精会神地对焦，引来无数游客在此打卡留影。这个网红墙就像一个坐向标，指引着游客进入村子。

村寨不大，但景点很丰富，漫步完也需一两个小时。那些丰富多彩的绘画墙让人目不暇接，除了村口"爱拍照的小女孩"和"爱读书的小女孩"以及"骑自行车的二猛"这些网红打卡点，还有傣族美食和风土人情的展示，如傣族泼水节、武术、竹编、织锦等。最喜欢村中随处可见的名言诗句，如顾城的"黑夜给了我黑色的眼睛，我却用它寻找光明"，又如艾青的"为什么我的眼里常含泪水，因为我对这土地爱得深沉"……在帕连目之所及皆是艺术，如停在路边身着"迷彩服"的手扶拖拉机、用二八自行车改装成的洗手台支架、镶嵌在土墙上的老式电视机，以及文举奇石馆和微型科技馆等，从村口走到村尾就像观摩一场艺术的盛宴。

巷子里星罗棋布地散落着一些摊贩，有售卖云南当地水果和鲜花饼的，还有售卖七子饼茶和傣锦的……东西五花八门，物美价也廉。尤为吸睛的是一位售卖花环的阿婆，她用金黄色的银杏叶和五颜六色的鲜花制作成美丽的花环，一个卖10元，并赠送一串白兰花。我是一个喜欢照相的人，忍不住跑上前买了个花环戴在头上。给阿婆扫码付款时，才发现她古铜色的脸像刀刻似的沟壑纵横，写尽岁月沧桑。有人大声询问阿婆的年纪，她笑眯眯地让大家猜，从70多猜到80多，没有一个人猜对。最后她说自己92岁，引得游客嘘声一片，争相与这位老寿星合影留念。

最让人流连忘返的是村寨里的"你们的美术馆"。据导游小黄讲，这儿曾是一座破败的老院，后来在政府和专业团队的改造下，成为一个村民自主管理的、免费的乡村美术馆。美术馆收藏的作品是当地村民从乡村生活中汲取的素材，比如伸着大拇指的云、会飞的猪，还有爱说"还是可以的嘛"的村支书发哥等。美术馆的外墙上，挂满了孩子们的涂鸦瓦片。

　　帕连不仅是一个艺术村，还是一个美食村。傣族人民是好客的，每当有客人，他们都会热情地接待。外地人到了傣家，主人会热情地打招呼，端茶倒水。妇女从客人面前走过，会拢裙躬腰轻走。到傣家做客，还会受到主人"泼水"和"拴线"的礼遇。客人到来之时，门口有傣家小女孩用银钵端着浸有花瓣的水，用树枝叶轻轻泼洒到客人身上。走上竹楼入座后，老阿婆会给客人手腕上拴线，以祝客人吉祥如意、平安幸福。

　　午餐安排在一户两层楼的农家小院。进餐前导游小黄给大家介绍了傣族饮食文化，主要有三个突出特点：食酸、食野、食花。 在傣族较为出名的菜谱中，基本每一道菜都离不开酸。最有特色的是他们的酸并不是市场上买的，而是利用植物，像酸橙、柠檬、西番莲这些带有酸味的果物萃取的，也有利用动物，如酸蚂蚁等动物性的酸，当然也有他们自己酿制的酸。食野，就是吃一些野生的动植物。在傣族食野的菜谱中，动物有食温顿（生活在怒江沙滩上的一种虫）、食禅、食竹虫等；植物有野生的蕨菜、刺苞、鱼腥草、香茅草等。食花，像攀枝花、白花、芭蕉花等，将它们佐以调料做成佳肴。傣族人还喜欢吃糯米饭，他们用带颜色的花把糯米染成各种颜色，制成了彩色糯米饭，

让游客眼前一亮。为了让我们这些外地游客充分感受傣族饮食文化，午餐给大伙安排的是"手抓饭"。

主家先在桌上铺一层洗干净的芭蕉叶，然后上菜。菜是对称摆放，米饭放在桌子中间。一般有大米饭和紫米饭，上边用鸡蛋来点缀，然后在糯米饭的四周摆上一整圈荤素搭配的菜肴。最具特色的是当地的烤鸡、腊肉、炸猪皮、撒撒米线、油炸豆腐、生菜、牛干巴等。当然最不能缺的就是当地特色的酸辣蘸水。由于糯米黏性较好，傣家人便将蒸熟的糯米饭，用手揉制成团直接食用。所以，吃傣族手抓饭是不用筷子和碗的，只需戴上一次性手套用手抓着吃即可。那天，我们一帮人面对着一桌饕餮大餐感觉到了食物王国，兴奋得顾不上吃，拿起手机不停拍照。

午饭后，我们来到村子外面的亭子，吹着凉风四处眺望。正前方是美丽的龙川江，四周是逐渐泛黄的稻田，空气中氤氲着淡淡的花香。眼前的一切如梦又如幻。导游小黄说，帕连艺术村的成功离不开艺术家信王军。2019 年，他带着"艺术改变乡村"项目来到帕连村，通过艺术的力量，带领村民将原本贫困的村寨打造成现在的网红打卡艺术村。

与其说艺术家们给帕连带来了转变，不如说艺术家们只是造成转变的引子。文化的力量温和而持久，一经唤醒，便绵绵不绝。

注：本文发表于《西安晚报》2022 年 11 月 22 日。

后记

在去商州出差的大巴上，打开微信一眼看到高建群先生为我散文集写的序《每个人都生活在自己的命运中》，这题目瞬间入心入脑，我几乎是屏着呼吸一口气读完了整篇文章。掩卷后，双眼潮湿。欣喜、感动、敬仰、温暖……那么多复杂的情愫一股脑全涌上心头。那一刻，车窗外的阳光正绚烂夺目，苍翠的山峦渐次隐退。我的心空前安静与踏实。

文字遇见懂的人，是多么弥足珍贵啊！

喜欢文学由来已久，真正步入文学殿堂却是近几年。父亲的离世，让我突然对生命有了全新的认知。原来，来日并不方长；原来，无常却是寻常，当下亦即全部。从2018年10月开始，与病危的父亲朝夕相伴四个月，我每天过的是炼狱般的生活，尽管身心俱疲，依旧提着头发咬着牙关往前冲。那年，儿子中考、工作不顺……面对所发生的一切，我只有招架之功，毫无还手之力。仿佛一夜之间我的世界全变了样，混沌、迷茫、无奈、挫败……整个人仿佛一个失去灵魂的陀螺，只剩下机械式地旋转。如今回头凝望这些肝肠寸断的遭遇，尽管内心波澜不惊，

但更多的却是感激和感恩。无论经历人或事，人生中的每场遇见，都有非凡意义。如高建群先生所言，我们都生活在命运的藩篱中。世上没有无缘无故的爱和恨，每个在你生命中留下印记的人，都会教会你些什么，促使你蜕变。

几米在《希望井》中说，"掉落深井，我大声呼救，等待救援……天黑了，黯然低头，才发现水面满是闪烁的星光。我总在最深的绝望里，遇见最美的风景。"是啊，走过绝望，我们才能迎来最好的自己。

这几年幸好有文字为伴，让我逐步走出泥沼，给喧嚣的生活拉开一道口子，让光照了进来。许多人都说我的文字理智、励志，满满的善意和正能量。其实，这些治愈系文字均来自我对生活点滴的感知和解读，更多的是用来治愈我自己的，同时也见证着自己的成长。我相信，通过文字，定期释放情绪能让自己活得更纯粹。我们终其一生还是要努力活出自己想要的、最喜欢的模样。

本书收录的五十余篇文章，是我近年在各大报纸和杂志上发表过的部分作品，分为"似水流年、如歌行板、游目骋怀"三个小辑。分别从人性与社会、亲情与处世、阅历与感悟，诗与远方等方面，阐述自己的所见所闻所悟。这本散文集是我的处女作，在整理书稿时，我是怀着喜忧参半的复杂心绪。也许在选稿上还有些稚嫩或不尽如人意之处，也许我的生活阅历决定了我的文字还不那么深厚广博，但它较为完整地展示了这些年来我写作成长的历程。对于个人，这是一次整理和盘点，对于读者，愿您能通过我的文字分享，感悟那些散落在时光中的温暖和美好，并从中能汲取些许力量。让我们一起徜徉在文字的海洋里，感受人间值得！

同时，这本散文集付梓出版，我要感谢《陕西日报》《西安日报》《西安晚报》《文化艺术报》《阳光报》《当代青年》等媒体的朋友们，是你们给我提供了展示自己的平台，给了我坚持写下去的勇气和信心；还要感谢高建群和张念贻两位老师，他们倾心尽力给我的书作了序，为我的文字增辉添彩，我除了感动外，也倍受鼓舞；还要感谢中国散文学会副会长、陕西散文学会会长陈长吟老师、国家一级作家和谷老师、长安区作协主席张军峰先生、西北大学文学院教授、博士生导师王鹏程老师，他们为我的拙作写了热情洋溢的推荐语。同时，我还要感谢陕西旅游出版社编辑部主任张颖老师，作为我的责任编辑，她不厌其烦地帮我反复校对文稿，并提出许多合理化意见和建议。此外，也要感谢一些文友以及我微信公众号"暮歌原创"的数千粉丝们，是你们的不断鞭策和鼓劲，让我在懈怠时及时找回信心，骄傲自满时及时警醒，才有了这本散文集的问世。它如我的孩子一样，从孕育到诞生，倾注了这么多爱我和我爱的人的心血。在此就不一一列举姓名，全铭记在心，一并致谢！

我乐意一直真实而满怀热望地生活，用文字记录自己的所见所闻所感，努力让心不扬起尘土或雾霾。在无尽的时空中，在不可言说的缘分中，它们如我的孩子般，被流放出去，与他人相遇或交会，而后又回归到我的内心，彼此照亮、成全，给浮躁孤独的灵魂带来些许慰藉和滋养。

我们最好的样子，还是努力的样子，一直在路上。

2022 年 5 月 18 日于长安